KB097015

남과 북 진짜진짜 역사읽기

남과 북
진짜진짜
역사읽기

이 호 철 장편소설

자유문고

차 례

구름 흐르는 소리

8·15광복 직후의 이 나라 정치 주역들

1

사위는 오직 바람소리뿐이었다. 천길만길 아래쪽에서 솟구쳐 밀어 오르는 바람소리인가 싶으면, 다시 천년만년의 고요마냥 어느새 잦아들어 있곤 하였다. 애초에 빛이라고 할 만한 것은 없고, 그렇다고 칠흑 어둠도 아니고, 으스름 새벽녘 같은 영겁의 무명 천지였다. 그리고 오로지 있는 것은 소리뿐이었다. 어떤 분명하게 보이는 형체가 있는 것이 아니라 소리가, 목소리가 있을 뿐이었다. 그렇게 무한 천공의 무명 천지 속에서 문득 목소리 하나가 돋아 오르고 있었다.

《나, 리승만이오. 요즘 젊은 사람들은 이 이름만 들어서는 금방은 잘 모를 끼구만. 1875년에 황해도에서 태어나서 1965년 아흔한 살에 미국 땅 하와이에서 이 저승으루 왔으니, 나 죽은 지도 금년으로 50년이 흘러 버렸응으니 어찌 쉽게들 알 것이오. 전 대통령들인 노무헨이에, 김다정, 김영샘에다 전두휀, 노타우에다 이명백에다, 그 뭣이냐, 박젱히 딸이라던가, (그 박젱히로 말허자문 내가 이 저승으로 건너와서도 신통방통 고맙게 여기고 있소이다만, 기왕 말이 났으니 허는 소리오만, 그 박젱히 아니었더면 이 내가, 그곳 대한민국을 떠났던 이 리승만의 육신이 어찌 서울의 그 동작동 묘지에 버젓이 묻힐 수가 있었겠소이까.) 그 박젱히의 딸 박건혜들은 익히 잘들 알 것이오만, 리승만이라고 허면 국조 단군 할아버지와 비슷허게 아득허게만 들릴 것이오. 안 그렇소이까?

아예 딱 부러지게 말하리다. 나 금년 2015년, 그쪽 나이로 백 마흔한 살 된, 그러니까 저어 1960년 '4·19'의 원흉, 리승만이라는 말이요. 그렇지, 그렇지, 으음, 이제야 그렇게 저저끔 머리들을 끄덕이고 있고만. 아암요. 원흉이다마다요. '독재자'래나?! 아암요, 그렇고 말고입지요.

하지마안, 지금 이 판국에 와서 이 리승만도 허고 싶은 말이 어찌 없겠소이까. 이 자리서 이 나의 솔직헌 생각을 그때로부터 55년이 지난 현금을 살아가고 있는 여러 젊은이들에게 한번 털어놓을 때도 되지 않았는가, 싶소이다. 이건 결코 그 55년 전의 이 나의 립장을 추호나마 변명만 하자는 것만은 아니오니……》

하고서 잠깐 틈이 난 사이에 다른 목소리 하나가 불쑥,

《나는 백범 김구외다. 살아생전에 우남을 끝까지 형님으로 모셨소이다만, 끝머리에는 피차에 미끄럽지만은 않았드랬지요. 제가 우사 김규식과 함께 남북 협상을 한답시고 그해 1948년 4월 19일, (그렇게 그날도 그보다 12년 뒤와 똑같은 4월 19일이었소이다그려.) 그날에 평양에를 들어갔었고오, 그 뒤로도 우남의 그 남한 '단독정부'안은 줄곧 반대해 왔습지요만……》

하고 새 목소리 하나가 돋아 올랐으나, 이쪽의 우남 리승만은 그 소리를 듣는지 마는지, 그냥 묵살한 채 자신이 하던 이야기만 그대로 이어갔다.

《그해 1960년 4월 19일에 그 일이 있고 나서, 나 리승만의 오랜 제자뻘 되던 허정(許政, 한글만 적어서는 모를 것 같아 이렇게 한문자 이름까지 적어 넣고 있소이다만) 등의 주선으루다 곧장 미국 땅 하와이로 망명하야 구차한 목숨을 다시 5년 동안 이어 가면서 저간의 그 12년간의 일을 곰곰하게 차근차근 돌아보기도 했소이다만, 내 임기 말 몇 년간의 그런저런 일의 그 모든 책임은 전적으로 이 불초 나에게 있었음을, 이 자리서도 우선 명명백백히 밝혀 두렵니다아. 그러고 보니까, 이 내가, 리승만이가, 살아생전에는 '불초'라고 자신을 비하허는 용어는 거의 쓴 일이 없었소이다. 특히 미국에 오랫동안 살멘스리 윌슨 대통령과도 더러는 만났지요만, 원체 영어에는 그런 용어부터가 애당초에 없었던 것도 이 나에게는 요행이었소이다. 이 점으로 말허더라도, 본시 나 리승만이라는 사람의 성깔이 매사에 남에게 추호나마 꿀리고 드는 건 생득적으로다 못 참는 못된 성격이라…….》

그 순간, 다시 또 하나의 새로운 목소리가 불쑥 튀어나왔다.

《제 생각으로는 바로 각하의 그 성깔이야말로, 강점이었습지요. 바로 그 성깔이 있었기로, 이 나라는 그때 망하지를 않고 오늘까지 이렇게 이어 올 뿐만 아니라, 그 뒤로 승승장구해 오고 있는 것이 아닐는지요. 불초 저로 말하면, 바로 각하께서 1945년 10월 그때 환국해 오고 나서 금방 비서실장을 지냈던 윤치영이올습니다. 그런 저도 90여 세까지 살멘서 별별 꼴을 다 보며 겪으며, 종당에는 한때 박젱

히의 그 공화당 당의장까지 지냈었습지요.》

　그러나 우남은 이 목소리도 듣는지 마는지, 일단은 완전히 무시한 채 조금 전의 자기 하던 말만을 그대로 이어 갔다. 그러고 보면, 이 점도 어느 면, 살아생전의 그 우남다운 외고집과 뚝심의 편린이 번뜩였다.

　《하지마안, 이 리승만이가, 그 그리운 대한민국 땅을 떠나온 지 55년이란 세월이 지나고 봉이까, 그쪽 세상 형편도 엄청 달라졌소이다 그려. 아무리 달라졌다, 달라졌다 해도 저렇게까지 달라질 수가 과연 있는 것이겠습니까요. 더구나 대한민국 제1공화국의 대통령 자리에 12년간이나 있었던 이 나 리승만의 립장에서는, 그야말로 천지가 송두리째 거꾸로 선 듯 기겁초풍을 할 일입니다.

　이 나 리승만이가아, 여기에서 내려다보기엔, 하 어이가 없어 그저 혼자서 시물시물 웃음만 나옵니다요. 어쩌다가 저곳의 정치라는 것이 저 지경으로 품격이 떨어지고 짜잔해졌는가, 철딱서니 없는 아이들 몇몇의 그 무슨 장난으로 떨어져 버렸는가, 저속한 코미디 놀음판처럼 추락해 버렸는가, 참말로 눈 뜨고는 볼 수가 없는 지경입니다요. 아니, 저런 행태들이 어떻게 제대로 제 모습을 갖춘 '정치'라고 할 수가 있겠는지요, 이게 도대체에…….》

　그러자 조금 전의 윤치영의 목소리가 다시 끼어들었다.

　《바로 그해, 1945년 10월 16일에 각하께서 미국 군용 비행기루다 아예 윗저고리는 미군 군복 차림으로 30여 년 만에 김포에 닿아, 조선호텔에 여장을 풀었었습지요. 그렇소이다. 그 무렵 이 나라 정치 초장初場의 모습과 비교해서 그로부터 70년이 지난 오늘의 이 짜잔해지고 쪼그라지고 범속해진 정치 모습, 전들, 어찌 모를 것이오이까.

각하께서 돌아오시던 그 바로 한 달 전 9월 16일에는 천도교 수운회관 대강당에서 '한국민주당', 약칭으로 '한민당' 결성이 처음으로 이루어지는데, 그때 바로 그 대강당 안에 수백 명이 꽉 차게 모여서, 백남훈의 개회사, 김병로의 임시 의장 피선, 이인의 경과보고, 조병옥의 국내외 정세보고, 원세훈의 정강 정책 설명, 장덕수의 당원 선서 등으로 이어지고, 고하 송진우가 수석 총무로 뽑히게 되옵니다. 지금 돌아보아도 그 한 분 한 분, 하나같이 인품들이 두터운 분들이었습지요. 그 자리에서는 고하로 하여금 아예 당수 자리에 오르기를 권고도 하오나, 아직 환국하지 못한 우남 리승만 박사와 '임정'의 백범 김구 선생을 생각해서 고하께서는 그 자리를 극구 사양을 했소이다. 그때에 비한다면, 아닌 게 아니라 작금의 저 정치 꼬락서니에 대해서는 소생도 각하의 생각과 추호도 다르지는 않소이다만, 한편으로 생각하문, 정치라는 것이 송두리째 저 정도로 값어치가 떨어진 것은, 바로 그만큼 항간巷間을 살아가는 우리 백성들의 삶이 그 정도로 넉넉해졌다는 것을 뜻하는 것이 아니겠습니까요. 그렇게 좋은 쪽으로 생각해 볼 면도 전혀 없지는 않는 것 같사옵니다.》

그러나 살아생전부터 외고집 일변도로 남의 말에 귀를 기울이지 않았던 것으로 소문이 자자했던 우남은 윤치영이 그러거나 말거나, 시종 자기 이야기만 그대로 이어 갔다.

《옛날 그때가 요즘보다는 정치하는 사람들부터 훨씬 체대부터 큼직큼직하게 굵고, 인품들도 각자대로 나름대로 화끈하였소이다. 비록 나 리승만의 임기 말에는 송두리째 부정과 오탁汚濁으로 온통 구린내는 풍겼으되, 그 무렵 당대 정치의 그 주역들의 면면으로 보자면 지금보다는 제대로 뜨거운 맛은 있었습지요. 현금에 와서 그 무렵을 돌아보면, 이 나 리승만으로서는 무슨 할 말이 있겠소이까만, 한편으로 생각하문, 그 무렵에는 불법, 부정을 저지르지 않으면 안 될 정도로 도처에 스탈린 졸개들의 준동이 극성하여, 이 리승만이가 보기엔 당시의 내 수하手下 정치 주역들이 나름대로 굳은 신념과 사명감, 화끈한 정열이라도 있었사온데, 작금 돌아가는 저 정치라는 것은 대체 저게 뭡니까요. 코미디판이 아니고 무엇입니까요. 암튼 그 당대의 저들 죄과는 죄과대로 인정을 하되, 이 나 리승만으로서는 책임의 일단을 통감하련서도, 요즘 정치권의 저 짜잔헌 녀석들에 비허며는, 되레 55여 년 전의 그이들 쪽이 나름대로 정치적 소신과 뜨거운 열정은 더 있었지 않았을까 허는 생각만은 버리고 싶지가 않사옵니다요.》

2

잠시 리승만이 이승으로 치자면 조금 목이라도 칼칼해졌는가, 냉수라도 한 모금 마시려고 숨을 돌리며 꾸물거리는 기척이자, 다시 이틈에 백범이 나섰다. 조금 전보다는 억양에 어딘지 무척 단호한 것이 묻어 있었다.

《물론 저도 그 점, 동감이긴 합니다만, 그때나 지금이나 불초 소생은 우남만큼 내외 정세 돌아가는 것에 능통하지는 못하였사옵고, 그렇게 큰 일 작은 일 할 것 없이 매사에 잔머리 굴리시는 데도 우남 리 박사에 멀리 미치지는 못하였습니다만, 소생은 소생대로 아직까지도 나름대로 긍지 한 가지는 가지고 있소이다. 그건 무엇이냐. 바로 남쪽의 '단독정부'수립에는 지금도 절대 반대올시다. 물론 옛날 그 때 우남과 소생이 딱 부러지게 갈라섰던 것도 바로 그 점이었소이다만, 그렇게 남쪽에 '단독정부', '단정'이 서서, 과연 그 뒤 어찌 되었나이까. 그 남쪽 정치라는 것이 송두리째 저 지경까지 이른 것도 그 뿌리가 바로 거기에 있었던 것이라고 저는 지금도 생각하고 있소이다. 정치고, 사회고, 문화고 할 것 없이, 송두리째 썩다 못해 아예 문드러진 것이 바로 거기서부터 비롯되었다아……, 그렇게 통틀어서 미국화되어 갔다아……, 그 주역이셨던 우남 자신부터가 그때 이미 반 넘어 미국 사람이었다아……, 반 정도만 조선 사람, 한국 사람이었다아……. 그 뒤로 소생은 일체 말이라는 것을 끊고, 그해 1948년에 남북이 제각기 '단정'이 선 뒤에는, 그냥저냥 우리 삼천리강산이 흘리는 진땀만을 제 한 몸으로 대신해서 흘리자는 작심 하나로만 골몰해 왔소이다아.》

그러자 곧장 다시 윤치영의 열띤 목소리가 불쑥 돌아 올랐다.

《백범께서는 또오 그 소리오니까. 지금 세상이 어떻고름 돌아가는데 아직도 그런 고리터분헌 소리만 허십니까요. 소련, 동구권 공산주의가 송두리째 무너지고 30년이 가까워지고 있는데, 백범께서는 아직도…… 참 답답허십니다요. 다시 한 번 저는 강조하겠거니와, 우남께서는 그렇게 그때 어렵사리 이 나라를 건국하셨을 뿐만 아니라, 그 뒤로도, 그렇게 강어거지로라도 이 나라를 지켜 냈소이다. 우남의 그 강어거지가, 일찍이 서재필 선생께서도 이 나라가 제대로 민주주의를 이뤄 내려면 5년간쯤은 '독재'를 안 할 수 없을 것이라고 언명하셨던, 바로 우남의 그 어거지가, '독재'가, 이 나라를 살려 냈다고 믿는 것이 불초 윤치영의 변함없는 생각이올시다아. 우남 아니었더면, 그 무렵 저어 건국 초기에 이 나라는 틀림없이 거덜났을 것이외다. 그때가 과연 어떤 때였습니까요. 1949년 중국에서 모택동毛澤東이 집권허는 것을 버언히 보면서도, 그렇고름 온 세계 곳곳이, 공산주의가 바로 코앞에 와 있는 듯이 온통 들끓고 있던 바로 그런 그때에도, 우남께서는 오직 일편단심, 일심전력, 대만으로 쫓겨나 있던 장개석蔣介石 총통까지 다독거리며, 꾸준히 맥아더 장군 같은 분과 교분을 지니면서리, 멀리멀리 50년, 60년 뒤의 세상까지 훠언히 내다보고 계셨소이다. 그에 비허면, 백범께서는 순진하시기가…….》

하는데, 윤치영의 그 소리를 받아서 잇대듯이, 아니면 윤치영의 그런 소리와는 상관이 없이 단지 자신이 하던 소리만을 그대로 이어 가듯이 우남이 다시 열띤 목소리로 나섰다.

《우선에 나는, 수십 년간 독립운동을 하였다고들 하나, 본시 앞뒤 계산도 없이, 그리고 주변 사정도 면밀하게 살피지를 않고, 덮어놓고 우격다짐으로만 와아와아 하고 나가는 폭력이나 투쟁 일변도의 방법은 되도록 피해 왔소이다. 애당초에 그런 식으로는 될 일이 아니었습니다. 하기사 나 리승만도, 아주아주 초기, 저어 '만민공동회' 시절이나 '독립협회' 시절, 스무 살 조금 넘었을 무렵에는 종로 보신각 근처에 인산인해로 모였던 대중들 앞에서 겁도 없이 할 소리를 허기도 했습지요만, 그건 아직 철부지 때의 이야기고, 그렇게 조선조 말에 사형수로 7년 동안이나 감옥살이를 헌 이후로는, 그런 무모한 짓은 할 일이 아니었음을 스스로 깨닫기 시작했나이다. 그리하야 까아만 후배가 되는 신채호를 비롯, 그 밖에도 모모하다는 폭력 투쟁 일변도로 독립운동을 한다는 패거리들에게서 싫은 소리도 심심치 않게 들어오기도 하였소이다마안, 나는 본시 매사에 그런 쪽의 강경 일변도, 앞뒤 계산 없이 덮어놓고 열에 떠서 날뛰는 것은, 본시 미련허고 우직한 녀석들이나 일삼는 것로루다, 내심으론 경멸을 해 왔소이다. 그렇게 모두가 안중근, 안중근 할 때도, 나 리승만은, 솔직한 내 생각을 함부로 드러내지는 않고 그때그때 눈치껏 대응허면서, 마음속으로는 그런 극한 행동들은 먼 산 쳐다보듯 하고 있었소이다. 그렇게 3·1운동이 터질 때만 해도, 나 리승만은, 미국에 있으멘서리, 아직 국내에 살아 계시며 그 3·1 운동에도 적극 가담하시지는 않고 소극적으로만 관망 자세이시던 이상재 선배님 같은 분과 개인적 연대 관계를 지니는 데만 오직 신경을 썼소이다. 기왕 말이 났으니 털어놓거니와, 나 리승만은, 살아생전에 오직 한 사람, 이상재 선생이야말로 지극정성으로 끝까지 나를 도와주신 은인이었음을 이 자리서 새삼 밝혀 두럽니다.

그리고 이에 덧붙여 더욱 눈여겨보아야 할 사실은, 나 리승만과 국내의 관계가 이런 정도의 개인 관계에 한정되지 않고, 조직적·집단적이고 정치적·이념적인 결합과 상호작용으로 줄곧 확대되어 왔다는 사실일 것이올시다. 특히 1920년대 초·중반, 국내 민족주의 세력이 주도했던 실력양성론이 하와이에 있던 나 리승만에게도 가슴으로 와 닿아, 국내와 하와이가 접합되는 과정이야말로, 바로 독립운동에 있어서의 국내와 미주 관계의 핵심을 이루게 됐다는 점일 것이올시다. 그 중심, 핵심 위치에 바로 나 리승만이 줄곧 자리해 있었습지요.

다시 말해서 나 리승만은, 1920년대 초에는 솔직히 반일운동의 표어보다는 내심 경제적 실리 쪽을 중시하였고, 적극적 반일 투쟁보다는 교육 활동을 통한 실력 양성과 준비론에 기울어져 있었습지요. 바로 이런 성향의 나 리승만이, 3·1운동 뒤의 상해 임시정부에서 대통령으로 추대될 때부터도 내심으로는 솔직히 부담스럽기까지 했었소이다. 실제로, 워싱턴 군축회의 이후, 세계 열국 간이 상대적 안정기에 접어든 당시 세계정세에 비추어 보드래도, 바로 그 무렵의 나 리승만은, 폭력적 반일정책을 선택하기보다는, 안정된 하와이에서 교육과 실업 방면으로 실력을 기르고 천천히 힘을 비축하는 편을 더 선호했었소이다. 그러니 상해 임시정부 출범 직후의 그 각 파당 간의 충돌과 옥신각신, 난리법석은, 나 리승만으로서는 미리부터 훤히 예견되었소이다. 그렇게 나 리승만은, 자의 반 타의 반, 그 싸움판에서 일단 발을 뺐습지요.

하지마안, 1925년 3월 23일에는 그간에 나 리승만과 일심동체나 다름없고 서소문 형무소 동기이기도 했던 10여 명이 서울 사직동 신흥우의 자택에 모여설란에, 이상재 선생 중심으로다 '홍업구락부'라는 것을 창립하는데, 바로 그때 하와이에 있던 내가 이 모임과 연결되어 있었다는 것은, 뒤에, 나 리승만과 도산 안창호의 차이점이 되기도 하지만, 그 차이인즉, 바로 그 뒤에 안창호는 상해上海에서 일제에게 잡혀서 서울에 후송되어 옥사하게 되고, 나 리승만은 그 뒤 살아서 환국을 할 수 있었다는 차이로 드러납니다.

이 밖에도 헐 이야기는 많소이다만, 몇 마디만 더 첨부하겠나이다.

나 리승만이라는 사람은, 아주 어린 때 황해도 고향 땅에서 천연두로 거의 죽어 가던 목숨이 미국 의사의 도움으로 살아났사오며, 그 뒤, 조선조 말에 사형 선고까지 받으며 7년 동안의 감옥살이에서 빠져나올 수 있었던 것도 미국 선교사들 덕분이었사옵고, 다시 그이들 주선으로 미국으로 건너가, 영어 잘허는 미국 사람이 다 되어, 주로 미국 상대의 외교 활동으로다 나름대로 우리나라 독립운동도 해 왔나이다. 그렇게 1940년대에 들어서는 주로 미국 공화당 쪽에 줄을 대어, 태평양전쟁 말기에는 미군 첩보 부대 쪽에도 접근, 미 정계뿐만 아니라 군부 내에도 나름대로 인맥을 형성, 맥아더 장군과도 친분을 가졌었소이다. 허여, 나 리승만은, 조금 전에 백범께서도 날카롭게 지적했듯이, 오랫동안 미국 땅에 살멘서리 그렇게 미국 정치학 박사로, 거지반 미국 사람이 다 되어 있었습지요만, 조국, 대한민국에 대한 충성심만은 나름대로 끝까지 잃지는 아니하였습니다.

나 리승만이 대한민국 첫 대통령의 임기 말에, 그렇고름 몇 년 동안 추태를 부리며 강짜로 어거지를 쓰기도 했었습니다마는, 지금에 와서 다시 곰곰 생각해 보면, 그때, 나 리승만이 만일 그러지 않았드라면 이 나라는 과연 어찌 되었었을까요. 김규식, 여운형의 '좌우 합작'?! 초기 한때는 미 군정의 하지 장군까지 그쪽 김규식의 주장에 귀가 솔깃해하기도 했습지요만, 그러고 백범의 '단정 반대'?! 그이는 지금까지도 그 소신에 변함이 없습지요만, 그로부터 꼭 65년이 지난 현금에 와서 다시 차근차근 돌아보아도, 그런 건 세상 물정을 전혀 도외시한 순진헌 주장들이었습니다. 그 점, 나 리승만은, 지금 이 시점에 와서니까 더욱 당당히, 떳떳이 나서렵니다. 그 당대에서는, 나 리승만이야말로, 오로지 냉철한 정치인이었다고요. 나 리승만이 아니었더면, 오날의 여러분들의 대한민국은 어찌 되었을까요. 과연 생존해 올 수가 있었을까요.

작금에 들어, 소련권이 줄줄이 저렇고름 무너진 마당에, 우선 이 점 한 가지로도 나 리승만은, 여러분들 앞에 당당히 서 있으며, 굳건하게 긍지를 갖고 있나이다.

다시 끝으로 한마디만 더 하렵니다.

1945년 9월 2일자로 38도선을 경계로 한 한국의 분단이 공식적으로 발표되면서 미군의 남한 진주가 확실해지자, '건준'의 여운형은 9월 6일자로 경기여자고등학교에 모여 '인민공화국'을 선포, 이틀 뒤 8일자로 첫 내각 명단까지 발표허는데, 그 구성은 다음과 같았소이다. 주석 리승만, 부주석 여운형, 국무총리 허헌, 문교장관 김성수, 내무장관 김구, 법무장관 김병로, 외무장관 김규식, 경제장관 하필원, 재무장관 조만식, 체신장관 신익희, 국방장관 김원봉, 안보장관 최영달, 선전장관 이관술, 농림장관 강기덕, 노동장관 이위상.

15명의 이 내각 명단 가운데 리승만·김구·김규식·김원봉·조만식·김병로·김성수 7명은 사전 통보 없이 이름을 올려놓았던 모냥이지만, 오날의 저 정치권을 보면, 옛날 그때에 비해, 어찌 이 지경까지 정치 값이 추락할 수가 있었을까 싶어, 나 리승만으로서는 참으로 황당하고 어리둥절해지기도 합니다요.》

3

리승만의 목소리가 멎자, 잠시 침묵이 흘렀다.

이곳으로 말할 것 같으면 어느 별인지는 모르겠으나, 새벽녘 같은 무명 천지에, 아니, 천지가 따로 있는 것이 아니라 하늘과 땅이 통째로 한 덩어리로 있어 보이기도 하는 허허로운 공간에 바람소리만 부풀었다가 잦아들었다가 하고 있었다.

그러자 문득 색다른 목소리 하나가 또 조심스럽게 돋아 올랐다.

《저는 바로 임병직입니다. 그렁이까 1912년경, 각하께서 잠시 미국에서 귀국하셔서 서울 YMCA 학교에서 우리 학생들을 지도하실 때 처음 존안을 뵈었었지요. 그 뒤에 모두가 하나같이 미국·영국 등으로 해외 유학을 떠났습지요만, 그렇게 각하의 존안을 처음 뵈올 때 그 자리에는 윤치영·허정·이원순이랑도 같이 있었습니다요. 그때 각하께서는 매주 오후에 성경반을 지도하시면서리 우리 학생들을 만나셨고, 그렇게 각 핵교마다 YMCA를 조직하고 관리하시면서 연합 토론회를 여시기도 했드랬습니다. 그 이후로 우리는 평생 동안 변함없이 충심으로 각하를 모셔 왔사옵니다. 하지만 저도 벌써 오래 전에 이 별로 건너왔사옵니다만, 각하께서 계시는 그 별과 이 별의 거리가 몇 십억만 리인지 몇 십조만 리인지는 모르겠사오나, 원체 공간 개념부터가 우리가 떠나온 저 지구하고는 엄청 달라서, 정확한 거리는 모르겠소이다만, 아아, 이게 무슨 조홧속인가요. 각하께서 하시는 그 목소리만은 이렇게 바로 지척에서처럼 들리니, 참으로 황감하기 짝이 없사옵니다. 그러고 보면 저로서도 새삼 그때 1945년 무렵의 그 일이 떠오르는구먼요.

　바로 1946년 가을이었습니다. 그렁이까 각하께서는 서울에 환국하셔서 마악 1년이 지나셨을 때였는데, 그때 아직도 미국 워싱턴에 머물러 있던 저로 하여금 '민주의원民主議院'의 재미 대표로 임명, 미 국무성과 그런저런 교섭을 하도록 지시했사옵고, 미 국무성에서도 저를 재미 '민주의원' 대표로 인정하겠다는 회신까지 받아두었었습니다. 각하께서는 그때부터 그 정도로 멀리까지 내다보시며 매사에 들어, 치밀하셨습니다. 그리고 다시 1년 반쯤 뒤인 1948년 6월에, 각하께서는 '미소공동위원회' 참가 반대 성명을 내시고, 벌써 '자율정부' 수립을 강조하기에 이릅니다. 그 성명에서 각하께서는, '조선에 설 새 정부는 공산주의 정부가 아니라 미국식 조선 정부가 되어야' 할 것이라고 분명히 못을 박고, 잇대어서, '남조선에 있어서의 미국 측의 중립적 불간섭 정책은 공산주의 세력을 유리하게 하고, 조선인 사이의 분란만을 조장시키고 있다'라고, 당시의 하지 미 군정에 대해 따끔한 일침까지 서슴지 않을 정도로 단호하셨습니다. 각하의 이 냉철하셨던 시각이야말로, 그로부터 70년이 지난 지금에 와서 다시 돌아보아도, 불초 임병직 같은 사람이 생각하기엔, 명실공히 머얼리 멀리까지 내다본 혜안이고 탁견이셨다고 생각하고 있습지요. 비록 각하 말년에, 누가 보드래도 추태로 볼 만한 일은 없지 않았사옵니다만, 그때 각하께서 끝끝내 견지하셨던 그 깊으셨던 정치적 신념과 행태야말로, 이 나라를 지켜 내고, 그 뒤, 이 나라를 이만한 반석 위에 올려놓은 그 초석이었다고 저는 지금도 굳게 믿고 있는 사람 중의 한 사람이올시다. 다만, 아직 나라 강토가 분단 상태에 있는 것은 각하께서 지금도 노심초사 가슴 아프게 생각하고 계실 것이옵니다만, 그거야 현금을 살아가는 저 후대들 몫일 터이고요.》

그러자 갑자기 주위가 술렁술렁거리며 차츰 와글바글거렸다. 어느 한두 사람의 목소리가 아니라, 여럿이 한꺼번에 와아와아 하듯이 떠들어 대었다.

《집어쳐라》, 《어서 꺼져라.》, 《이 불한당들, 이 나라를 망친 놈들, 너희들이 어떻게 이 나라 백성이라고 나서느냐. 너희들은 바로 미국·영국 등 구미 나라들의 주구였지 않느냐, 앞잡이였지 않느냐. 너희들은 죄다 그때, 이 나라가 식민지로 떨어져 있을 때, 미국·영국·독일·프랑스·일본 등지에 가서 하루하루 잘 처먹고 잘 지내던 녀석들이 아니냐. 너희들이 독립운동을 했다고? 웃기는 소리 말고 당장 썩 물러들 가거라, 이놈들.》

어느 한 사람이 아니라 원체 한꺼번에 떠들어 대어 누가 누군지 알 수도 없을뿐더러, 어느 하나도 자신의 이름을 딱 부러지게 내밀지는 않았다. 이를테면, 그이들 용어로 하면, 인민, 민중의 소리였다.

그러거나 말거나, 그런 우중愚衆의 소리들은 일체 무시한 채, 잠시 조용한 틈을 비집고 새 목소리 하나가 돋아 올랐다.

《저 시끄러운 소리들은 그냥 멋대로 지껄이라고 내버려 둡시다요. 나는 일제 치하에 이인, 허헌과 함께 대표적인 변호사였사오며, 남한 정부 수립 뒤에는 초대 대법원장을 지냈던 김병로외다. 나는 그때 서울에 있어서 8·15 직후의 서울 정황 돌아가던 것은 나름대로 익히 잘 알고 있었습지요만, 그해 9월 6일인가, 서울에 처음 진주할 때, 미군은 일단 점령군 자격으로 들어왔었소이다. 그렇게 사령관이라는 하지 중장부터가 우리 조선이 일본의 식민지였었다는 점마저 딱히 모르고 있을 정도로 아주 맹탕이었습니다.

하야, 미군 진주 이전에, 아예 선수를 치듯이 '인민공화국'이라는 것을 재빨리 선포했던 '건준'의 여운형 일당은, 점차 박헌영, 이관술, 김삼룡, 이현상, 이강국 등의 알짜배기 좌파, 공산당 쪽으로 휘말려 들고 있었습니다요.

한데, 이쪽 민족진영은, 그때까지 좌익 쪽에서 극성맞게 선전했던 소련군이 아니라 미군이 남한을 통치하게 됨을 알자, 비로소 크게 고무됩니다. 하여, 우선은 '국민대회준비위원회'부터 조직하자고, 바로 9월 7일에 몇몇이 광화문의 동아일보 사옥에서 그 첫 모임을 갖는데, 그 자리에서는 바로 동아일보 사장이었던 송진우가 그 준비위원장으로 거론됩니다. 그리하야 이 '국민대회' 모임은 자연스럽게 순수 민족진영(혹자들은 이를 보수 우익이라고도 합디다만)의 단일 정당으로 뻗어갈 움직임이 됩니다요.

한데, 그 이튿날 8일에는 여운형의 '인민공화국' 측은 앞에서도 리승만 박사께서 밝혔듯이 아예 새 정부의 각료 명단까지 발표하기에 이릅니다. 그러니까 여운형을 비롯한 그 몇몇 패거리들은, 소위 새 정부의 내각에 그렇게 우리 민족진영 인사들까지 대거 영입해 들일 만큼 처음부터 자신이 있었던 모양인데, 그 뒤에 금방 그 본색이 드러나 버렸지요만, 그런 일이 그렇게 생각처럼 쉬울 리는 없었지요.

결국 우리 쪽은, 바로 그 전날인 9월 7일에 앞에서 언급된 그 '국민대회준비위원회'에 모였던 몇몇이 주축이 되어설란에, 이심전심 '한국민주당'이라는 것이 9월 16일에야 실로 8·15 해방 뒤 꼭 한 달 만에 민족진영을 대표해서 첫 출범을 하게 되고, 고하 송진우가 그 수석 총무를 맡게 됩니다. 곧 잇대어, 마침 마악 미국에서 돌아와 있던 여장부 임영신은 이 당의 이념에 공감하면서리 '여자국민당'이라는 것을 조직, 처음부터 그 사무실을 '한민당'사 안에 두고 공동 전선을 펴게 됩니다.

한데, 정작 서울에 진주해 온 미 군정청의 입장에서는 영향력 있는 한국인 지도자들의 조언이 절실하게 필요하였는데, '한국민주당'의 지지자이며 금방 입성해 온 하지 군정청과 긴밀한 관계에 있었던 그 임영신 여장부께서, 유억겸·현상윤·백낙준·최현배·조만식·김활란·김성수 등을 추천, 우선 이 분네들이 미 군정청의 학무국 교육위원으로 발탁이 됩니다. 이 무렵의 일을 백낙준은 다음과 같이 회고하고 있는데, 지금 읽어 보아도 꽤 그럴듯해 보입니다요.

'미군은 그들의 임무에 대해 갈피를 잡지 못하였으며, 명확한 정책과 목표를 갖고 있지도 못하였다. 그들은 군정을 세우기로 결정하고 나서 통역 없이 영어로 자유롭게 의사소통을 할 수 있는 소수의 한국인들과 접촉하여 관계를 발전시켰고, 그 결과 이들 한국인은 미 군정과 매우 밀접한 사이가 되었다. 나는 그 자유롭게 이야기할 수 있는 사람 가운데 한 사람이었다. 교육에 관심을 갖고 있었던 우리들 중의 일부가 미군 당국과 한국의 교육을 재건하는 문제에 대해서 이야기를 나누었다. 우리들은 한국 교육의 미래를 설계한다면 반드시 김성수와 그의 동료들을 불러 교육자문위원회를 만들어야 한다고 미군 당국에 건의하였다. 당국의 승인을 받은 나는 그때 현상윤과 함께 있던 김성수를 방문하여 두 사람 모두 위원회에 참가해 줄

것을 요청하였다.'

이상의 언급 말고도, 그 무렵의 느낌을 토로한 백낙준의 말에 따르면, 그 당시 김성수만 해도 미 군정의 정책에 대해 미심쩍어하면서리, "미군이 우리나라를 점령하고 있는 이 판국에 어떻게 나더러 미군정의 그 위원회에 참여하라는 말이냐?"고 물었다고 하더군요. 그리하여 백낙준은, "나는 미국인들과 계속해서 교류를 해 왔고, 지금도 그들과 가까운 사이이다. 그동안의 내 체험에 의하건대, 그들이 우리나라 영토를 점령하여 동포들을 노예화하거나 한국으로부터 물자를 탈취하는 데 관심이 있는 것 같지는 않다. 그들은 우리와 협력하고 싶어 한다"라고 대답하여, 그이들도 비로소 미군의 제의를 받아들였다고 하더군요. 이리하여 11명이 아놀드 군정장관의 고문으로 뽑혔는데, 그 명단은 정확히 다음과 같았다고 합니다. 김성수, 전용순, 김동원, 이용설, 오영수, 송진우, 김용무, 강병순, 윤기억, 여운형, 조만식.

결국은 이렇게 10월 5일에 이 위원회의 첫 회의가 열렸는데, 이 자리에서 여운형은 하지 사령관에게 9대 1의 인원 구성으로 어떻게 일을 하자고 할 수 있는가" 하고 일갈하곤, 자리를 박차고 나가 버렸다고 합니다. 여운형의 이 행동은 미 군정청의 비위를 대단히 거스르게 하였고, 이것이 바로 10월 10일에 가서 '인민공화국'에 대한 공식적인 부인으로 이어지는 빌미가 되었다고 하더군요. 이러니 그 뒤로 자연스럽게 '한국민주당'은 미군의 전폭적인 지지를 받기 시작했을밖에요. 이런 곡절 끝에 결국은 '한국민주당'에 의한 공식적인 미군환영대회가 중앙청 광장에서 열리게 됐던 겁니다.

이렇게 미 군정청과 '한국민주당'의 관계가 순풍에 돛 단 듯이 호전되면서, 당 쪽에서 요청한, 리승만 박사와, 중국에 아직 머물러 있던 임시정부 요인들의 조속한 귀환 협조를, 군정청 쪽에서도 받아들이며, 적극 지원하게 되었고, 그렇게 다시 한 달 뒤인 10월 16일에 리승만 박사께서 귀국을 하고, 또 그 한 달 남짓 넘어 뒤인 11월 23일에 백범 김구를 비롯, 20명의 임시정부 요인들이 돌아오게 됩니다. 이때의 그 리승만 박사 귀환과 '임정'요인들 귀환의 한 달 너머 차이는, 그 뒤의 사태 진전에 미묘한 것이 보였는데, 뒤에 뜬소문처럼 나돈 얘기에 의하면, 이렇게 된 것도 그 배후에는 우남 리승만 박사의 보이는 듯 안 보이는 듯, 교묘한 작용이 깔려 있었다고들 합디다만, 그렇습니다, 소생 김병로 저도, 그렇게 내심 생각은 합니다만, 이런 걸 정치적 술수였느니 뭐니 하고 폄하하기보다는, 저 김병로는, 설령 사실이 그러했더라도, 저는 바로 리승만 박사의 이 점을 지금도 높이 평가하고 있습니다. 바로 이런 점이야말로 어느 누구도 족탈불급, 정치인 리승만 박사의 깊은 자질이요, 슬기로움이었다고 저는 그때나 지금이나 믿고 있나이다. 그렇게 서울로 들어오실 때도 심사숙고, 필리핀으로 돌아 동경東京에서 맥아더 장군부터 만나고, 그 자리에는 하지 중장도 서울에서 급히 배석하게 해서, 그렇게 두 사람도 맥아더 장군 면전에서 처음으로 인사를 나누게 되는 겁니다. 이렇도록 면밀하게 잔머리 굴리는 데 있어서도, 리승만 박사를 따를 위인이 당대 이 나라 정계에 또 누가 있었겠나이까.

아무튼 이렇게 두 분께서 환국하시자, 이미 슬슬 싹트고 있던 우리 정치의 분파 투쟁은 더욱 복잡하게 얽혀 듭니다. 우선 '한국민주당'

은 '임정'요인들의 환국에 맞춰 생계비 조로 거금 9백만 원을 장만하는데, 그 돈을 전달할 때 신익희를 비롯한 일부 '임정'요인들은, 그 속에 더러운 돈도 들어 있을 것이라며 꺼림칙하게 여기기도 하더라나요. 심지어 그이들은 그 자리에서 대놓고, 국내에서 친일분자가 되지 않고 어떻게 이런 돈들을 벌었느냐며, 직접 무안을 주기도 하고, 패전국 일본과의 공모 혐의까지 운운, 처음부터 그 '임정'요인들의 못난 정치적 수준을 여지없이 드러내게 되고, 이렇게 '한민당'과 '임정'의 관계는 스름스름 떨떠름해지게 됩니다. 그이들은 중국 땅에서 소위 왈 독립운동을 했다고들은 하지만, 개인적 자질 면에서나 지적인 수준, 그리고 최소한의 정치적 능력 면에서 솔직하게 말해 리승만 박사나 '한민당' 사람들에 비해 많이 뒤떨어져 있었습지요. 이러니 '한민당' 사람들이 임정 쪽보다 리승만 박사 쪽을 더 선호했을밖에요. 안 그렇겠습니까.

그나저나 그렇게 환국해 돌아오기는 했지만 리승만 박사나 백범을 비롯한 임정 요인들이나, 우선은 당장 급한 것이 자금 문제였습지요. 일컬어 '정치 자금'이라고 하는 것 말입니다. 이 점도 리승만 박사 쪽은 '임정'쪽보다는 훨씬 유연하게, 가져다주는 대로 이 돈 저 돈 가리지 않고 우선은 챙겼을 터입니다. 일단 받고 나서 따질 것은 뒤에 가서 따져도 늦지는 않을 것이라고, 생각했을 터이지요. 바로 그것도 리 박사의 능력이었다고 저는 지금까지도 수긍하는 쪽으로 보고 있습니다. 바로 이렇게 서울 장안의 정치권이라는 게 온통 어수선해지고 있는 가운데, 1945년 12월, 모스크바에서는 미국·영국·소련, 3개국 외상 회의에서 제2차 세계대전 전후 처리 문제를 의논

하면서리 우리 한반도에 대해서는 '신탁통치안'이라는 걸 채택하게 됩니다요. 이게 별안간 웬 날벼락입니까.

대번에 우리 국민 모두가 남북을 가릴 것 없이 격렬한 분노의 회오리에 휘말려 들게 됩니다. 그 뒤로 금방 북쪽은 스탈린의 지령으로 '찬탁'쪽으로 돌아섭니다만, 이 남쪽은 리승만 박사에 백범 김구를 비롯, 온 나라가 '반탁'의 회오리에 온통 휘감기게 됩니다요. 이때, 그렁이까 정확하게 그해 12월 28일, 송진우와 김준연은…….》 하는데, 바로 그 찰나였다.

《잠깐》 하면서 문득 새 목소리 하나가 급하게 돌아 올랐다.

4

《내가 바로 그 고하, 송진우외다. 1890년에 전라도 담양에서 태어나, 1945년 12월 30일 이른 새벽에 한창 나이 56세로 저격을 당해 목숨을 잃었던……. 바로 그때 본인은 '한민당'의 수석 총무였소이다.

한데 조금 전, 리승만 박사께서 주절주절 말씀하시는 것과 백범, 그리고 윤치영에 임병직, 가인 김병로들이 허는 소리들을 잘 들었소이다만, 그 리승만 박사와는 나도 일찍이 1912년에 일본 가마쿠라〔鎌倉〕에서 대학생 신분으로 그이의 존안을 처음으로 뵈었소이다. 그때 그 자리에는 이인・안재홍・김병로・최두선・현상윤 등, 해방 뒤에 '한민당' 핵심 주류를 이루는 몇몇도 같은 유학생 신분으로다 함께 참석했었소이다.

지금도 생각이 납니다만, 그때 이인은 당시 일본에서 공부하던 한국인 유학생들 대부분이 한국의 독립 문제를 국제적으로 제대로 제기할 수 없을 정도로 지적 수준이 매우매우 낮았음을 한탄하기도 했었는데, 그렇게 국제적으로 거물급에 드는 리 박사를 그곳 일본에서 모처럼 만나게 되어 적지 않게 감격했다고 토로했었습지요. 물론 저 송진우도 그때 그 말에는 전폭 공감을 했소이다.

실제로, 불초 소생이 알기로도, 1911년 5월에서 6월 사이, 그이, 리승만 박사는 서울 YMCA의 미국인 총무 브로크먼이라는 사람과 함께 전국 순회 기독교 전도 여행을 떠나, 5월 16일부터 6월 21일까지 기차와 배, 그리고 말, 나귀, 가마, 인력거, 우마차, 도보 등으로 총 3,700킬로미터, 전국 13개 선교 구역을 방문했으며, 33회에 걸친 집회에서 7,535명의 학생들을 만났다고, 어느 간행물엔가 적혀 있는 걸 마악 바로 그 며칠 전에 읽었던 참이었습니다. 그렇게 남쪽의 광주·전주, 북쪽의 평양·선천 등, 전국 13개 도를 돌며 학생 YMCA를 조직했고, 이어서 그해 가을에도 10여 일에 걸쳐 중부 지방, 1천 리를 도보로 돌며 기독교 전도에 힘을 썼다고 합니다. 이렇듯 정력적인 지방 순회 여행을 통한 지방 조직 장악은 그 뒤로도 줄곧 그이의 정치적 자산으로 활용이 됩니다. 그렇지만 이때만 해도 그이는 단지 부흥전도사, 종교운동가였지, 정치 쪽하고는 거리가 멀었었지만, 아무튼지 이미 조직가로서의 그이 면모는 잘 드러냈던 것 같소이다. 그리고 그 뒤, '105인 사건'이 터지자, 그해 5월에 미국에서 열렸던 국제 감리교대회에 한국의 평신도 대표 자격으로 서울을 떠나게 되는데, 그때도 일본 관헌의 손에서 그이를 미리 보호해 내려는 미국 선교사들 주선으로 출국이 이뤄졌습니다요. 그렇게 그때 미국으로 가는 도중에 일본 동경에 들러 왕년의 옥중 동지였던 김정식을 만나, 마침 4월 첫 주일날에 근처 가마쿠라에서 열렸던 학생대회에 우연히 참석하게 돼서 한바탕 선동적인 연설을 하게 되는 자리에서 저 송진우를 비롯, 몇몇 우리 한국 유학생들이 그이, 우남과 처음으로 만나게 되었던 것이올시다.

그런 우남 리승만 박사가 오랜 미국 생활 끝에 1945년 10월 16일, 그러니까 8·15 해방 두 달이 지나서, 실로 30여 년 만에 모처럼 고국으로 돌아왔을 때부터 벌써 리 박사는 '임정'쪽 인사들보다는 정치인으로서도 한 수 위라는 것이 우선 저희들에게는 첫눈에도 돋보였습지요.

이야기는 다시 불초, 송진우가 겪는 그 두 달 간으로 되돌아가게 되지만, 우선 8월 15일, 바로 일본 천황의 방송이 있던 날 오후 2시에 원서동의 제 집에는 민족진영의 김병로·백관수·윤보선·현상윤·백남훈·장덕수·김준연·고희동 등, 30여 명이 모여듭니다.

한편, 허정은 이튿날 8월 16일에 설산 장덕수를 찾아가지요. 이 두 사람은 미국 유학 시절에 뉴욕에서 『3·1신보』라는 신문을 내면서 서로 친분을 가졌었소이다. 장덕수는 원체 달변이고, 일을 꾸미는 능력이 대단해서 그렇게 허정이 우선 그를 찾아간 거지요. 피차의 인맥으로 볼 때 장덕수는 저 송진우의 계열이고, 허정은 리승만 박사계 쪽의 사람으로들 대강 알고들 있었소이다. 그 장덕수는 원체 성격이 활달해서 비슷한 위인으로 분류되던 여운형과도 가까이 지낸 사이였소이다. 허정은 그렇게 장덕수에게 정당 창당에 대한 평소의 자기 소신을 밝히고, 그렇게 두 사람은 일단 의기투합을 하지만, 바로 며칠 뒤에 장덕수를 길에서 만났던 여운형은 자기 심중을 솔직히 이렇게 털어놓았던 모양입니다요.

"설산, 나도 상해에 있어 보았지만, '임정'에 도대체 기대할 만한 사람이 있습니까. 모두 노인들뿐인 데다가, 노상 파벌 싸움이나 일삼는 패거리 아닙니까. 물론 몇몇 분은 새로 서는 정부에 개별적으로 추천헐 만헌 분이 계시지만, '임정'의 법통法統까지 운운한다는 건 좀……."

결국 그 며칠 뒤에는, 바로 이때 설산에게 지껄인 이 몇 마디로 드러난 여운형의 행태가 눈덩이 커지듯이 불어나면서, '인민공화국' 선포라는 판국으로까지 확대됩니다마는…….

같은 그 무렵에, 민족진영에는 대강 여섯 갈래가 있었소이다. 우선 원세훈계가 있었지요. 구한말의 한규설의 손자였던 계동 한학수 집에 자주들 모였던 이 패거리에는 원세훈을 비롯, 이병헌·박명환·송남헌이 있었습지요. 이들은 사회민주주의 색채가 조금 있었습니다. 원세훈은 나라가 망하던 경술년에 연해주쪽으로 들어가 항일운동에도 가담했었으나, 그 뒤, 일본 경찰에 체포되어 2년 동안 감옥살이를 하고, 출옥 뒤에는 『비판』, 『중앙시보』 등을 발간하면서리 나름대로 일제에 언론으로나마 저항을 했었는데, 민족진영 인사들 중에서는 가장 빨리 그해 8월 18일에 '고려민주당'이라는 당 간판을 내겁니다.

다음은 주로 호남 출신들로, 김병로·백관수·김용무·나용균·정광호 등이 있었소이다. 세 번째는 일제 치하의 '신간회' 경성지회 멤버를 주축으로 했던 홍명희·조헌영·이원혁·박의양·김무삼 등이 있었고, 그 다음 네 번째로는 이인·조병옥·박찬희·함상훈·신윤국 등의 패거리 하나와, 그 밖에 공산주의자였다가 전향을 했던 김약수·유진희 등이 있었소이다.

이들이 차츰 '한국민주당'으로 한 덩어리로 합쳐 가는 과정은 매우 자연스러웠소이다. 이들의 개별 모임은 대체로 개개적인 친소 관계나 지역적 연고에 따른 것이었는데, 좌익 쪽 '건준'의 움직임이 워낙 드세어지자 모두가 이심전심 위기감을 느꼈던 것이지요. 게다가 이들 태반이 대동소이하게 그 당시의 국내 인사들 중에서는 불초, 송진우나 김성수를 가장 으뜸가는 지도자감으로 꼽고들 있었던 것 같소이다.

대강 이렇게 돌아가는 분위기 속에서 맨 처음 원세훈이 간판을 내걸었던 '고려민주당'이 슬그머니 김병로 계통과 어울려 들면서리 '조선민주당'으로 통합되고, 다시 또 김도연·허정·윤치영·윤보선 등 미국이나 유럽에서 공부하고 돌아온 유학생들이 주축이 됐던 패거리와도 연결이 되면서 비로소 '한국민주당'으로 굳어지기에 이릅니다. 그렇게 본인, 송진우도, 그 속에 한데 껴들게 되는 것입죠. 다만, 이 과정은 매우 느리게 느적느적 굼벵이 걸음이었을밖에요.

그렁이까 여운형이 벌써 발 빠르게 '건준'에 열을 올리멘서리, 장안파 공산당도 간판을 내거는 등, 좌익이 활발하게 움직이던 바로 그때, 민족진영은 아직도 어느 집 사랑방에서 사담私談 수준으로 우왕좌왕하고만 있었습지요. 그런데 바로 이 무렵에 전라도 광주에서 한 사나이가 조용히 서울로 숨어듭니다. 안경을 끼고 작달막한 볼품 없는 모습의 이 사나이는, 그 뒤, 미 군정 3년은 물론 한국전쟁을 전후하여 엄청난 회오리를 몰고 온 바로 그 골수 공산주의자 박헌영이었소이다.

　실은 이 녀석으로 말할 것 같으면, 내가 그전에 동아일보 사장으로 있을 때는 영업부 직원으로 데리고 있기도 해서 익히 잘 알고 있었소이다만, 위인이 양명하게 타악 트이지는 못하고, 그 뭣이냐, 조금 음험한 구석이 없지는 않았드랬지요. 하지만 그 무렵에도 내게는 대강 고분고분했었소이다. 이 녀석이 1939년에 감옥에서 풀려나와 그 얼마 뒤부터는 광주 어느 벽돌 공장에서 김성삼이란 가명으로 인부 노릇을 하며 몸을 숨기고 있었더라나요. 이 녀석도 8·15 해방을 맞아 은밀하게 서울로 올라와, 명륜동 김해균이라는 자의 집을 아지트로 삼고 공산당 조직에 착수합니다. 이 집은 주위에서 아방궁이라고 불릴 만큼 당시 수준으로는 한·양식 반반의 호화 주택이었던 모냥이에요. 근로대중의 전위라고 일컫는 공산당이 이 같은 저택을 아지트로 삼은 것은 두고두고 해방 정국의 화제가 되기도 했소이다만, 그 김해균이란 자는 해방 당시 35세로 전북 익산의 토호 출신이온데 일본 유학 뒤 한때는 김성수가 맡기 이전의 초기에 보성전문학교 교수로도 있었다던가, 일찍부터 공산주의자들에게 재정적 지원을 하다가, 그 뒤, 6·25 전에 월북, 판문점 정전회담 때는 인민군 대좌로 북한 측의 영어 통역을 맡기도 하더이다. 물론 그런 때는 저 고하 송진우는 버얼써 이 저승으로 와 있었습지요만. 그렇게 해방되고 사흘 뒤 8월 18일경엔 서울 거리에 괴벽보가 군데군데 나붙어, 행인들의 눈길을 끕니다.

　"위대한 지도자 박헌영 선생은 어디 계신가", "위대한 지도자 박헌영 선생은 나오시라" 하고. 이건 뻐언했소이다. 저들, 공산주의 패거리의 상투적인 분위기 조성의 전술이었지요. 이 같은 분위기부터 일단 깔아 놓고, 이미 여운형의 '건준'에 침투해 들어간 이관술·김삼룡·이현상·이강국 등을 불러 모았습니다. 이 자리서 이관술의 상황 보고가 있었다고 하더군요. 그 요지인즉 이렇습니다.

"'건준'은 우익의 지도급들을 대부분 배제한 가운데 지방 조직을 계속 확대 중이다. '건준'의 조직과 선전부서를 대충 공산주의자들이 장악했고, 따라서 조직 원칙에 따라 사업 중이다. 남은 문제는, '건준'과 앞으로 재건될 우리 당과의 관계 형태를 확정하기 위해 '건준' 사업에 대한 우리 당의 공작 원칙을 정하는 일이다. 이미 장안빌딩에 이영·정백·고경흠·이승엽 등, '서울계', '화요계', 'ML계' 등이 모여 조선공산당 간판을 내걸었다. 동대문에서도 공산당 서울 시당부를 조직, 기다리고 있던 최익한·이우추·하필원도 장안파에 합류했다. 이들은 하나같이 전향자 그룹으로서 창당의 형태를 취함으로써 조선공산당 연혁의 정통성을 위배했다. 그러나 우리 당은 재건에 즈음하여 이들에 대한 공격과 병행하여, 이들을 처우하는 일정한 원칙을 결정해야 할 것이다." 대강 이런 내용입니다.

박헌영은 일단 코웃음을 치지만, 일은 순서대로 꾸려 나갑니다. 그는 우선 기간 조직인 '콩그룹'부터 활성화시킬 것을 지시합니다. 그리고 장안파에 가담한 이승엽·조두원·조동우를 포섭, 그쪽의 와해 공작을 시작하도록 지시하곤, 그 자신은 그날부터 아예 방문을 닫아 걸고, 재건 공산당이 내걸 종합적인 당 노선을 작성하기 시작합니다. 바로 그 뒤, '조선공산당'에서 '남로당'에 이르기까지 남한 공산주의자들의 교과서가 되는 저 '8월 테제'라는 것의 작성에 들어갑니다.

5

한편, 그렇게 9월 6일자로 미군이 서울에 진주해 온 뒤, 당일 오후 2시에 우선 일본군 대표로부터 항복 조인을 받은 하지 중장은 조선호텔에 여장을 풀고 국내외 기자회견부터 가집니다. 그리고 다음다음 날 8일에 하지는 한국의 정당, 사회단체 지도자들을 조선호텔로 초청을 합니다. 물론 불초 송진우도 초청을 받았드랬습니다. 그렇게 오라는 시간에 조선호텔로 나가 본즉, 회의장은 '건준'쪽의 유명 무명의 패거리로 와글바글하였습니다. 그 모습이 비위가 상해서 소생은 그냥 돌아와 버리고 말았습지요.

이건 그렇게 제가 비위가 상해서 그냥 자리를 박차고 나와서 돌아온 뒤에 들은 얘기지만, 하지는 그렇게 그날 여운형, 안재홍 등과 처음 만나서 요담을 가졌던 모냥이올시다. 이때 하지는 몽양에게 "송진우 씨가 오거든 내게 소개 좀 해 주시오"하고 부탁까지 하더랍니다. 그러니까 하지는 그때까지 조선에 대한 지식은 거의 백지나 매한가지였지만, 한국 지도자들에 대한 최소한의 예비지식은 그런 정도나마 갖고는 있었던 모냥이었지요.

그 며칠 뒤에 불초 저는 임영신을 중간에 넣어 하지와 첫 회견을 가졌소이다. 이 회견은 장덕수의 통역으로 비밀리에 이뤄졌었는데, 저는 우선 군정의 성격에 대해 물었고, 하지는, 제 쪽에서 보는 이 나라 현 정황 설명을 솔깃하게 들으며, 조심스럽게 자신의 포부와 의견을 제시하더이다. 그리고 불초 제 편의 이야기에 강하게 찬의를 표하며 앞으로 자주 만났으면 좋겠다고 했습니다.

하지와의 이 회견이 있은 뒤, 그때까지는 하지의 정치 고문이던 비치 중위만을 싸고돌던 '건준'과 미 군정과의 관계는 급속히 냉랭해지기 시작합니다. 심지어 하지는, "인공(인민공화국)은, 송진우 씨, 당신도 승인한 것입니까?" 하고 저에게 비꼬아 묻기까지 했을 정도입니다.

이 뒤로, 여운형의 '인공'과 공산당은 서울을 비롯한 지방 조직을 통틀어서, '한민당'의 수석 총무인 불초 저와, 미 군정을 한데 싸잡아서 격렬하게 비난하기 시작합니다. 저간의 사정을 돌아보면, 저들로서는 응당 저럴 만했겠다고 그때나 지금이나 저는 생각하고 있습지요만.

"미 군정은 물러가라, 인민의 총의로써 이룩된 '인공'을 승인하라. '인공'에 정권을 넘겨라……." 하고 온 천지가, 서울 장안이 온통 떠나갈 듯이 소리소리 질러 댔습니다.

이렇게 '인공' 측의 반미 행동이 노골화하자, 드디어 군정장관 아놀드 소장은 앞에서도 언급했듯이 10월 10일자로 '인공' 부인 성명을 다음과 같이 발표하기에 이릅니다.

"남한에는 오직 군 정부가 있을 뿐이다. '조선인민공화국'이니, '내각'이니, 혹은, 심지어 국민 전체를 대표했다고 선전하는 사기 행위를 조종하는 연극을 묵인할 수는 없다. 이러한 무책임한 행동을 일삼는 사이비 정치가들에게 엄중히 경고한다"라고요.

아놀드의 이 성명이야말로, '인공'에 있어서는 치명적이었소이다. 결국 '인공'은 여러 차례 미 군정 당국에 협상을 제의했으나 번번이 거절을 당합니다. 그리하여 일어난 것이 바로 반미운동과 반군정 항쟁이었소이다. 이렇게 되자 미 군정 측도, 당연히 이때까지의 '인공' 중심에서, 불초 제가 수석 총무로 있는 '한민당' 중심으로 정책을 바꾸기 시작하게 됩니다. 이렇게 미 군정 측과 관계가 두터워지게 되면서 본인은 미 군정의 고문이 되고, 뜨겁게 협력을 하는 길로 접어들었소이다. 이때의 본인 나름의 계산은 아무쪼록 미 군정을 도와서 우리 정부를 세우는 데 있어 당면하게 필요해지는 행정, 사법, 입법의 대강大綱부터 익혀 두자는 것이었소이다. 이리하여 불초 소생은, 여러 동지들의 군정 참가를 지지했을 뿐만 아니라 추천까지 마다하지 않았고, 아직 해외에 있는 망명 정객들의 환국 편의를 위해 군정 측과 절충하기도 했소이다. 이리하여 마침내 하지는, 당시 군정 요직 중 가장 급박했던 경찰 책임자의 추천까지 저에게 의뢰해 오기도 하였나이다. 이튿날 바로 저는 군정 고문이던 윌리엄스 대령을 집에 초청, 유석 조병옥과 원세훈을 불러 저녁 식사를 함께 하면서리 이 자리에서 시국 수습책을 종합적으로 검토, 저는 유석에게 미 군정청 경무부장 취임을 적극 종용했소이다.

유석은 그 뒤, 불초 소생이 이곳으로 떠나온 뒤에도 치안 책임자로 우리 남한 정부가 수립될 때까지 혼신의 노력을 기울이게 됩니다.

이렇게 미 군정을 적극 돕는 한편으로, 그때 서울에 주재해 있던 소련 영사 싸부신을 집에 초대하여 저녁 식사를 같이 하면서리 우리 국민의 의사를 저 나름대로 대변하기도 했었소이다. 이렇게 싸부신 말고도 외신 기자 등을 만날 때의 통역은 영어는 장택상과 윤치영, 중국어는 정내동, 그리고 러시아어는 고창일이 담당했소이다.

드디어 10월 16일에 리 박사께서 환국해 오셔서, 소생은 곧장 숙소인 돈암장으로 찾아가, '한민당'의 창당 경위를 설명, 애당초의 계획대로 당 총재 취임을 간청했소이다만, 우남께서는 저대로의 건국 설계가 있다면서 취임을 거부했습니다. 그때만 해도 우남께서는 금방 돌아왔던 참이라, '한민당'과 '인공' 두 쪽을 자신이 중심이 되어 합작을 해 보자는 원대한 뜻도 있었던 듯하였고, 그래선가, 당장은 '한민당'으로부터 물심양면으로 도움을 받으면서도 '한민당'에 대한 태도는 분명치 않아 보였소이다. 하지만 그 얼마 뒤, 우남은 비서실장이던 윤치영 말고, 비서 송필만을 저에게 보내, 그 무렵 제가 나서서 추진하던 '국민대회준비위원회'를 우남 중심으로 바꾸어서 독립운동 추진 중심체로 개편하는 것이 어떻겠느냐고 제의해 와서 저도 흔쾌히 그 뜻을 받아들였소이다만, 리 박사의 그 면밀한 정치적 계산은 저로서도 대번에 짐작하겠더이다. 결국 그 뒤에 제가 충격을 당하여 그곳을 떠나 이곳에 오고 나서 본인이 추진했던 그 '국민대회준비위원회'는 우남을 중심으로 결성되었던 '독립촉성국민회의'로 계승되어 애당초의 그이 뜻대로 흘러가게 되는 겁니다만…….

그렇게 리 박사께서 돌아오고 나서 한 달 남짓 뒤인 11월 23일, 미군 중국 전구戰區의 웨드마이어 장군이 내준 두 대의 미 공군기를 타고 김구를 비롯한 '임정' 요인들도 드디어 귀국을 하게 됩니다.

그렇게 12월 중순 어느 날이었소이다. 임정 요인들의 환국 환영 준비 모임을 겸한 간담회가 관수동 국일관에서 열렸사온데, 이 자리에서는 조금 뜻밖의 일이 일어났습니다. 환국 뒤에 '임정' 요인들 사이에서 설왕설래되던 그 국내 인사 친일론이 또 터져 나온 것이올시다. 지금까지 국내에서 친일을 하지 않고서는 어떻게 생명을 부지해 왔겠느냐며, 신익희·지청천·조소앙 등이 국내 인사 숙청론을 또 들고 나오는 것 아닙니까. 그러자 금방 "나는 숙청까음이겠구먼" 하고 설산 장덕수가 해공 신익희를 마주 보면서 항의 조로 한마디 합디다. 신익희도 즉각, "그야, 설산뿐인가……." 하고 받습디다. 아닌 게 아니라 불초 소생이나 설산·해공은 지난날 일본 유학 시절부터 피차간에 익히 알고 지낸 사이인데, 해공의 이 자리에서의 이런 거리낌 없는 발언은 아무리 취중이라고는 하지만, 지나쳐 보였소이다. 이리하여 불초 소생이 나섰습지요.

"여보, 해공, 국내에 발붙일 곳도 없이 된 '임정'을 대체 누가 들어오게 하였는데, 지금 그런 큰 소리가 나오는 거요. 해외에서 헛고생들 했구먼. 더구나 해공도 좀 생각해 보오. 우리가 지금 애쓰고 있는 것이, 3·1운동 이후 '임정'의 법통 때문이지, 노형들을 위해선 줄 알고들 있나. 여봐요, 중국에서 궁할 때 무엇을 해 먹고들 살았는지, 여기서는 모르고 있는 줄 알아? 국외에서는 배는 고팠을 터이지만, 마음의 고통은 적었을 것 아니오. 가만히 있기나 해. 하여간에 환국을 했으면 모두 힘을 합해서 건국에 힘쓸 생각들이나 먼저 해요. 국내 숙청문제 같은 것은 급할 것이 없으니, '임정' 내부에서 이따위 말들은 삼가는 것이 그대들에게도 좋을 거외다."

이 말에는 해공도 더 이상 대답을 못하고 쑥 들어갔는데, 아무튼 이런 일로 소생의 '임정'에 대한 생각은 전보다 많이 소원해진 것은 틀림없었소이다. 이런 일이 있고 나서 나대로도 자세히 들여다본즉, '임정'이라는 것은 16개 패거리의 연합체로서 거의 일인일당一人一黨식인 데다가, 그렇게 제 나라로 돌아와서도 저저끔 제가 잘났다고들 떠들어들 대지만, 그 뒤, 소생 나름으로 가까이 모시게 된 백범을 비롯, 성재 이시영, 우사 김규식, 해공 신익희 등을 빼고는, 그나마 별볼일 없는 축들입디다.

하지마안, 당장은 어쩔 것입니까. 저로서야 암튼 여하간에 '임정'이 통치 권원權原은 지니고 있어 보이니, 우선은 '임정' 기구를 이용해서 국민운동기구의 창설을 일단 꿈꾸었을밖에요. 그러는 목표는 다른 것이 아니라, 훈정訓政 기간인 미 군정을 빨리 끝내기 위해서도, 우리 정부 수립을 전제로 한 '정당, 사회단체협의회' 하나부터 어서 꾸려 내야겠다는 것이었소이다. 좌파든, 우파든, 우선은 민주주의 노선에 순응만 하면 어느 파든 간에 한자리에 앉아 보자, 이것이었소이다. 주위에 찬반은 조금 있었으나 격론 끝에 이 '국민운동안'은 채택되기에 이릅니다. 하여, 저는 곧장 곧바로 저 자신이 속해 있는 '한국민주당'과 민세 안재홍의 '국민당', 몽양 여운형이 이끄는 '인민당', 그리고 장안파 공산당까지 4개 정당의 협의체를 이뤄 내려고 듭니다.

이 무렵, 민세는 공산당, '콩그룹' 중심으로 변질되는 '건준'을 이미 탈퇴, 새로 '국민당'을 조직했고, 몽양은 우남 리승만과 '임정'이 돌아오고, 미 군정에서 '인공' 부인 성명이 나온 뒤, 자진해서 '건준'을 해체, '인민당'을 발족시켰고, 박헌영의 반대파인 온건했던 장안파 공산당은 종로 2가 장안빌딩에 자리 잡고 우남이나 '한국민주당' 수석 총무였던 저에게도 자주 연락이 있었습니다. 그때 불초 저의 꿈인즉, 이 4대 정당을 우선은 '임정'의 테두리 안에 모이게 하자는 것이온데, 이에 몽양의 '인민당'이 가장 먼저 찬성을 해 오고, 곧장 잇대어서 민세의 '국민당'도 찬성해 오더이다. 이에 불초 저는, 몽양의 '인민당'만은 '국민대회'에 참가하겠다는 뜻을 성명서로 공개적으로 발표하고, 그 원문에 몽양의 도장을 찍어 제출할 것을 요구했소이다. 물론 이것은 8·15 직후 '건준'을 중심으로 일어났던 그런 일을 미리 막아 내자는 저대로의 복안이었소이다.

결국 우여곡절 끝에 4대 정당 대표들은 그 첫 예비회담을 12월 초순에 명월관에서 열게 됩니다. 그 자리에는 예측했던 대로 몽양의 '인민당'이 불참, 유산되고 맙니다.

이리하여 저 고하 송진우는, 차선책으로 이 국민운동에 찬성하는 정당, 사회단체만으로라도 결행하자는 쪽으로 마음을 굳힙니다.

바로 이런 마당에 그해 12월 16일부터 모스크바에서 열렸던 미국·영국·소련의 3개국 외상 회의에서 우리나라에 대한 '신탁통치안'이라는 것이 불거져 나옵니다. 그렇게 12월 26일인가, 그 소식이 외신으로 날아들었으니, 대번에 온 나라는 별안간에 날벼락이 떨어진 초상집으로 변해 버립니다.

그러자 남북을 통튼 열화와 같은 국민의 뜻을 받아, 즉각 '임정'은 '탁치 반대'의 성명서를 미·영·중·소, 4개국에 보낼 것을 채택하고, 곧장 비상국민회의를 소집, '반탁투쟁위원회'를 결성, 그리고는 직접 미 군정으로부터 정권을 아예 이어받으려고까지 나섭니다. 그렇게 '임정'은 우선 주권 행사의 첫 공시로 대한민국 내정부장 신익희 명의로 포고문부터 내고, 거리마다 방을 붙이는가 하면, 서울 시내 9개 경찰서장은 금후 '임정' 내무부장의 지시에 따라 움직일 것을 훈령하기에까지 이릅니다.

이에 당황한 미 군정은 질서 교란을 이유로 임정 요인들을 국외로 추방하겠다고 나서고, 또한 '임정' 훈령에 따른 경찰서장들을 파면 조치하게 됩니다.

이러니 저 송진우로서야 놀라지 않을 수 있었겠나이까. '임정'의 몰지각한 처사에도 놀랐지만, 미 군정의 가혹한 처벌 방침에도 놀랐소이다. 저는 곧장 미 군정 요로를 찾아가서 사태가 더 악화되기 전에 경색된 국면부터 풀어, 미 군정과 '임정' 간의 알력을 일단 미봉彌縫은 해 두었었습니다.

그리고는 바로 그날, 12월 28일 저녁, 저는 김준연을 대동하고 경교장에서 '임정' 주최로 열리는 비상대책회의에 참석을 합니다. 이 자리에는 '임정' 국무위원 전원과 좌우를 막론하고 정당, 사회단체 대표들이 거의 전원 모였었습니다. 이때는 좌우익을 막론하고 혼연 일체가 되어 '반탁' 일색이었으나, 그 반대하는 방법에 들어서는 저와 '임정' 간에 상당히 차이가 있었습니다. '임정' 측은 당장 미 군정을 부인하고 민족 독립을 선포하는 동시에 국정 전반을 접수하자는 주장이었는데, 저는 우리 국민이 통틀어 국민운동을 통해 '반탁'을 부르짖는 것은 당연하지만, '반미', '반군정'으로까지 나아가, 미 군정 당국과 충돌하는 것만은 반드시 피해야 한다고 주장했소이다. 그때 저의 주장인즉, 미국은 여론을 가장 중요하게 여기는 나라여서, 국민운동 등 민주적 방식으로 우리 의사를 표시하면 신탁통치안이 취소될 수도 있지만, 만일 이참에 아예 군정을 부인하고 '임정' 이름으로 독립을 선포하면 반드시 큰 혼란이 일어날뿐더러, 이렇게 되면 이 틈을 비집고 자칫 공산당이 주도권을 잡게 된다, 이건 한사코 피해야 한다, 라고 열렬히 주장했소이다. 그러나 '임정' 측도 끝까지 자기주장을 버리지 않아, 그렇게 꼬박 밤을 새우다시피 새벽 4시까지 격론을 벌인 끝에 내일 다시 논의하자며 헤어져 집으로 돌아와 두어 시간 눈을 붙였을까 말까, 이튿날 29일 아침 7시에도 리승만 박사의 비서 송필만이 찾아와 잠깐 요담, 그러고 나서 마악 아침 밥상을 받고서는 "박헌영 군에게 이번만은 딴생각 먹지 말라고 좀 전해 주게. 내가 그러더라고……." 그쪽으로 줄이 닿는 측근에게도 이 한마디를 이르고는 조반을 드는 둥 마는 둥, 다시 곧장 '한민당'사로 나셨소이다. 그리고 이날 오후에는 다시 원세훈·서상일·김준연을 대동, 경교장으로 갔었고, 이날의 '임정' 회의에서는 일단 '신탁통치반대국민총동원위원회'라는 걸 결성하고, 이튿날 30일에는 서울운동장에서 대대적인 시민 궐기대회를 개최할 것과 41명의 중앙위원을 선임, 31일부터는 이 대회를 전국적으로 확대할 것을 결정하게 됩니다.

그러고 나서 모처럼 그날은 조금 일쯕 저녁 7시쯤 집에 들어와 마악 저녁 밥상을 물리는데 원세훈에게서 전화가 걸려옵니다.

"고하와 '임정' 간에 의견이 다르대서 말이 많던데 그게 사실입니까?"

"글쎄, '임정'에서는 모두 짚신에 감발을 하고 걸어 다니면서라도 반탁을 허겠답디다. 저렇게 되면 반탁이 문제가 아니라 미 군정과 정면으로 충돌이 될 터인데 대체 뒷수습을 어떻게 하려는지 원. 나도 그 이상은 모르오."

이렇게 금방 전화를 끊고, 다시 두어 사람이 찾아와 주로 그 일로 요담을 나누고 나서 그럭저럭 10시 넘어 저는 잠자리에 들었소이다.

이튿날 그렁이까 30일 새벽, 창문 열리는 소리와 함께 여러 발의 총성이 울리고, 저는 그대로 쓰러집니다. 흉한은 6명으로 곧바로 열세 발의 총탄을 퍼부었는데 여섯 발이 명중하더이다. 이렇게 저의 모든 일은 한순간에 끝나 버립니다. 7일장으로 1월 5일에 장례를 치렀는데, 아호라, 이때는 벌써 소련의 지시에 따라 박헌영의 공산당은 탁치 찬성 쪽으로 돌아서는데, 이미 고하 송진우 저는 그런 일들 일체에서 멀리 떠나 있었고, 단지 우남 리승만의 망우리 유택으로 들어서는 저를 곡哭하는 한시 한 편이 그나마 위안이 됩니다요.

'의인은 예부터 자기 명에 죽는 경우가 드물고, 한 번 죽는 것을 대수롭게 여겨 마치 제 집으로 돌아가듯 한다. 나라 안이 모두 슬퍼하고 처자들도 우는데, 섣달그믐 망우리에는 눈만 부슬부슬 뿌리는가.'》

6

전과는 달리 조금은 능청맞은 분위기로 리승만의 목소리가 다시 이어졌다.

《이 나라를 새로 세우고 지켜 내고 이만큼 키워 낸 것은, 나 리승만이 해낸 것이라고요?! 천만의 말씀, 아니올시다. 그건 그해에, 1945년 가을에, 소련군이 아니라 미군이 이 남한 땅에 진주해 온 데서만 비롯된 것이었소이다. 그때, 나 리승만이가아, 그 정도로 강어거지를 쓰며, 한때, 하지 장군과도 더러는 피차에 으등부등 으르렁거리기까지 하며, 그렇게 이 나라를 세울 수 있었던 것은, 처음부터 미군이 진주해 온 데서만 가능했지, 소련군이 진주해 왔더라면 어찌 됐겠습니까요. 일사천리로 저들 뜻대로 스탈린 명령대로 막무가내로 밀어붙여졌을 것이올시다. 바로 이 점이야말로, 나 리승만은, 백 마디 천 마디 말이 필요 없이 지금도, 요행 천행이었던 것으로 생각하고 있소이다.

그리고 또 한 가지, 왜정 치하부터 악명이 높았다던 경찰관 노덕술 등등에 대해서도, 이참에 한마디 첨언을 하겠소이다. 그자의 전력은 그때, 나 리승만으로서는 애당초에 알 턱이 없었고, 당시 지금으로 말허면 서울시경 국장이었던 수도청장 장택상의 수하로 그자가 수사과장 일을 보았사온데, 고하 송진우의 암살범, 한현우를 잡아 족치는 데서부터 벌써 민완을 발휘했소이다. 원체 질서 유지가 어렵던 그때라, 미 군정청에서나, 수도청장 장택상이나, 그리고 뒤에는 나 리승만부터도, 그런 거 저런 거 자세히 가릴 계제가 아니었소이다. 일제 치하에 악질 경찰관으로 우리 양민이나 심지어 우리네 독립운동을 하던 인사들까지 잡아 족치던 녀석이었던 모냥인데, 당시 수도청장 장택상도 어쩔 수 없었을 것이올시다. 그때 이 남한에 미군이 진주해 있었다고는 하지만, 소련 쪽에 줄을 대고 있던 공산주의자들이 천지 사방에 그렇게도 극성이었응이, 하루하루가 그야말로 아슬아슬한 다급한 마당에 어쩔 것입니까. 따질 것은 뒤에 가서 따지더라도 늦지 않다, 우선은 질서 유지가 급하니, 그 지닌 능력껏 사람을 채용해서 썼을 것이올시다. 그렇게 채용해서 나름대로 공을 세우면, 지난날의 그런 저런 일들은 정도껏 사赦할 수도 있는 것이 새로 서는 세상의 새 도리일 수도 있는 것이 아니겠습니까요. 나 리승만은, 처음부터 그런 쪽으로는 고지식 일변도가 아니라, 매사에 훨씬 유연허게 사태 돌아가는 만큼으로 대응해 왔소이다.

 말은 바른 대로, 그때 소련군이 진주해 있던 북에서는 그런 일을 너무 철저히 말끔하게 잘해서, 그 뒤, 어찌 됐습니까요. 그렇게 그 북쪽 땅에서 숙청을 당해 쫓겨나, 대거 월남해 온 능력 있는 인재들이, 그 뒤, 어떻게 됐던가요. 이 남쪽에서, 정계政界를 비롯, 경제며, 군이며, 경찰이며, 심지어 종교계, 문화계까지 모든 영역에서 통틀어 이 나라를 이만큼 키워 낸 원동력이 되지 않았소이까. 그로부터 이만한 세월이 지나설란에, 그런 일로 일부에서는 '과거사 정리'래나 뭐래나, 이러쿵저러쿵 하고들 있는데, 본디 세상 가는 것은 꼭히 어느 하나의 기준이나 이치대로만 가는 것은 아니올시다. 요즘 더러 정계에서나 요로 요로에서 활개치고 있는 사람들 가운데서도 그 선친의 일제 때 행적이 뒤늦게 사실대로 드러나서 곤혹해하는 경우도 있는 듯하온데, 나 리승만이 여기서 보기로는, 그런 일들 하나하나가 도무지 세상 물정 너무도 모르는 아이들 놀음 같고 치기스럽게만 보입니다. 그런 일들일랑, 새로 열리는 세월 분위기 따라서 그냥저냥 그렇게 흘러가도록 우물쭈물 덮어 두기도 하는 것이지, 죄다 몽땅 드러내서는 대관절 어쩔 것입니까요. 털어서 먼지 안 날 사람이 과연 있겠습니까요. 이런 일들 하나하나도, 나 리승만이 지금 이곳에서 내려다보기로는, 정계 움직임이 몽땅 코미디처럼 보이듯이, 그런 일들로도, 목에, 어깨에 힘주어 돌아가는 모습들도, 도무지 가당치가 않고, 웃기는 짓들로 어처구니가 없습니다.

 하지마안, 다시 곰곰 생각해 본즉슨, 모름지기 정치권이란 것이 송두리째 이 정도로 품격이 떨어지고 값이 싸졌다는 바로 이 점이야말로, 이 나라의 사람살이가 이만큼 좋아졌다는 뜻이 아니겠습니까. 국민들 거개가, 그까짓 대통령 누가 되든 뭐 어떠랴, 크게 달라질 것은 없을 것인즉, 장삼이사張三李四 누가 되든, 난 상관 안 할란다, 죄다 이런 생각들이 아닌가요.

그렁이까 옛날 그때, 1945년 8월 이후 5개월간을 비롯, 그 뒤 12년 간의 이 나라 정치가 그 정도로 굳은 시멘트 덩어리마냥 오직 무거 웠던 것은, 바로 그 무렵의 이 나라 정황이 그렇게 백척간두에 선 듯이 아슬아슬했었소이다.

그나저나, 정치라는 거, 세상 흘러가는 것은, 한마디로 말해서 물 흘러가는 것과 같습니다. 어느 한 사람의 자의恣意거나 어느 하나의 이론대로 인위적으로 꾸려 가다가는 기필코 어느 대목인가에서부터 는 돌이킬 수 없게 꽉 막히게 마련이지마안, 저저끔 죄다 저 생긴 대로, 저들 한 사람 한 사람 제 형편대로 돌아가다가 보면, 옛날 그때, 고하 송진우나, 몽양 여운형이나, 설산 장덕수나, 백범 김구처럼 비명횡사로 그 삶을 마감하는 사람들도 개중에는 물론 있지마안, 거개 사람들 사는 세상은 세상대로, 물 흘러가듯이 구름 흘러가듯이 흘러 가게 되는 것인가 봅니다요.

바로 이것이 지금 나 리승만의 솔직헌 심정이기도 하외다.

대강 이런 관점에서 나 리승만이, 이곳에서 지난 70년의 우리 정치 흘러온 것을 보자고 들면, 딱 한마디로 할 수 있어 보입니다. 바로 몇 대 군왕君王의 권력이 쫄아드는 과정이었다고요. 자, 한번 보십시오. 지금으로부터 55년 전, 그렇게 '4·19' 거사로 초대 대통령이었던 이 나 리승만은, 그 자리에서 쫓겨나면서 미국 하와이로 망명의 길을 떠나지 않을 수 없었고오, 그 뒤, 박젱히는 어떻게 됐느냐, 그 19년 뒤에 하필이면 직속 부하에게 사살되며 비명에 갔고오, 또 그 뒤, 전두휀과 노타우는 '통대' 대통령이라는 자리에서 물러나자 쇠고랑을 차고 가막소에를 갔고오, 또오, 그 뒤의 김영샘이나 김다정은 그 대통령 자리에 있는 동안에 친족이며 자식들이 역시 쇠고랑을 차질 않았드랬습니까. 이렇게 우두머리에 앉았던 이 나 리승만을 비롯한 대통령들이 몽땅 그 자리서 쫓겨나서 망명을 하거나, 줄줄이 비명횡사에다 쇠고랑까지 차며 서리를 맞는데 맞먹듯이, 이게 웬일들입니까, 그간에 숨죽이고 어느 구석박이에들 꼼짝 못허고 쫄아들어 있던 백성들은, 제각기 슬슬 어깨들을 펴며 본시 저들 생긴 대로 활기를 되찾고, 당분의 자유를 누릴 대로 누리며 사방으로 뻗어 나가 돈을 벌어들이고 있질 않았습니까요. 이렇게 십 년, 이십 년 지나는 동안에, 이 나라는 어찌 되었습니까아.

처음에는 중동으로, 베트남으로, 그 다음은 아프리카 오지까지 세계만방 구석구석으로 돈이 될 만한 틈서리만 있으면 호랑이 굴이라도 서슴지 않고 모두가 앞을 다투어 돌아다녔사옵고, 그렇고름 이 나라 경제는 왕창왕창 커 오질 않았습니까요. 이렇게 우두머리들이 차례차례 별 볼일이 없이 쪼그라들면서 백성들은 하나같이 제 세상을 만나 천상천하, 무서운 것이 없어졌습니다요.

그렇게 노무헨이에 이르면, 전임자들의 그 꼬락서니까지 일목요연허게 보았던 터이라, 지레 겁을 먹어선가, 아니문, 그런 전철을 밟지 않기로 작심해선가, 자신을 향해 백성들이 무슨 쌍욕을 해도 그냥저냥 들어 넘겨야만 했습니다요. 심지어 그 노무헨의 친누님은 고작 18평짜리 서민주택에 살았다질 않습니까요. 어찌 저 지경까지 떨어질 수가 있는 것이겠능가요. 현금의 나 리승만으로서는 세상이 통틀어서 모조리 희한꼴랑한 판으로 들어선 것 같은 생각이지만, 다시곰곰 생각해 보문, 대통령 노무헨 말대로, 이게 바로 모름지기 제대로 가는, 그 뭣이냐, 민주주의 세상으로 가는 제대로의 길이기도 허겠구나, 싶어지기는 합니다요.

하지만 저게 어떻게 제대로 된 정치라고 할 수가 있겠습니까요. 정치인이라는 녀석들이 기본 체통까지 마다하고 그야말로 통째로 사기꾼들에게 휘말려 들어서 저 야단들이니, 망신살이 들지 않고서야 제 낯짝 들고 어찌 저럴 수가 있겠습니까요. 어쩌다가 이 나라 정치라는 게 송두리째 저 지경으로까지 떨어질 수가 있겠습니까요.

그러고 보면, 백범께서 하신 말씀도 새삼스럽게 현금의 나 리승만의 가슴에 기별이 와 닿기는 합니다. 그이께서 왈, 이 모든 것은 그뿌리가 바로 그 옛날에 이 내가 저지른 '단독정부', '단정' 수립에서부터 비롯되었다는 주장 말입니다. 정치고, 사회고, 문화고 할 것 없이, 송두리째 썩다 못해 아예 문드러진 것이 바로 거기서 비롯되었다아……, 그렇게 통틀어서 미국화되었다아……, 그 주역이었던 우남부터가 그때 이미 반 넘어 미국 사람이었다아……, 하던 소리 말입니다. 물론 백범 그이도 그런 소리를 하면서도 한편으로는 그 점은 스스로도 느끼시니까, 그 이상은 더 열을 안 내시고, 그저 그렇게 그해 1948년에 남북이 제각기 '단정'이 선 뒤에는 그냥저냥 우리 삼천리강산이 흘리는 진땀만을 제 한 몸으로 대신해서 흘리자는 작심하나로만 골몰해 왔다고 합디다만, 그 점, 나 리승만도 전폭적으로 감동적으로 받아들이고 있습니다마는, 말은 바른 대로, 그때는 그이와 나와의 거리가 똑같은 남쪽 땅에서 원체 가까운 탓에, 그이의 그 소리도, 같은 '단정'이었지만, 북쪽 '단정'은 슬그머니 빠지고, 주로 이 남쪽 '단정'으로만 그 화살이 날아오면서리, 이 나 리승만만을 붙들고 늘어지며 뒤흔들어 몹시 괴롭히곤 했사옵니다.

하여, 심지어는 그 백범 암살의 진짜 배후가 이 나 리승만이라는 소리까지 항간에는 그럴듯하게 나돌기도 했었소이다. 물론 그런 풍문을 의도적으로 퍼뜨린 것이 이 남쪽의 스탈린 졸개들이었기도 했지만요. 암튼 그 무렵의 실제 정황으로, 남북의 '단정' 수립은 피차일반이었사온데, 어째서 이 남쪽의 나 리승만만 나쁘다는 것이었는지요. 그렇다면 그때 아예 그렇게 남북 통틀어 공산주의 정부가 들어섰어야 했다는 소립니까요. 물론 그렇게 됐더라면, 남북 분단은 애당초에 안 되었을 것이니, 그때 처음부터 스탈린 지령하의 공산주의 괴뢰 통일정부가 이 땅에 섰어야 했다는 소린가요. 어느 모로 보더라도 그때 그런 일은 그렇게 간단히 될 수는 없었던 것이지만, 나 리승만으로서는 천하없어도 그것만은 내 한 몸 목숨을 던져서라도 막아야 한다는 굳은 결의였소이다.

그렇게 그때의 '단정' 수립이 그로부터 67년이 지난 현 정치권의 저 꼬락서니의 뿌리였다는 소리도 일단은 나 리승만도 받아들이겠습니다. 뿐만 아니라 정치뿐 아니라 사회도 문화도 송두리째 미국화되었다아, 나 리승만까지도 그때부터 이미 반은 미국 사람이었다아…… 하는 소리도 조금 섭섭하게 들리긴 합니다마는, 나 리승만으로서도 냉정하게 일리가 없지 않다고 여기기는 합니다…….

하지마안, 일언이폐지하야, 현금에 와서 다시 곰곰 생각해 보건대, 나 리승만과 백범의 차이는 그닥 큰 것은 아니었음을 이 자리서 거듭 확인 안 할 수가 없습니다. 백범의 그 뜨거운 충정을 어찌 나 리승만인들 모를 것입니까. 그 점을 혼자 어금니로 꽁꽁 씹어 볼수록 참으로 가슴이 막히고 늘 나답지 않게 울음까지 나오려고 했습니다. 이날 이때까지 60년간 줄곧 그래왔습니다.

그리하야 결국 이야기는 간단합니다. 남북이 통일될 그날에는 바로 나 리승만과 백범은 그간에 피차간에 있었던 그 모든 껄쩍지근한 것들은 통일되는 그 한순간에 깨끗이 개운해질 수가 있게 될 것이올시다.

그러고 보면 현금 나 리승만의 절절한 꿈은 다른 것이 아니올시다. 바로 나라의 통일, 남북의 통일이올시다. 아아, 남북의 통일, 삼천리 강산의 통일, 이상의 바람이 또 어디 있겠습니까. 그 점, 나 리승만의 립장에서 보기에도, 지난 2000년 이후의 획기적인 변화는 참으로 두 눈이 번쩍 열리게 괄목하지 않을 수 없습니다. 다만, 그로부터 다시 15년이 지난 지금에 와서 돌아보건대, 이건 원체 왕년 그때의 독재자였던 나 리승만의 생각이어서 조금 조심스러워지기도 합니다만, 당장 그 일, 남북 화해의 길에 나서는 정부 당국자나 대북 사업자들을 나 리승만대로 이곳에서 가만가만히 보아한즉슨, 원체 상대가 상대이니만큼, 북한 체제인 만큼, 그런대로 요해할 면도 없지는 않사옵니다만, 이쪽, 남쪽 대한민국의 '헌법 정신'이라는 큰 원칙만은 모름지기 견지해 가야 할 것이지, 지나치게 당장의 그쪽 립장이나 그쪽 분위기에만 휘감겨 들지는 말아야 할 것이다, 싶어집니다요. 더 더

멀리까지 돌아보고, 내다보면서, 이를테면 이쪽 어느 별에 나 리승만
보다도 먼저 와 있는 조만식이라는 사람도 지금의 남북 현황을 내려
다보며 혼자 고개를 끄덕끄덕, 크게 안도의 한숨이 나오도록 되어야
할 것이다아, 이겁니다.

　자, 그럼 나 리승만은 이만 물러가렵니다아……》

바다 흐르는 소리

조선조 말기의 우리 정황

1

바다 흐르는 소리 틈 사이로 어디선가 또 문득 목소리 하나가 들렸다.

《나, 민영환이외다. 그렁이까 광무 9년(1905), 일본이 러일전쟁에도 승리하고 나서 제2차 한일협약이라는 을사조약이 체결된 뒤, 73일째 되던 11월 30일 오전 여섯 시, 스스로 목숨을 끊어 일제 침략에 항거했었소이다. 그날 새벽 일찍 서대문 밖, 지금의 충정로 본가에 잠깐 들러 가족들을 만나보고 곧장 되돌아와 주위 사람들을 물리치곤 조용한 속에서 주머니칼을 꺼내 혼자서 일을 저질렀었소. 뒤에 듣기로는, 이때 갑자기 서쪽 하늘에서는 큰 별 하나가 떨어지고 있었고, 집 앞에는 웬 까치 한 떼거리가 몰려들어 시끌짝하게 우짖었다고도 합디다만, 그때 피범벅으로 죽어 가던 나야, 그런 거, 저런 거, 알 턱이 없었소이다. 실제로 정말 그러했었는지 여부도 확인할 길이 없구요. 지금에 와서 그런 걸 확인해서는 또 어쩔 것입니까요. 다아 아득한 지난 일이오이다.

하지마안 이것도 저는 그곳으로부터 그때 머얼리 이 별로 건너와서 뒤에 알았소이다만, 한때 우리 집 하인으로 있던 모모는 그 무렵에는 계동에 살면서리, 요즘으로 치면 택시 기사 격으로, 인력거를 끌면서 생계를 이어 갔었는데, 옛 주인인 민영환 내가 그렇게 순절했다는 비보를 듣고는, 곧장 내 시신 곁으로 달려와 한바탕 대성통곡을 하며 조의를 표하고는, 그날 밤 혼자 경우궁 뒷산으로 올라가 목매어 죽었다고 하는데, 웬일입니까요, 정작 이 사실은 민영환 나도 비록 죽은 몸이면서도 가슴에 찌잉하게 와 닿습디다요. 뭐가 와 닿드냐고요? 그거야 전들 어찌 압니까요, 그저 별것 아닌 필부匹夫로만 하찮게 알았었던 그도, 그렇게 그런 모습으로 제 목숨을 끊었다는 것이, 뭔지 모르게 조금 괴이쩍고, 아무튼 금방 죽었으면서도 그런 것은 저에게도 기별이 와 닿고 싱숭생숭해집디다요. 물론 지금은 그 녀석도 어느 별에 가 있는지 알 수도 없지만요. 참으로 이런 것은 원체 사람이 살고 죽는다는 것이 가도가도 불가해하고, 끝내는 몰라지기도 합니다요.

또 한 가지. 그렇게 민영환 내가 죽은 뒤, 피가 낭자하게 묻어 있던 옷과 칼은 그대로 마루방에다 정성스레 봉안해 두었던 모냥이옵는데, 이듬해 1906년 7월에 들어서 그곳을 열고 보았은즉, 마루 틈에서 네 줄기에 아홉 개 가지, 마흔여덟 개 잎사귀가 돋아 오른 푸른 대나무 하나가 솟아 올라와 있어, 저 옛날 고려 말 정몽주의 혈죽고사血竹故事와 함께 한동안 온 장안과 전국 방방곡곡에까지 자자하게 그 소문이 퍼졌더랍니다.

허나, 그로부터 어언 백십여 년이 지난 현금에 와서는 과연 어떻습니까요. 그런 일들도 옛이야기 속의 하나의 우화 같은 것으로 귓등으로만 흘려서 들을 뿐이지, 누구 하나 뜨겁게 관심을 나타내는 사람이라곤 없고, 세상은 통틀어 무지막지하게 변해 버렸습니다요. 암은요, 무지막지하게입지요. 해와 달과 별과 하늘만 그때의 그 해와 달과 별과 하늘일 뿐, 그 밖에 세상만사는 어엄청 달라져 버리지 않았습니까요.

자, 고럼 그때 방 안에서 혼자 죽어 있는 이 피투성이 민영환의 옷소매 속에서 나온 그 유서라는 걸 한번 직접 읽어 보아 줄 터이니 들어 보아 줍소서.

'아! 국치國恥와 민욕民辱이 이에 이르렀으니 우리 민족은 장차 생존경쟁 가운데서 진멸殄滅하리라. 대체 살기를 바라는 사람은 반드시 죽고, 죽기를 기약하는 사람은 도리어 삶을 얻나니, 제공諸公은 어찌 이것을 알지 못하는고. 영환은 한번 죽음으로 황실皇室에 보답하고 2천만 동포 형제에게 사죄하려 하노라. 그러나 영환은 죽어도 죽지 않고, 저승에서라도 제공을 기어이 도우리니, 다행히 동포 형제들은 천만 배 더욱 분려奮勵하여 지기志氣를 굳게 하고 학문에 힘쓰며 한마음으로 힘을 다하여 우리의 자유 독립을 회복하면, 죽은 몸도 마땅히 저 세상에서 기뻐 웃으리라. 아! 조금도 절망하지 말지어다! 우리 대한제국 2천만 동포에게 이별을 고하노라.'

그리고 또 한 장의 다음과 같은, 당시의 주한 각국 사절들에게 보내는 유서도 있었으니 역시 함께 들어 보소서.

'영환이가 나라 위하기를 잘못하여 나라 형세와 백성의 계책이 이에 이르렀으니 다만 한번 죽음으로써 황은을 갚고 우리 2천만 동포에게 사죄하노니, 죽은 자는 그만이거니와, 지금 우리 2천만 인민이 장차 생존경쟁 가운데 진멸할지라. 귀 공사公使는 어찌 일본의 주의 主意를 헤아리지 못하며 또한 일본의 행위를 살피지 못하는가. 귀 공사 각하는 다행히 천하 공론을 중히 여겨, 돌아가 귀 정부와 인민에게 알려 우리나라 인민의 자유와 독립을 도와주면 죽는 자도 마땅히 저 세상에서 기뻐 웃고 감사히 여길지라! 아! 각하는 행여나 우리 대한을 가볍게 보지 말고 우리 인민의 혈심血心을 그릇 알지 마시라.'

이 밖에 고종에게 보내는 유서 한 통도 있었는데, 원체 죽는 마당의 그 경황 중에 쓰느라, 마저 쓰지를 못하여 올리지는 않았습니다.

자, 그로부터 백십여 년이 지난 현금에 와서 오늘을 살아가는 여러분들께서 이런 글줄을 뒤늦게 듣는 소감들은 과연 어떠하옵니까.

무슨 도깨비 쎗나락 까먹는 소린지 도통 모르겠다고요. 아니, 들어서 하나하나 알아들을 만은 하지만, 도대체 그래서 오늘을 사는 우리더러 어쩌라느냐고요. 그렇게 죽은 당신을 지금도 길이길이 존경해 달라고요. 그럽시다요. 존경합시다요. 그렇게 원하시면 존경해 주겠으니 염려 놓으시라고요. 그렇지만 도대체 당신이 그렇게 죽어서 마루 밑에서 대나무가 나와서 대체 어쩼다는 겁니까. 그렇게 귀신 쎗나락 까먹는 소릴랑 그만 하시고, 어서 꺼지시라고요. 그러지 않아도 바쁜 사람 붙들고 이러고저러고 귀찮게 굴지 말라고요.

아닌 게 아니라 그러고 보면 지금 서울에서 사는 여러분들은 서대문 밖 충정로라고 하면 잘들 익히 알 것이오만, 바로 그 이름은, 내가 그렇게 죽은 뒤, 내 그 충절을 두고두고 기리기 위해 고종 황제께서 내려준 시호諡號 충정공忠情公의 이름을 딴 것이온데, 그로부터 백십여 년이 지난 지금에 와서는 본인부터가 그때 참으로 울분에 겨워 그렇게 자결까지 했던 일이 도무지 스스로도 어이가 없사옵고, 생판 남의 일 쳐다보듯 하게도 되옵니다요. 그러니 현금의 서울 한가운데를 하루하루 살아가는 여러분들로서야, 충정로면 그저 충정로지, 충정공이 어쩌고저쩌고 그런 따위 헛나발이 어느 동네 이야기냐, 그런 개뿔따귀 같은 소릴랑 듣기 싫으니 어서어서 꺼져라, 할 것임을 저 민영환도 모르는 바는 아니올시다. 그나저나 살아생전의 저 삼엄했던 양반 체통도 어느새 말짱 내팽개치면서리 '개뿔따귀'니, '헛나발'이니 하고 이런 상스러운 말 씀씀이부터 함부로 하게 되는 저 자신이 스스로도 거듭 어이가 없기도 합니다만······.

하지마안 백십여 년 전 그때는 그렇지가 않았습니다. 제가 그렇게 죽은 뒤를 잇대어 홍만식에 조병세에 분사자憤死者가 전국 곳곳에 속출하였소이다. 그뿐이 아니오이다. 저의 예장禮葬이 나가는 길에는 서울서부터 용인 장지까지 뒤따르는 학생들의 목소리가 장안을 온통 뒤덮었소이다.

'정충精忠일네 정충일네 우리 민공 정충일네, 대절大節일네 대절일네 우리 민공 대절일네, 이 충성 이 절개는 만고에도 짝이 없네, 빛이 나네 빛이 나네 대한산천 빛이 나네, 기사득생 밝은 말씀 유서 중에 정령하다, 동포들아 동포들아 2천만의 동포들아, 하여 보세 하여 보세 결심육력 하여 보세, 견지면학 깊은 훈계 우리 학도 잊을손가, 학도들아 학도들아 대한제국 학도들아, 하여 보세 하여 보세 견기지기 하여 보세, 하여 보세 하여 보세 면기학문 하여 보세, 독립일세 독립일세 2천 만민 독립일세, 자유로세 자유로세 2천 만민 자유로세, 이

독립 이 자유는 우리 민공 공이로다, 공이로다 공이로다 피 흘리신 공이로다.'

이렇게 영여靈輿가 대한문 앞에 이르렀을 때는 고종 황제께서도 친히 나와 곡哭을 하였고, 그리하여 더욱 그때의 한양, 서울 백성들의 애끊는 울음소리는 그야말로 천지를 진동하였습니다. 이렇게 수많은 인파는 경기도 용인 장지까지 잇달았드랬소이다.

지금에 와서 되돌아보건대, 그렇게 사방 어느 구석을 둘러보아도 완전 절벽으로 꽉 막힌 나라 운세를 앞에 두고 스스로 그렇게 목숨을 끊기 전에 저로서 마지막으로 시도해 본 일이 전혀 없지는 않았습니다. 끝으로 한 가지는 있었소이다. 그건 무엇이냐. 바로 미국, 1882년에 맺어졌던 '한미수호조약'이었소이다. 그 조약에 명시되어 있던 '상호 방위' 조문의 발동을 미국 정부에 한번 탄원이라도 해 보자는 것이었소이다. 이렇게 도미渡美의 필요성을 한규설과 소생 민영환에게 역설했던 것이 바로 그때 한창 나이 서른한 살의 청년, 이승만이라는 사람이었소이다. 그리하여 한규설과 나, 그 밖에도 몇몇은 그 의견에 공감, 마지막으로 그 일은 한번 썩 해 볼 만하다고 여겨, 그 적격자로 아예 처음부터 그 이승만을 꼽았습니다.

그리하여 이승만은 서울에 포교 일로 와 있던 몇몇 미국인 목사들의 도움으로 서둘러 유학생 자격의 여권을 마련하고, 한규설과 소생이 머리를 맞대고 준비한 우리 주미 공사관에 보내는 비밀문서까지 급하게 장만, 극비리에 이승만은 1904년 11월 초에 미국으로 떠납니다. 이때 소생 민영환은 그때로서는 거금 3백 달러의 격려금까지 이승만에게 건넵니다. 그렇게 12월 초에 미국에 가 닿은 이승만은 우선 주미 공사를 만나고, 김윤정金潤晶 참사관과 흉금을 털어놓고 이야기를 나눕니다. 이승만은 단도직입적으로 1882년에 체결된 '한미수호조약'의 발효를 미국 정부에 요청할 용의가 있느냐고 묻고, 김 참사관은 그렇게 노력하겠다고 약속을 합니다.

그 다음, 이승만은 아칸소 출신의 상원의원 딘스모어를 방문, 소생이 몇 자 쓴 편지 한 통을 정확히 전달합니다. 한때 서울 주재 미국 공사로 재직한 바 있던 딘스모어는, 옛 친구로부터의 내 그 몇 자 적은 서한을 읽고는, 당시의 국무장관 면담을 주선해 본다고 약속을 합니다. 이에 힘을 얻은 이승만은 곧장 『워싱턴 포스트』사를 방문, 미국 신문에 최초로 그의 글이 실리기도 합니다. 며칠 뒤 이승만은 딘스모어의 안내로 국무성을 방문, 존 헤이 장관과 30분 정도 면담을 합니다. 여기서 이승만은 일본의 한국 침략 야욕을 규탄하며, "우리 한국 사람들은 각하께서 중국에 대하여 하신 것과 같이 우리 한국에 대해서도 함께 힘써 주시기를 갈망하고 있습니다. 이것은 우리 민족 전체의 소망입니다"라고 간곡히 부탁을 합니다. 그러자 헤이 장관은 딘스모어 상원의원도 합석해 있는 앞에서 "개인적으로나 미국 정부를 대표하는 입장에서나 기회 있을 때마다, 명문으로 나와 있는 그 한미조약상의 의무를 이행하기 위하여 최선을 다하겠습니다. 다짐합니다"라고 답합니다만, 바로 그해 여름 헤이 장관은 급작스럽게 죽게 되어, 그의 그 다짐은 그대로 물거품이 되어 버립니다.

게다가 엎친 데 덮친 격으로, 같은 해 7월 19일에는 태프트 미 국방장관이라는 자가 일본으로 가, 일본 수상 가쓰라와 '가쓰라-태프트 밀약'이라는 걸 맺음으로써 우리로서는 더 이상 어쩔 수 없게 되어버립니다. 이렇게 힘센 나라들의 외교라는 건, 거개가 저들 잇속 위주로만 돌아가고 있는 걸 새삼 확인하게 될 뿐입니다.

하지만 이승만은 그 특유의 뚝심을 발휘, 시어도어 루스벨트 대통령의 사저까지 기어이 방문, "대통령 각하, 우리는 우리 조국의 독립을 보장함에 있어 각하의 도움을 빌려야 하겠습니다"라고 미리 준비해 갖고 갔던 탄원서를 직접 전달합니다. 그 자리서 이것을 훑어본 루스벨트 대통령은 이렇게 받습니다.

"아, 알겠습니다. 이토록 본인을 찾아 주신 데 대하여 매우 기쁘게 생각합니다. 귀국을 위하여 최선을 다할 것입니다. 그런데 이 탄원서가 공식적 경로를 밟지 않은 이상 본인으로서는 처리하기가 어려운 일입니다."

이렇게 말하고 대통령은 포츠머스 강화 회의에서의 자신의 위치를 대충 설명하면서, 다만, 정식으로 한국 공사관을 통하여 그런 탄원서를 보내 주면 그것을 강화 회의에 제출은 하겠다고 슬슬 꽁무니를 빼며, 그렇게 공식 루트를 통한 탄원서 한 통을 이곳 아무에게나 맡겨놓으라고 일러 놓습니다. 그리하여 우선 그날 루스벨트 대통령에게 다음과 같은 내용의 간절한 글만 남겨 놓고 이승만은 그 자리를 물러납니다.

'러일전쟁에서 승리를 한 일본은 우리의 정치적 독립과 영토적 안전을 존중하고 보장키로 한 조약을 무시하였습니다. 사실상 대한제국의 침략을 합리화하려고 음모하고 있습니다. 때문에 양국의 강화 조약을 조정하는 귀 대통령께서 1882년의 한미수호조약 정신에 입각하여 이와 같은 일본의 계책을 중지하고 한국이 일본의 손에 들어

가지 않도록 적극 주선해 줄 것을 앙청하나이다.'

　이튿날 아침 이승만은, 그새 서울 쪽에 나름대로 은밀하게 작용을 가해 모처럼 승격시켜 놓았던 주미 한국 공사관으로 김윤정 대리공사를 찾아가지만, 그는 아예 만나 주지조차 않습니다. 이에 이승만은, 그 김 공사마저도 이미 일본의 음모에 말려들어 조국을 배반했다는 사실을 알게 되며 통분을 금치 못합니다. 대저 세상이라는 것이, 이럴 때는 철석같이 믿었던 사람도 항용 저렇게 변해 버리는 것임을 새삼 체념 섞어 확인할밖에 없었습니다.

　결국 사세가 이에 이르니 더 이상 기댈 데가 어디 있겠습니까. 하지만 저 민영환으로서는 목숨이 붙어 있는 한, 해 볼 데까지 더 더 해 보자고 거듭 마음을 굳게 다졌습니다.

　이미 서울을 비롯, 전국 곳곳에서 조약 반대의 물결이 거세게 일어나고, 조약 체결에 참가한 역적들에 대한 습격도 그치지를 않았습니다. 이미 사전에 정보를 입수하고 있던 소생 민영환은, 이제 마지막 방법으로 한규설을 총리대신으로 추대하려고 움직여 보기도 하였으나 어림도 없었습니다. 그렇게 끝내 조약이 체결되었다는 소식을 접하자, 저는 일단 비분 통곡해 마지않았고, 곧장 원임原任의정대신 조병세와 함께 다시 토역討逆, 파약破約할 것을 의논해 봅니다. 그리하여 백관과 함께 연소連疏로써, 당시의 외무대신 박제순을 비롯한 오적을 처형하고 조약을 파기해 줄 것을 요구합니다. 하지만 황제의 답을 기다릴 새도 없이 일본 헌병들은 조병세부터 잡아 가두고, 백관을 강제 해산시켜 버립니다. 그 뒤로 소생 민영환은 직접 소두疏頭가 되어 백관을 거느리고 거푸 두 번씩이나 상소를 올립니다. 고종도 이에 답하여 "경들의 충성스러운 마음을 어찌 모르랴. 이미 여러 번 유시하였으니 곧 물러가라"라고 합니다. 그러나 죽기를 무릅쓰고 연달아 상소를 올리자, "경들이 물러가지 않는다 하여 강토를 가히 회복할 수 있으며 종사宗社를 가히 편안하게 할 수 있겠는가" 하고 고종께서는 거듭 물러갈 것을 종용합니다. 이에 저 민영환은 다시 "신들의 소청을 받아들이신다면 강토도 자연 회복될 수 있고, 종사도 보안될 수 있습니다. 만약 신들의 소리가 아무 소용이 없다면 신을 참斬하소서. 이제 스스로 죽음을 택할밖에는 다른 길이 없소이다" 하고 그냥 물러가지 않자, 고종은 저 민영환 소두를 비롯, 전원을 구속 문초하라는 명령을 내립니다. 결국 전원 재판소까지 연행되지만 곧 풀려나게 됩니다요. 이때 소생 민영환은, 그새 여러 날을 소두로 활약하여 이미 기진맥진, 몸이 말이 아니었습니다.

이젠 더 이상 버텨 낼 기력도 없이 마지막으로 죽음으로써 항거해 볼 길밖에 남아 있지를 않았습니다. 그렇게 11월 30일의 결행만이 남아 있었습니다.

그 뒤로 소식을 듣자 하니, 이승만은 워싱턴 대학 총장 찰스 니드햄 박사를 만나 수업료에 대한 보조 장학금을 받으며 그 대학의 특대생으로 2학년에 등록되고 2년 뒤에는 학부를 졸업하게 됩니다. 그렇게 졸업식이 거행될 때는 『워싱턴 포스트』지에, '졸업장 수여식에 있어서 이 젊은 한국 청년보다 더 열렬한 박수갈채를 받은 학생은 일찍이 없었다'라는 기사까지 났을 정도였습니다. 그렇게 이승만은 그로부터 40여 년이 지나 조국으로 돌아와서 기어이 그 미국을 등에 업고 이 나라 대한민국의 초대 대통령까지 해 자시긴 합디다만, 허지만 그 대통령 자리에 맛을 들이다 보니까, 12년 뒤 끝머리에는, 그만 사람부터가 이상해지면서 끝내 '4·19'라나 뭐라나, 사단이 일어나, 그 자리서 쫓겨나 미국 하와이로 망명의 길을 떠나지 않았습니까요. 이 일을 보더라도 한평생 사람들 산다는 것은 어느 한 기준으로만은 도무지 알 수가 없는 것인가 보아요. 이승만이 워싱턴 대학을 졸업한 그해 1907년에는, 고종 황제께서 다시 헤이그 만국평화회의에 특사를 파견하여 한국의 독립을 호소하려고 시도하기도 합니다만.》

2

그렇다면 이 민영환이라는 분은 대체 어떤 사람이었기에 그렇게 스스로 목숨을 끊으면서까지 온 국민에게 경종을 울리려 들었으며, 실제로 앞에서 본 듯이 저런 정도의 효력을 내기도 하였던 것이냐.

1861년, 철종 12년 호조판서 민겸호의 아들로 태어나 뒤에 큰아버지 민태호에게 입적하였으니 당시로서는 대표적인 권문세가였던 여흥 민씨 집안 태생이었다. 더구나 친조부는 흥선대원군의 장인이어서 그는 임금님인 고종과는 바로 내외종 간이 되었다. 뿐만 아니라 그의 둘째 큰아버지 민승호는 민치록에게 출계해 있었으니까 민영환은 바로 민치록의 딸 민비의 조카가 된다. 이러니 그의 관계官界 진출은 그야말로 처음부터 탄탄대로였을 터이다. 게다가 민씨 일족의 세도정치는 바야흐로 그의 유년 시절부터 마악 시작되었던 참이었다. 1878년 약관 열여덟 살에 문과에 급제, 3년 뒤에는 벌써 당상관에 승진, 이듬해 1882년에는 성균관 대사성大司成이 되어 있었던 것이다.

하지만 이 무렵 조정에서는 1876년의 강화도 조약으로 수신사와 신사유람단 일행을 처음으로 일본으로 파견, 그 나라의 근대화와 개화 진행 상황을 두루두루 돌아보고 오게 하였고, 그렇게 우리나라도 뒤늦게나마 개화의 필요성을 절감하고는, 우선 군제軍制 개편부터 시행하려다, 잘 아시다시피 1882년에는 저 임오군란을 겪게 된다. 분노한 난군들은 그렇게 영의정과 일본인 훈련 교관부터 살해한 뒤, 이참에 아예 당시 집권 세력이던 민씨 일파까지 모조리 처치한다며 궁중에까지 쳐들어갔던 것이다. 이리하여 민비는 급한 김에 변장을 하고 궁중을 빠져나와 충주로 내뺐지만, 이때 입시入侍 중이던 민영환의 친아버지 민겸호는 난군에 의해 그만 타살되어 버린다. 그때 바로 그 군인들의 급료 지불을 맡고 있던 민겸호는, 군인들의 소란을 보고받자, 당장 돌아가는 사세를 제대로 알지 못해 도리어 선혜청 하급관리들을 두둔하면서, 난동 주모자들을 잡아 처형하려고까지 했던 것이었다.

이렇게 생부의 참변을 당한 민영환은 그 충격으로 일체 벼슬을 내놓고 집에서 거상居喪을 한 뒤, 다시 2년이 지나 1884년에 이조참의에 임명되지만, 그러나 그는 선친의 그 일이 골수에 사무쳐 세 차례나 사직 소疏를 올려 보다가 받아들여지지 않아 어쩔 수 없이 그대로 부임을 한다. 그 뒤로 그의 승진은 더욱 빨라져 1887년에는 불과 스물일곱 살에 예조판서에까지 오르고, 다시 한성부윤을 거쳐 1895년 8월에는 주미 전권공사全權公使에 임명되었으나, 저 끔찍한 을미사

변으로 민비까지 비명에 가 버려, 자의 반, 타의 반, 흐지부지 부임을
못하게 된다.

이보다 앞서 1894년에는 청일전쟁이 일어나고, 일본이 청나라 세
력을 이 나라에서 내쫓지만, 요동반도 문제로 러시아가 다시 가세,
옥신각신이 벌어지면서 1896년에는 망측스럽게도 아관파천俄館播遷
까지 단행하지만, 잇달아 김홍집 내각의 총리라는 사람이 대낮에 광
화문 네거리 한가운데서 삭발령을 반대하던 백성들에게 맞아죽는
참사로까지 이어지는 것이다.

바로 이렇게 난리법석, 갖가지로 5백 년 사직의 끝머리 말기 증상
을 드러내던 그 판국에, 민영환은 러시아의 니콜라이 황제 대관식에
전권공사로 특파된다.

이듬해 1897년에는 정동 경운궁(덕수궁)에서 새삼스럽게 황제 즉
위식이라는 것까지 거행, 아예 국호를 대한으로 고치며 그야말로 마
지막 안간힘을 써 보지만, 끝내 1904년에는 러일전쟁까지 터지고 일
본이 승리, 같은 해 8월에 제1차 한일협약이 성립되고, 이에 발맞추
듯 송병준·윤시병 등이 '유신회'를 조직하고, 이용구는 동학교도들
을 모아 '진보회'를 조직, 일제 침략의 앞잡이로들 둔갑해 버린다.

이 지경에까지 가 닿자, 원체 고종과는 내외종 간인 데다 이미 고
인이 되어 있던 민비와도 숙질 간이어서 어느 모로 보아도 나라의
중신임에는 틀림없어, 민영환은 한동안 외부와의 접촉을 일체 끊고
칩거해 있었으나, 기울어져 가는 나라꼴을 그대로 먼 산 보듯 할 수
는 없었을 것이다. 다만, 더러는 임금의 부름을 받아 궁중으로 들어
가고 고종을 뵙고 눈물을 흘리며 시정時政의 폐폐弊를 간諫하면 언제나

고종은 골똘하게 그의 애기를 듣곤 했던 모양이지만, 끝내는 그해 1905년 11월 30일에는 일제의 침략에 맞서 죽음으로써 항거하기에 이르는 것이다.

그 민영환이, 2015년 오늘에 이르러, 어느 아득한 별에선가, 살아생전의 목소리 그대로, 그러니까 이쪽 나이로는 155세가 되어 있을 터임에도 1905년 그때 그 죽음을 결행하던 한창 나이 45세의 목소리 그대로, 다시 그의 목소리가 이어졌다.

《실제로 지금에 와서 가만가만 혼자 생각하드라도, 소생 민영환은 살아생전에 지나치게 과한 대접을 받았고 호강을 누렸소이다. 어느 누가 보드라도, 그때 어린 나이 약관 스물일곱 살에 예조판서까지 올랐었다는 것은, 설령 내가 남달리 뛰어났었다고 하드래도, 민씨 세도정치의 덕이었을 터입니다. 하지만 지금에 와서 새삼 그때를 돌아보더라도, 나라가 통째로 기울어져 가던 그 판국에, 나로서 가장 큰 요행이었던 것은, 바로 러시아 니콜라이 황제 대관식에 특명 전권대사로 임명되어 당시 학부협판學部協辦이었던 윤치호와 2등 서기관 김득련 등의 수행원을 거느리고 그 축하 사절로 참석하게 되었던 일이올시다. 그게 바로 1896년 내 나이 서른여섯 살 때였으니, 그때 그 막중한 때의 7개월에 걸친 긴 여행은, 살아생전의 저로서는 가장 뜻이 깊었으며 큰 호강이었소이다. 그 무렵에 이 소생 말고 그 누가 그런 호강을 누렸겠습니까요. 그 전해인 1895년에 유길준의 『서유견문西遊見聞』이 출판되긴 하오나, 소생도 소생대로 그때 처음으로 서쪽 세계를 직접 보고 겪으며, 참으로 진정으로 깜짝 놀라며 괄목했었나이다.

그러니까 1896년 5월 26일에 모스크바의 크렘린 궁전에서 거행되는 니콜라이 2세의 대관식에 20개국의 하나로 우리나라에도 초청장이 왔던 것인데, 이때 소생이 전권대사로 임명되었던 것은 주한 러시아 공사 베베르의 용의주도한 배려에 의한 것이었소이다. 당시 베베르는 우리 조정 안의 친러시아파인 외척 민씨 일문 중에서 그 대표 격으로 소생을 지목, 우리 정부로 하여금 이 민영환을 모스크바에 파견, 그렇게 이 나를 통해 이참에 제정 러시아의 국위를 진작시켜 어떻게든지 일본의 한반도 진출을 막아 보자는 숨은 저의를 지니고 있었을 것이오이다. 그리고 그런 것은 소생으로서도 대강 짐작은 했으면서도 일체 모르는 척했을밖에요. 그런 정도의 눈치는 저도 저대로 당연히 지니고 있었습지요.

하여, 우리 일행은 그해 4월 1일에 러시아 군함 편으로 인천항을 출발, 중국 상해를 거쳐 일단 일본 나가사키로 회항을 하여 동경에 도착, 이곳에서 하루를 묵은 다음, 다시 태평양을 횡단, 한 달 가까이 지난 4월 28일에야 캐나다의 밴쿠버에 닿았고, 그곳으로부터는 기차 편으로 북미 대륙을 동쪽으로 가로질러 5월 6일에 뉴욕에 닿았습니다. 다시 이곳에서 사흘 동안 묵으면서 미국이라는 나라 형편을 흘깃이나마 돌아보고, 다시 상선 편으로 대서양을 넘어 5월 16일에 런던에 가닿았습니다. 바로 그 이튿날 17일에는 다시 유럽 본토로 건너가 네덜란드, 독일, 폴란드를 경유하여 19일에야 비로소 러시아 땅으로 들어섰습니다. 여기서부터는 당연히 러시아 정부에서 파견한 관리들의 영접을 받으며 인천서 떠난 지 실로 한 달 스무 날 만인 5월 20일에야 목적지인 모스크바에 닿아 여장을 풉니다. 그러니까

인천서 모스크바까지 장장 1만 7천 킬로미터의 긴 여정이었소이다.

이렇게 5월 26일의 니콜라이 황제 대관식에 참석하고, 그 뒤 3개월 동안 체류하면서 러시아 각지를 돌아보고, 다시 8월 20일에 수도 페테르부르크를 출발, 이번에는 동쪽으로 육로를 통해 저 황량한 시베리아 대지를 횡단, 출발한 지 두 달 만인 10월 21일에야 서울에 돌아옵니다. 이렇게 한국인으로서는 비로소 처음 세계 일주를 한 셈이었고, 양복을 입고 나간 것도 소생이 첫 번째였소이다. 그렇게 돌아온 뒤 소생은 의정부 찬정贊政·군부대신을 역임했다가 다시 이듬해 1897년 1월에는 영국·독일·러시아·프랑스·이탈리아·오스트리아 등 6개국의 특명 전권대사로 겸직 임명되고, 3월 1일에는 영국의 빅토리아 여왕 즉위 60주년 축하식에 참석하라는 특명 대사직을 발령받습니다. 그렇게 다시 3월 24일에 서울을 떠나 상해·나가사키를 거쳐 마카오·홍콩·싱가포르·인도를 경유하여, 다시 홍해·수에즈 운하·흑해·지중해를 통과, 5월 14일에는 러시아의 오데사에 상륙하여 다시 기차 편으로 페테르부르크에 도착, 이곳에서 10일 동안 체류하며 니콜라이 황제를 알현, 국서國書와 국왕의 친서를 바치고 그곳에 주재하는 각국 공사들을 예방하기도 했습니다.

그렇게 다시 6월 1일에 러시아를 출발, 네덜란드를 거쳐 5일에는 런던에 도착, 21일에 빅토리아 여왕을 알현하고 다시 국서와 친서를 봉정한 뒤, 22일의 즉위 60주년 축하식에도 참석했습니다. 그렇게 한 달 동안 런던에 체류하며 샅샅이 그 나라 사람들 사는 형편을 돌아보고 7월 17일에 현지를 출발하여 귀국 길에 오릅니다. 그러니 소생의 그 7개월에 걸친 1896년의 러시아 방문 여행과, 그 이듬해의 영국을 비롯한 유럽 여행은 당시의 서울 장안에 적지 않은 관심들을 불러일으켜서 그 무렵의 『독립신문』에는 다음과 같은 기사가 실리기도 했습지요.

'……민영환 씨는 아라사에 가서 세계의 유명한 잔치를 구경하고, 세계 각국 공사를 만나보고, 아라사 황제의 훈장을 받고, 그 나라 황족들과 고관들의 굉장한 대접을 받고, 유럽과 아시아 대륙을 건너며 각국 인민의 사는 법을 구경하고 본국에 돌아왔으니, 이 학문만 하여도 조선에 매우 드문지라……'라고요.

실제로 소생은, 그 두 차례의 해외여행을 통해서 각국의 정치·경제·문화·사회·교육·군사 등을 빼놓지 않고 살펴보았고, 가까운 길을 두고도 일부러 멀리까지 돌며 각 나라들을 두루 순방한 것은 그쪽 선진 문명들을 구석구석 살펴보자는 생각에서였소이다. 이렇게 각 나라들을 돌며 보고 들은 것을 여러 번에 걸쳐 고종 임금에게 직접 건의, 정치 제도를 개혁하고 민권을 신장하여, 국가의 근본을 공고히 할 것을 주창하기도 하였소이다. 하지만 그 대부분은 끝내는 가까운 신하들의 반대로 시행되지는 못했나이다.

하지만 한편으로는, 미국에서 마악 돌아온 서재필을 비롯, 윤치호·안경수 등 30여 명은 바로 그 1896년에 독립협회를 결성하여 민권 확장과 폐정弊政 개혁을 목적으로 한 운동을 이미 활발하게 전개하고 있었소이다. 소생도 여행길에서 돌아오자, 이 운동에 적극 찬동하며 음으로 양으로 힘껏 돕게 됩니다. 그리하여 그해 10월에는 종로 네거리에서 만민공동회를 열어 독립협회의 요구조건을 임금에게 직접 건의하기에 이릅니다.

그때의 여섯 가지 요구 조건은 다음과 같았소이다.

첫째, 외국에 의존하지 말 것

둘째, 외국과의 이권 계약을 장관 단독으로만 처리하지 말 것

셋째, 국가 재정의 수지를 공정하게 하고, 예산과 결산을 일반에게 공표할 것

넷째, 중범重犯의 처벌을 공정하게 할 것

다섯째, 칙임관勅任官은 정부의 자문을 거쳐 임명할 것

여섯째, 장정章程을 실천할 것, 등이었소이다.

다음 날, 고종께서도 특별히 칙령勅令까지 내리며, 우선은 언론의 자유와 지방관들의 비행 금지, 그리고 상공학교의 설립부터 시행하겠다며 약속을 했습니다. 하지만 그 뒤, 며칠이 지나도록 정부 쪽에서는 전혀 아무런 기척이라곤 없어, 결국 독립협회에서는 이런 것들 하나하나가 송두리째 기존 체제의 부패 속에 함몰되어 있는 정부 고관들이 고종의 생각을 가로막고 있기 때문이라며, 『독립신문』 기사로 세차게 정부 탄핵에 나섰소이다. 뒤에 자세히 알고 본즉슨, 실은 이때 정부 고관이었던 군부대신 서리 유기환兪箕煥 등이 '바로 저건 저들이 똘똘 뭉쳐서 공화정치로 나라를 뒤엎으려는 음모'라고 고종에게 중상모략을 했음이 밝혀집니다만, 이렇게 되자 고종께서는 진퇴양난에 빠져, 이재순李載純을 시켜 협회 간부였던 정교鄭喬 등을 만나 협회 해산을 종용하기에 이릅니다. 이때 협회 측에서는 고종 임금에게 이렇게 말했던 모양입니다.

"지금 정부 요인 가운데서 백성들이 조금이라도 믿는 사람은 민영환과 한규설, 두 사람뿐입니다. 만일 민영환을 군부대신과 경무사警

務使로 겸임시킨다면 민심이 조금은 안정될 것입니다"라고요.

이때 항간에 떠도는 풍설로도, 정부에서 순경들을 밀파하여 독립협회 주동자들을 체포하거나 암살하려 한다는 소리도 있던 판국이어서 정교는, 나 민영환을 그렇게 정부 요직에 천거하기까지 했던가 봅니다만, 실제로 제가 독립협회 쪽에 호의를 갖고 여러모로 지원을 하고 있음을 뒤늦게 알게 된 황국협회皇國協會 쪽에서는 저에게 직접 다음과 같은 협박장을 보내오기도 했었소이다.

'그가 세록척신世祿戚臣으로 민회民會랍신 만민공동회와 부화뇌동하여, 황명皇命을 거역하고 정부를 내몰려 하고 있으니 이것을 어찌 갑오역당甲午逆黨보다 심하지 않다고 하겠는가. 우리가 장차 죽이고 말겠다'라고요.

실제로 소생은 그 무렵 펴낸 여행기『해천추범海天秋帆』에서도 분명히 밝혔습지요만, 당시 근대화된 일본의 정황도 '이는 그 나라 사람들이 다 서양 법을 부지런히 배워 이로부터 개명한 것'이었으며, 이렇게 소생도 그때부터 개혁 사상을 갖게 되어 독립협회를 적극 후원하다가 현직에서 파면되기도 하였소이다. 하지만 원체 가까운 척신이라, 이런 제가 가면 어딜 가겠습니까요. 얼마 있다가 다시 기용되어 참정參政대신·탁지부度支部대신·헌병 사령관 등을 역임하고, 1904년 러일전쟁이 일어난 뒤에도 내부內部대신·학부學部대신을 역임하다가, 일본의 지나친 내정 간섭 요구에 끝끝내 반대하며 친일 각료들과 대립, 결국 시종무관장侍從武官長이라는 한직에 머물다가, 1905년에 들어 다시 참정대신과 외부대신에 기용되지만, 다시 금방 시종무관장으로 밀려나 있었습니다.

그렇게 1905년 11월 30일에는 끝내 더 이상 견디지 못하고 한창 나이 45세로 '국민에 고하는 유서' 한 장을 남기며 스스로 자결로 죽음의 길에 들어섰소이다.

소생이 그렇게 2천만 국민에게 유서까지 남기고 비명에 죽고 나서 5년 뒤에는 기어이 이 나라, 조선조는 망하여 나라 자취마저 없어져버리고, 그로부터 35년간을 일제의 식민지로 떨어져 있다가 1945년 8월에 저들의 사슬에서 겨우 풀려나 해방이 되었다고 하지만, 곧바로 나라는 남북으로 분단, 5년 뒤에는 6·25전란까지 터지면서 유엔군과 중국군도 참전, 그 전쟁 3년 어간에 이 나라 강토와 사람살이는 그야말로 나락으로까지 추락하며 참담해졌었는데, 그 뒤 1960년과 이듬해에 연달아 4·19와 5·16을 겪으면서 소위 왈 군사정부가 들어서고, 그렇게 노상 데모다, 반대다, 하고 정치며 사회며 백년하청으로 시끌짝하여 아슬아슬하기만 한 줄로 알았는데, 어언 지난 백년 어간에 비록 나라는 아직 남북으로 분단된 채라지만, 외환보유고나 대외 무역량으로 보더라도 세계 몇 번째를 오르내리는 큰 나라로 커 왔다는 것이 이게 정말로 생시인가, 꿈인가, 어리둥절해지기만 합니다요.

그리하여 그때 1905년 내 상여가 덕수궁 앞을 나설 때는 온 장안을 뒤덮으며 하늘을 진동시켰던 학도들의 그 울음소리, 고함소리, 내가 그 유서에서 울부짖었던 소리들은 지금 대체 어찌 되었는가요. 그다지도 목이 메어 부르짖었던 이 나라의 독립과 자유는 대관절 언제 어떻게 우리에게 되안겨 왔으며, 이 나라의 성장과 발전은 대체 어떤 과정을 거쳐 이만하게 이뤄졌다는 말입니까. 이게 대체 누구의 은덕으로 말미암은 것이며, 딱히 누구의 힘이었다는 말입니까. 민영환 나부터가 이 별로 와서도 한시도 빼먹지 않고 골똘하게 지켜보았다고 감히 자처하옵는데, 그 한순간 한순간들은 늘 위국危局으로만 기억이 될 뿐이고, 나라의 해방이라는 것도 미처 그 해방을 제대로 기뻐할 틈도 없이 곧장 좌우분열이라나 뭐라나, 38선이라는 것이 두드러져 나오며 국토의 분단으로만 새 아픔으로 다가들더이다. 그때 그때 늘 매사가 그러했습니다. 늘 그때그때 나라의 걱정거리만 태산 같았소이다.

하여, 지금에 와서 다시 차근차근 내가 그쪽에 살았을 적 40여 년을 돌아볼라치면, 역시 소생에게 가장 깊이 남아 있는 추억은 다름이 아니옵고, 바로 1896년 그때, 이 나라 사람으로서 처음 양복에 넥타이 차림으로 7개월간 증기선과 기차를 번갈아 타고 러시아 황제 대관식에 갔던 일과 그 이듬해 다시 영국의 빅토리아 여왕 즉위 60주년 행사에 참여했던 일이올시다. 그렇게 서쪽 세상을 돌아보면서 비로소 소생은 깜짝 놀라고, 이때까지의 그 첩첩 산 속과도 같은 고루했던 생각 일체에서 일거에 활딱 벗어날 수가 있었던 것이올시다.

하여, 그로부터 백십여 년이 지난 지금도 그 일을, 그때 이 나라 사람으로는 난생처음으로 그렇게 서쪽 여러 나라를 양복 차림으로 다녀왔던 것을, 은근히 자랑으로, 혹은 더없는 보람으로, 일말의 긍지로까지 혼자서 알고 있었사온데, 요즘 그쪽에서는 날틀, 비행기로 매년 천 몇 백만이라는 숫자가 세계 곳곳을 자기 집 드나들듯 하고 있다니, 이게 이게 대체 어떻게 된 셈판인지요. 그러구, 자유요? 자유라는 것도 온 국민 한 사람 한 사람이 더 이상 바랄 수 없을 정도로 만판 누리고 있질 않습니까요. 심지어 자유라는 것도 누리다 누리다 못해, 저게 저게 정말로 제대로 된 자유인가, 저게 정말로 제대로 된 사람살이인가 하고 더러는 어안이 벙벙해지기만 합니다요.》

바로 이때였다.

《뭣이요? 어안이 벙벙해진다고요?!》

문득 새로운 목소리 하나가 와락 솟아오르듯이 터져 나왔는데, 그 억양이나 분위기는 이때까지의 그 민영환의 목소리와는 달리, 벌써 듣기에도 살아생전부터 만만치 않게 깡다귀스러운 독기 같은 것이 번뜩였다.

3

전혀 거리낌이라곤 없는 그 목소리는 그대로 이어졌다.

《당신, 지금도 여전히 민씨 일족의 그 잘난 멋은 그대로구먼. 그야, 민씨 일족 중에서는 당신은 분명 드물게 잘났었소. 1905년 11월 30일 그때도 당신은 명실공히 이 나라의 제대로 생긴 선비로서 영웅적으로 자결을 했었소. 그건 이 나라 역사 천추에 남을 쾌거임에는 틀림없었소. 그때 그 당신의 상여 나가던 때는 이 나도 덕수궁 대한문 곁에 월남 이상재와 같이 서 있었소이다. 두 주먹을 불끈 쥐고 젊은 학도들 따라 나도 고래고래 소리를 질렀었고, 용인 장지까지 뒤따라 갔드랬습지요.

지금 이 자리서 다시 그 무렵을 되떠올려도 새삼 피가 끓고 온몸이 뜨거워져 옵니다만, 허나, 허나, 여보, 민영환, 그로부터 백십 년이 지나서 세상은 이렇게 엄청나게 달라져서, 뭣이 어쨌다구요?

이 자리서 미리 딱 부러지게 말하겠거니와, 이 나는, 민영환 당신처럼 그렇게 생각하지는 않소이다. 그렇게 물렁물렁하게 생각하지는 않소이다. 아무리 세상이 곤두박질치듯이 엄청나게 달라졌다 한들, 그 시절에 나나 당신이 한 몫은, 지금 이 시각에도 그 값어치만큼 한 치도 양보하고 싶지는 않소이다. 물론 당신 말씀대로 세상이 엄청 달라졌음에는 틀림이 없습지요만, 그 달라진 밑자락에는 엄연히 당신이나 이 내가 온 육신을 내던져 해냈던 그것이, 그 시퍼렇던 정신이 여직 팔팔하게 살아 움직이고 있다고, 이 나는 철석같이 믿고 있소이다.

자, 이렇게 지금 지껄이고 있는 이 사람은, 이 나는, 대체 누구냐. 민영환 당신보다 두 살 위였던 함경도 북청 사람 이준李儁이오이다. 지금 그곳에서는 이준 열사라고들 부르고 있습지요만. 당신은 본시 세도 집안이었어서 지금도 충정공으로 공公자 돌림이지만, 저는 그때도 그냥 함경도 촌사람이었어서 열사로만 불리고 있사온데, 이 점, 차라리 저는 더 흐뭇하게 여기고 있소이다.

그렇게 이 사람은, 철종 10년 1859년 1월 21일, 음력으로는 1858년 12월 18일 함경도 북청군 소후면 중산리에서 태어났습니다. 그러니까 탐욕에 찬 서쪽 열강들의 발길이 동양 전체에 온통 검은 구름처럼 몰려오던 바로 그때였습니다.

그렇게 일곱 살 때로 기억합니다. 동네 서당에서 훈장님이 대원군을 비방하는 소리를 듣곤, 즉각, "나라를 살리자고 하는데 왜 욕을 하십니까?" 하고 대어들 정도로 그 나이 어린 이치곤 당돌했고 제법 싹

수가 있었습니다요. 본인 입으로 이런 소리까지 하기는 심히 쑥스럽기도 합니다마는, 그 뒤, 북청읍 향시鄕試에 합격하고도 남을 좋은 성적이었지만, 시관試官께서는, 나이가 너무 어리다며 떨어뜨렸었는데, 이때도 분개한 나는 곧장 향교 남문 언덕 누樓 위로 혼자 올라가서, "나이가 어리다고 합격 안 되는 법도 있느냐"고 한바탕 고래고래 소리를 지르곤, 그 시험장에서 썼던 자신의 시를 큰 목소리로 낭독, 주위 어른들을 깜짝 놀라게 하였고, 바로 이 일이 인연이 되어 당시 북청 유지였던 주만복의 장녀와 결혼까지 하게 되었소이다. 이게 내 나이 불과 열두 살 때였으니, 그 앞날은 일찍부터 이미 짐작이 되었소이다. 좋은 세상 만났다면 그야 좋았으련만. 매사에 불의를 보고는 못 참는 버릇, 어디로 가겠습니까. 그 뒤의 내 인생 행로는 뻐언했습지요.

그렇게 17세의 소년으로 청운의 꿈을 품고 서울로 올라왔습니다. 그리곤 당돌하게도 우선 찾아본 분이 대원군이었고, 그 다음이 최익현, 그리고 형조판서였던 김병시金炳始였소이다. 특히 그 김병시 대감께서는 그런 나를 처음부터 어여삐 여겨, 그 뒤로 대감께서 조정 안으로 출입할 때면, 노상 이 나를 비서마냥 데리고 다니더이다. 바로 그 무렵에 우리나라와 일본은 '병자수호조약'이라는 걸 체결합니다. 그렇게 일본은 함경도 원산 등의 개항을 요구해 옵니다마는, 그때의 홍우길洪祐吉 같은 분에게 벌써 저는 "일본에게 원산을 개항하도록 허락한다는 것은 매국 행위다"라고 주장할 정도로 거리낌이 없었고, 명망 있는 어른들과도 그 무렵 세상 돌아가는 일로 시간 가는 줄 모르고 기탄없이 토론을 벌이기도 했소이다. 그런 때마다 나는

'앞으로 나라를 위해 죽기 아니면 살기로 싸울 것'을 혼자 거듭 다짐을 하곤 했습지요.

결국은 35세 때 김병시 대감의 중매로 재혼까지 합니다만.

암튼 세월 흐르는 것은 시위 떠난 화살 같아서, 어느덧 고종 31년, 1894년, 바로 그 다사다난했던 갑오년이 밝아 옵니다. 동학교도 전봉준의 그 난리에 이어 청일전쟁, 김옥균 피살 등, 나라는 걷잡을 수 없이 요동을 칩니다. 그해 10월에는 개화당 중심으로 김홍집의 제2차 내각이 들어서 홍범洪範 14개조를 선포하며 소위 왈 근대적인 제도를 시행하려고 드니, 바로 갑오경장甲午更張입지요.

이때는 함경도 함흥에서 순릉純陵 참봉 자리에 있었사온데, 비로소 때가 왔다고, 나는 불타는 가슴을 안은 채 온통 벌집 쑤신 듯한 서울로 다시 불원천리 오듯이 달려옵니다.

그렇게 저는, 내부대신 박영효, 법부대신 서광범 등이 새로 설치한 법관 양성소에 입학, 6개월 만에 졸업을 하고 이듬해에는 한성 재판소의 검사보檢事補로 취임을 합니다. 이에 저는, 이제 바야흐로 내가 할 일을 해야 할 때가 왔다고, 혼신을 다하여 부패한 조신들의 불법과 비행을 모조리 파헤치며 부패한 관리들을 규탄해 나섭니다. 추호도 용서를 하지 않았고, 이것이야말로 내가 할 수 있는 이 당대의 수술이라고 나름대로 긍지를 지녔나이다. 하지만 이러한 법관 생활도 불과 한 달 만에 끝나고 맙니다. 제가 그렇게 사사건건 가차 없이 법집행에 나서자, 자신들부터 위험하게 된 상사들의 미움을 사게 됐던 것이올시다. 하지만 나라의 기강을 이참에 철저히 바로잡아야겠다는 저의 각오에는 추호도 후퇴란 있을 수가 없었으니 종당에는 제가 그 자리에서 쫓겨났을 수밖에요.

　마침 그 무렵에 지난 갑신정변 때 미국으로 망명했던 서재필이 귀국하여, 그렇게 안경수, 그리고 불과 그 몇 년 뒤에는 나라를 팔아먹는 괴수로 변해 버리는 이완용 등, 그 밖에도 30여 명의 지사들을 모아 '독립협회'를 발족시키곤, 민중을 계몽하며, 부패한 정부를 정면으로 탄핵하는 『독립신문』을 발간하게 됩니다. 검사보 자리에서 그렇게 쫓겨난 저도 곧장 이 패거리에 합세, 물불을 가리지 않고 밤낮이 따로 없이 그야말로 함경도 깡다귀답게 열을 냅니다. 그리하여 오죽하면 금방 이 협회의 평의장評議長이라는 막강한 자리에까지 올랐겠습니까요. 저라는 사람의 본령이 이 점으로도 여실하게 드러났다 할 것입니다만, 하지만 그 얼마 뒤에는, 이런 내가 하필이면 일본으로 망명의 길을 떠나지 않을 수 없게끔 온 나라가 한바탕 또 뒤집어집니다요. 원체 그 무렵은 세상 뒤바뀌는 것과 사람들 살고 죽는 것도 눈 깜짝할 사이에 극에서 극으로 달라지기 일쑤여서, 말 그대로 진짜배기 난세였소이다. 여북하면 총리대신 김홍집이라는 대감도 광화문 네거리에서 허연 대낮에 여럿이 달려들어 장작 패듯이 생으로 맞아 죽었겠습니까요. 그뿐이겠습니까. 내 편과 적敵 편 되는 것도, 어제와 오늘이 천리만리이기가 예사 놀음이었소이다. 그렇게 저도 어느 날 아침 잠에서 깨어 본즉, 아관파천이라 하던가요, 별안간에 나라 임금께서 소공동에 있던 러시아 공관 안으로 들어가, 새로 친러시아파 내각이 들어서면서, 줄줄이 잡아들일 뿐 아니라 이때까지의 개화당 연루자들을 사정없이 내쫓았기 때문이었소이다. 저도 별수 없이 부랴부랴 일본 가는 배에 올라탔습지요만, 참으로 그

동안의 일을 생각하면 우습지도 않습디다요. 나라꼴이 어찌 이 지경인가, 이 모냥인가 싶기만 합디다만, 그런대로 일본에서는 뒤에 가서 혼자 가만가만 생각하더라도 결코 헛되지만은 않았소이다. 와세다 대학 법과에 들어가, 그럭저럭 어언 40세의 나이로 들어서며 그 대학을 졸업, 그 어간에 법관으로서나 구국 운동가로서나 보고, 듣고, 배운 것이 많았습니다. 지금도 그 일은 아직 안 잊힙니다만, 그 무렵 어느 날은 혼자서 우연히 동경 우에노 공원 안을 거닐다가, 마침 청일전쟁 승리를 축하하여 몇몇 일본인들이 거나하게 취하여 시끌짝하게 떠들며 즐거워하는 것을 보고 저는 그 어두운 공원 안에서 혼자 서럽게 목 놓아 울기도 했었소이다. 그때의 내 생각은 다름이 아니었소이다. 청일전쟁은 우리 동양 평화를 산산 조각 냈으며, 바로 동양 멸망의 시작이라고 보았던 것입니다. 하지만 저는 그 자리에서도 끝내 새삼 마음속으로 다지었소이다. 아무튼 그 어떤 난관이 닥치든 죽음으로써 싸워야 한다고요.

고국으로 돌아온 저는 다시 어딜 갈 것입니까. 일편단심 독립협회에 가담, 정부 탄핵의 선두에서 활약을 했소이다. 종로 거리에서 만민공동회를 개최, 6개항의 그 개혁안을 건의할 때도 저는 그 맨 앞자리에 서 있었고, 독립협회가 무고誣告를 당하여 17명이 감옥에 들었을 때도 저는 협회의 총무장이었고, 역시 같이 연행되었던 월남 이상재는 협회 부회장이었소이다. 우리는 그렇게 몇 개월이 지나서야 감옥에서 풀려났고, 그 뒤로는 주로 만민공동회 중심으로 끈질기게 활동하다가, 끝내 광무 3년, 1899년에 가서 기어이 해산되고 맙니다.

바로 그 무렵 어느 날 저는 민영환 당신과도 한 번 만났습지요. 그 일을 저는 지금까지도 생생하게 기억하고 있나이다. 그때 우리들은 어쩌다가 한자리에 모이기만 하면 나라 걱정으로 시간 가는 줄 모르고 토론을 벌이곤 했습지요만, 그때도 제가 대강 이렇게 이야기를 꺼냈었습니다.

　　"돌아가는 정세가 우리에게 꽤나 불리합니다. 영국과 일본 간에 영일동맹이 조만간에 체결될 것 같은데, 그렇게 되면 우리나라를 둘러싼 극동 정세도 큰 변화가 올 것으로 보입니다."

　　그러자 곧장 민영환 당신이, 꼭 물어보는 것도 아닌, 반은 혼잣소리로 꿍얼꿍얼거리듯이,

　　"그럼 러시아와 일본은……." 하여서, 제 쪽에서 또 즉각,

　　"그야, 여부 있습니까. 또 전쟁이 터질밖에요."

　　"그 전쟁의 결과는……?"

　　"일본이 이길 겁니다. 미국・영국 등이 모두 이 지역에서의 러시아의 남하를 싫어하고 있으니, 은연중에 일본을 지원할 테고요."

　　그러자 민영환 당신은 매우 걱정스러운 얼굴로 다시 물었지요.

　　"그럴 경우 우리나라는 대체 어떻게 대처해야 할 것인지요?"

　　"매우 어렵겠지만, 엄정 중립을 지켜야 하지 않겠습니까. 그 이전에 어서 빨리 내정을 대폭 개혁, 우리나라 국권부터 확실하게 다져놓아야 할 것이외다."

　　"……."

　　그 이상 더 말은 없이 당신은 그냥 내 얼굴을 정면으로 지그시 마주 쳐다보기만 했었지요만, 이심전심 그 눈길만으로도 저로서는 깊

이 알만했습지요. 사실 그때도, 매사에 물불을 가리지 않고 나설 수 있던 이 나와는 달리, 민영환 당신은 민씨 일족으로서 관계官界 쪽으로 여러 모로 신경을 써야 할 입장이었소이다.

그 뒤, 광무 6년이던가요.

이상재·이상설을 비롯, 이도재·이용익·이동휘·박은식·이갑·노백린·남궁억·양기탁·장지연에, 놀랍게도 당신 민영환까지도 가세, 아예 본격적으로 '개혁당'을 조직하기로 시도하지만, 그 거사는 칼을 미처 뽑기도 전에 곧장 물거품으로 돌아갑니다. 바로 당신과의 연락을 맡았던 이상재가 잡혔던 것입니다. 결국 '개혁당'의 모의는 그렇게 종을 치고, 이상재는 모진 고문 끝에 감옥에 갇히게 되옵니다. 결국은 그 2년 뒤에는, 언젠가 사사로운 자리에서 제가 당신에게 예견했듯이 러일전쟁이 터지고, 그러자 곧장 이것을 좋은 기회 삼아서 일본은 소위 '한일의정서'라는 것을 꾸려 거의 강압적으로 우리나라의 내정과 외교를 좌지우지할 수 있는 기틀부터 마련합니다. 그렇게 곧장 '황무지 개척권'이라는 것을 저들 마음대로 만들어서는, 궁내부대신 민병석과 외부대신 이하영부터 살살 구슬려 이 나라 곳곳의 멀쩡한 산하를 앞으로 50년 동안이나 장기 대여를 받아 내려고 혈안이 됩니다. 이리하여 대번에 온 나라가 발칵 뒤집히며, 김기우·정동명·임은교 등 21명은 방방곡곡으로 반대의 통문을 돌리고, 『황성신문』·『한성신보』도 대대적으로 여론을 환기시킵니다. 사태가 이에 이르자, 전 내부대신 이건하는 고종에게 상소까지 올립니다.

'우리나라는 산택山澤이 대부분인데, 그 대부분을 내주면 그와 함께 국권도 잃고 맙니다. 거절하소서' 하고.

이렇게 되자 불처럼 일어나던 반대 여론은 '구국민중운동'으로까지 확대되기에 이릅니다. 더 나아가 중추원 의관 송수만, 심상진, 칙임시종勅任侍從 원세성 등은 '상소만으로는 해결할 수 없다. 민론을 환기해야 한다'며 곧장 군중대회를 개최하고, '대한보안회'까지 결성합니다. 그러곤 '이건 우리 산천까지 팔아먹는 매국이다', '민병석, 이하영은 사죄하라'고 반대 선언문을 발표, 아예 이참에 대표를 뽑아서 정부와 일본 공사관, 그리고 서울 주재 각국 공사관에도 파견하여, 국제 여론에까지 호소합니다. 그야말로 대단한 기세였습지요. 결국은 이렇게 뻗어 나가자, 첫 주동자였던 송수만·원세성 등 수십 명은 일본 헌병에게 체포됩니다.

사세가 이에 이르자, 본인 이준이 그 누군데 가만히 보고만 있겠습니까. 곧장 심상훈에게 연락을 취하여 저는 궁내부 특진관 이유인에게 종용, '대한보안회'를 다시 조직하고, 심상훈을 회장에 추대하면서 저 자신은 또 도총무가 되어 더 더 맹렬하게 투쟁에 나섰소이다. 하여, 이 일에 한해서는 일본도 슬슬 뒤꽁무니를 빼며 끝내는 포기하고 말았습지요. 바로 이것은 '대한보안회'와 민간 구국운동의 거의 유일한 자랑스러운 승리였소이다.

이렇게 황무지 사건이 일단락되고 나서, 러일전쟁에서 승리한 일본은 저들 졸개들인 송병준·윤시병의 '유신회'와 동학교도 이용구의 '진보회'를 통합, 조직을 크게 확장시켜서 새 앞잡이 단체로, '일진회'를 띄우게 됩니다. 하여, 즉각 또 제가 나섭니다. 이를 때려 부수기 위한 '공진회'를, 제가 주동이 되어 조직을 하게 됩니다. 그렇게 회장은 이준, 본인이 맡고, 총무 겸 재무에 나유석, 평의장에 윤하영,

서기에 양한묵·김진국이 선출됩니다. 그렇게 우리는 우선 '일진회'를 싸고도는 썩은 정부와, 사실상의 배후 조종자들인 참정대신 신기선, 내부대신 이용태, 법부대신 김가진, 군부대신 이윤용 등의 봉인퇴관封印退官을 요청하는 규탄대회부터 벌입니다. 그러자 정부도 정부대로 우리 '공진회'에 해산 명령을 내리고, 이준, 저를 비롯, 윤하영 등, 주모자들 몇몇을 체포, 곧장 저는 황주의 철도鐵島로 유배되어 갇힙니다. 그러다가 다음 해에야, 가까스로 그 당시 시종무관 자리에 있던 당신, 민영환과 전 군부대신이었던 이용익의 주선으로 풀려나오게 됩니다. 하지만 저의 그 드문 깡다귀로야 대체 어딜 갈 것입니까. 다시 이듬해 1905년 5월에는 윤효정·양한묵 등과 함께 '헌정연구회'라는 걸 결성, 다시 '일진회'에 대한 공격을 퍼부어 댑니다.

바로 그해 1905년 11월에 이르러, 당신은 그렇게 처절한 모습으로 끝내 이승을 마감합지요만, 우리 '헌정연구회'는 이듬해 1906년에는 '대한자강회'로 더 확장이 됩니다.

이러는 동안 저의 집 살림살이는 그야말로 말이 아니었습니다요. 집사람이 그런대로 억척스럽게 '안현부인상점'이라는 가게까지 내어 겨우겨우 꾸려 가긴 했으나, 그게 여북했겠습니까요.

결국 이듬해 1906년에는 제가 주관하여 유성준, 전덕기, 박정동 등과 함께 '국민교육회'라는 것을 새로 조직하게 됩니다. 그렇게 서울 한가운데 운니동雲泥洞에다 보광학교를 세웁니다. 그 뒤를 잇대어 곳곳에 새 교육 운동이 일어나, 그해 10월에는 '국민교육회' 총회까지 열어, 이동휘·이갑·안창호·현채·유근·유정수·유승겸 등을 보강, 대대적으로 전국적인 운동으로 퍼뜨려 나갑니다. 경기도 중심의 기호畿湖학회, 경상도 중심의 교남학회, 평안도 중심의 서우학회, 호남학회, 강원도 중심의 관동학회 등이 그것입니다. 이 무렵에 저는 서우학회 창설자인 안창호와 이갑을 만나, 한북흥학회와 서우학회를 통합하여 서북학회로 하고 그곳에다 오성학교도 설립하도록 권고하기도 합니다.

그러던 중에 저는 평리원平理阮 검사에, 그리고 그 다음 달에는 특별법원 검사에 발령받습니다. 심히 엉뚱하긴 하였지만, 썩은 정부도 정부대로 매사에 골칫덩어리였던 저를 그런 자리에 껴 넣음으로써 나름대로 달래 보자는 심산이었을 터이지만, 저도 저대로의 포부를 품고 서슴없이 그걸 받아들였소이다.

그때 마침 풍양 조씨와 남양 홍씨 문중 사이에 산지山地 하나를 둘러싸고 소송 사건이 일어나는데, 수석 검사 이건호 등은 집권층인 조씨 쪽으로 편을 들지만, 저는 사실심리를 엄히 하곤, 조씨 쪽에 패소敗訴의 판결을 내립니다. 이 판결이 세상에 알려지자, 사람들은 그 추상같은 공정한 판결을 높이 칭송하였고, 뒤늦게 이것을 안 고종도 "왕법枉法을 왕법王法으로 판결한 명판결이다"라고 감탄하였다고 저도 뒤늦게 들었소이다.

얼마 뒤 『매일신보』에는 다음과 같은 기사가 나오기도 했습지요.

'이준이 맡은 사건은 공정하게 판결하여 오래도록 미결로 남겨 두는 일이 없었다'라고요.

마침 같은 해 12월에는 황태자가 윤택영의 장녀와 재혼의 가례를 올리게 되어 죄수들에 대한 은사령이 내려집니다. 한데 당시의 직제로는 그 구체적인 은사안案을 작성하는 것은 응당 당연히 담당 검사의 직권이었으므로, 이듬해 정월 저는 은사 대상자를 뽑아 법부에 올립니다. 그리고 그 속에는 을사보호조약 체결에 간여했던 대신들을 암살하려다 체포되어 복역 중인 김인식·나인영·오기호·기산도 등도 포함되어 있었으니 순순히 통과될 리는 없었지요만, 제가 낸 그 안案은 아예 묵살된 채, 법부대신 이하영에, 형사국장 김낙헌에, 문서과장 이종협 등이 바로 평리원 재판장인 이윤용과 은밀하게 모의하여, 제가 제출했던 인사들을 아예 빼 버리곤, 전혀 사면 대상이 될 수 없는 자들을 제멋대로 석방시켜 버립니다.

이에 분개한 저 이준은 즉각 법부에 대고 사전赦典의 불공평을 시정해 줄 것을 요구합니다. 이것이 이종협에 의해 반려되자, 그냥 이대로 물러설 수는 없고, 악착같이 항의를 계속하면서 법부대신에게 다음과 같은 청원서를 내기에 이릅니다.

'형사국장 김낙헌이 은사안을 임의로 수정하였고, 문서과장 이종협은 본인이 제출한 청원서를 평리원 검사 이건호에게 반려하면서, 이준은 범법자이므로 그를 조사, 판리辦理하라, 하였으니, 이는 법에서 허하지 않는 일을 행하여 직권을 남용한 것이며, 본원 수반 검사 이건호는 단지 문서과장의 통첩으로 동료를 구속하였으니, 위의 세 사람을 구속, 징판懲判할 것을 요구한다'라고요.

하지만 저는 끝끝내 이 일로 하여, 평리원 사령들에 의해 구속되고 맙니다. 이 사실이 『매일신보』에 보도되자 다시 곧장 사회 여론이 들끓으며 신문마다 그 부당함을 공격해 나서고, '대한자강회', '헌정연구회', '서북학회', '국민교육회' 등 각계의 대표들은 성토대회를 열기까지 합니다. 그렇게 저의 공판은 이틀간에 걸쳐 평리원에서 열리게 되고, 그 며칠 뒤에는 일본 순경과 한국 순사들 도합 80여 명만이 삼엄하게 지켜보는 가운데 비밀리에 진행된 언도 공판에서 태형笞刑 1백 대를 선고받게 됩니다. 당시의 법으로는 태형 70대 이상의 형을 받은 자는 파면되게 되어 있었는데, 재판 결과를 보고받은 고종께서는 특별히 감減 3등으로, 태형 70대로 하라는 분부를 내려, 현직에서의 파면은 모면되었고, 저는 이튿날부터 다시 평리원 검사로 근무합니다. 하지만 그 뒤 법부대신 이하영은 임금님의 그 분부도 어기고, 3월 하순에 가서 기어이 저를 그 자리에서 파면시켜 쫓아내고 맙니다.

사실은 그때 고종께서 그렇게 저를 두고 특별 분부까지 내려 저로 하여금 그 자리에 그대로 눌러앉아 있도록 했던 것도, 저의 그 뚝심과 강직함을 미덥게 여겨, 가능하면 아껴 두었다가 뒷날에 가서 더 중요하게 써먹을 일이 있을 것이라는 깊은 배려였음인데, 뜻밖에도 그런 날은 금방 다가오게 됩니다.

바로 이듬해 1907년에는 이상설, 이위종과 함께 저는 네덜란드에서 열리는 '제2차 만국평화회의'에 고종 특명으로 극비리에 파견되었던 것이니까요.

이상설로 말할 것 같으면, 바로 민공께서 자결을 결행했던 그 1905년에 의정부 참찬으로 임명되었었는데, 같은 해 11월에 끝내 그 '보호조약'이라는 것이 체결되자, 울분을 참지 못해 두문불출하고 있다가 이듬해에 북간도 용정으로 망명했던 분이며, 이위종은 러시아 주재 한국 공사 이범진의 아들로서 그 공사관의 서기관으로 있다가 '보호조약'으로 하루아침 사이에 우리 공사관이 없어져 버리자,

그냥 그대로 러시아에 머물러 있던 사람이었습니다.

　그렇게 이상설과 저 이준은 융희 원년, 1907년 4월 20일에 고종으로부터 신임장을 받고 다음다음 날 22일에 극비리에 서울을 출발, 러시아 사람 우에즈세르의 도움을 받아 블라디보스토크를 거쳐 시베리아 철도 열차에 편승, 모스크바에서 이위종과 합류를 하였습니다. 이때 우리는 러시아 황제에게 보내는 다음과 같은 고종의 친서도 지니고 있었습죠.

　'짐朕, 오늘의 형편은 더욱 간난艱難하여, 돌아보아도 호소할 곳이 없는지라, (중략) 현하의 정세는 깊이 분개하지 않을 수 없는 터이니, 폐하는 폐방弊邦이 무고히 화를 당하고 있는 정상을 생각하여 짐의 사절로 하여금 폐방의 이러한 형세를 해該 회의에 설명할 수 있게 하여 만국萬國 공연公然의 물의物議를 일으키게 할 수 있다면, 폐방의 원권原權이 회수될 수 있을까 기대하노라.'

　이렇게 우리 셋이 '만국평화회의'가 열리고 있는 그 네덜란드의 헤이그에 도착한 것은 그해 6월 25일이었사온데, (아아, 이건 또 무슨 조화 놀음이겠습니까, 그 바로 43년 뒤의 같은 날에는 6·25전쟁이 발발합니다요.) 벌써 그 하루 전에 이미 '만국평화회의'가 개막되어, 우리는 우선 다음과 같은 내용의 호소문부터 각국 대표들에게 전달할 수밖에 없었습니다.

　'한국 황제가 전권全權의 자격을 주어 평화회의에 파견한 전 의정부 참찬 이상설, 전 평리원 검사 이준, 페테르부르크 주재 한국 공사관 전 참사관 이위종은, 다음과 같이 보고해 드리는 영광을 갖는 바입니다. 귀하, 우리나라의 독립은 1884년에 모든 나라로부터 보증되고 승인받았을 뿐 아니라 우리나라의 독립은 현재에 이르기까지 귀국들 간에 승인되고 있습니다. 1905년 11월 17일, 국제법을 무시하고 무력으로 지금까지 여러 나라와의 사이에 엄연히 존재하고 있던 외교 관계를 단절하도록 우리에게 강요해 온 일본의 음모를 당시의 참찬인 이상설은 직접 체험하였습니다. 그래서 본인 등은 무력을 행사하여 한 나라의 주권과 법률을 유린하는 일본의 온갖 수단을 귀하에게 천명하여 드리기로 결심한 바입니다. 사리를 한층 더 명확하게 하기 위하여 우리의 억울한 입장을 3개 조항으로 대변하려 합니다.

첫째, 일본인은 우리 황제의 동의 없이 행동을 취하였다.

둘째, 일본은 그들의 목적을 달성하기 위하여 우리 정부에 무력을 행사하였다.

셋째, 일본인은 우리나라 법규와 관습을 무시하고 행동을 취하였다.

공정하신 귀하는 이상의 3개 조항이 국제조약의 침범인가 아닌가를 판정할 수 있을 것입니다. 일본의 간책奸策이 지금까지 우리와 다른 나라 사이에 존재하는 친선 외교 관계를 파괴하고 드디어는 극동 평화를 위협하고 있음을 독립국가로서 과연 묵인할 수 있겠습니까. 일본에 의한 한국 주권의 침해라는 사실을 밝히기 위하여 황제가 파견하였음에도 불구하고 평화회의에 참가할 기회를 얻지 못한 것을 본인 등은 매우 유감스럽게 생각하는 바입니다. 본인 등의 출발 당시까지 일본인에 의하여 야기된 모든 수단 방법과 행동을 요약하여 이 글에 첨부하며, 우리나라 존망存亡에 관한 문제에 대하여 깊은 관심을 기울여 주시기를 바라는 바입니다. 만일 귀하가 좀 더 자세한 정보와 한국 황제가 우리에게 하명下命한 전권을 보증할 만한 신빙 서류를 원한다면 교시하여 주십시오. 한국과 다른 나라의 친선 외교 관계는 한국 자체의 의사로 단절된 것이 아니라, 일본에 의한 우리 주권의 계속적인 침범임을 명심하시와, 아무쪼록 우리들이 이 회의 에 정정당당하게 참가하여 일본의 그간의 온갖 간책을 폭로하고 우리의 주권을 옹호할 수 있도록 귀하의 우호적인 조정이 있기를 바라면서 귀하에게 호소하는 영광을 가지는 바입니다.'

하지만 평화회의 의장인 러시아 대표 넬리도프는 우리 쪽을 심히 동정하면서도 모든 그 책임을 이번 회의의 초청국인 네덜란드에 떠밀고, 네덜란드도 네덜란드대로, 제2차 한일협약에 의하여 한국은 이미 외교권이 없어졌다며 우리 대표의 평화회의 참석과 발언을 원천적으로 거부하였습니다. 물론 그 배후에는 일본 측의 몇몇 열강들을 향한 맹렬한 외교 공작이 있었음은 다시 말할 것도 없었습지요만…….》

4

한편, 이 건 그 뒤에도 세상에 그다지 널리 알려지지는 않았지만, 따로 고종의 밀지密旨를 은밀하게 받고 시베리아를 거쳐 이상설, 이준의 뒤를 따라 네덜란드의 헤이그까지 갔던 미국인 헐버트라는 사람도 현지의 그 우리 대표들을 돕기 위하여 갖은 노력을 기울였으나 도저히 힘이 미치지는 못하였다.

그러니 이제, 어떤 방법으로든지 열강의 여론에 호소하는 길 밖에 남아 있지 않았다. 특히 셋 중에 이위종은 영어·프랑스어·러시아어에도 능통하여, 마침 '평화회의'를 계기로 그곳에서 열렸던 '만국기자협회' 모임에서 현지 네덜란드 신문 기자 한 분의 도움으로, '한국을 위한 호소'라는 연설이나마 하여, 청중의 뜨거운 공감을 자아내기도 했었다. 하지만 끝끝내 당시의 국제 정세는 힘센 나라들 위주여서 우리 같은 힘없는 약소국가로는 더 이상 어찌 해 볼 길은 없었다.

그러니 어쩔 것인가. 특히 이준은 당시의 국제 정세가 우리에게는 너무도 황량하고 불리함을 몸소 겪게 되자, 우울하고 침통한 나날을 견디다 못하여 끝내는 병까지 얻어 사경을 헤매지 않을 수 없었다. 뒤에, 장지연이 쓴 『이준전』을 보더라도, '그는 현지에서 임종할 때도 눈물을 철철 흘리며 비참한 얼굴로 분개하는 말을 그치지 아니하여, 곁에 있던 사람들이 모두 목이 메어 말을 하지 못했다'고 적혀 있다. 그때 그렇게 죽어 가던 그 자신으로서야, 이미 거의 의식이 없었을 터이지만, 목숨이 끝나는 그 순간까지 그이는 망국의 한恨만은 그다지나 아프게 곱씹고 있었던 것이었다. 그렇게 그는 융희 원년, 1907년 7월 14일 오후에 그 머언 이역 땅에서 한창 나이 49세로 눈을 감았었다.

그로부터 어언 백십 여 년이 되었지만, 어쩌면 그이는 그 어느 별에선가, 지금까지도 살아생전의 그 여한을 그대로 곱씹고 있을 것이다.

그이의 시신은 그나마 네덜란드 정부의 호의로 그곳 헤이그의 묘지에 안장되었고, 당시의 중화민국 총통이었던 원세개袁世凱는 이준의 그 뜨거운 뜻을 찬양하여 다음과 같은 만장까지 서울의 유택으로 보냈었다고 한다.

가슴 헤쳐 피 뿌리니 그 마음 참됨이여.

강한 절개는 천하 사람의 가슴을 울리네.

만 리의 넋 돌아와도 고국은 어지러워

온 나라 그 충성에 눈물 뿌리네.

처자를 두고 어찌 쉬이 눈 감기랴만

나라 위해서는 제 몸도 버렸네.

대의는 당당하여 일월에 걸리고

구천에서 마땅히 백이숙제와 짝하겠네.

하지만 그때 우리나라를 향해서 저렇게 청승깨나 떨던 원세개였지만, 바야흐로 그로부터 백십여 년이 지난 오늘에 와서는 그 사람인들, 자신이 살던 저 아래 세상을 내려다보며, 과연 어떤 생각을 하고 있으며 어떤 심정일까.

19세기 말에서 20세기 초, 바로 우리나라의 민영환이나 이준이 저렇게 비명횡사를 당하던 그 무렵에는, 중국도 청일전쟁의 전후 배상賠償으로 대만을 일본에 내주고, 알토란 같은 홍콩·청도靑島 등도 영국·독일 같은 나라에 내주어 그 큰 나라가 온통 사방으로 찢어지고 있었는데, 다시 또 현 동북 중국·만주 땅도 남하하려는 러시아와 일본의 각축이 극에 달하여, 끝내 러일전쟁에서도 승리한 일본은, 그 여세를 몰아 1931년에는 다시 만주사변을 일으켜 기어이 만주제국이라는 일본 괴뢰로 속국屬國까지 어거지로 만들어 냈던 것이고, 그 뒤, 다시 1937년에는 중일전쟁을 일으키며 중국 본토로까지 공격해 들어갔던 터이었다. 뒤이어 1941년 겨울에는 진주만 기습 공격, 태평양전쟁까지 일으켜 개전 초에는 홍콩·필리핀·인도네시아의 수마트라·싱가포르에 미얀마에까지 진출, 인도 대륙마저 넘보다가, 1945년 8월을 기해 일본은 미국·영국에 끝내 무조건 항복을 하는 것이다.

하지만 그 뒤로도 이 지역은 그냥 순조롭지만은 않았다.

기승을 부리던 일제가 망하면서 우리나라는 모처럼 해방을 맞이하였다곤 하나, 삼천리 한 강토는 남북으로 분단되며, 새로 벌어진 미·소 냉전의 소용돌이 속에 휘말려 들게 되고, 중국도 중국대로 장개석 군軍과 모택동 군軍으로 갈리며, 내전內戰에 휘감기고, 우여곡절 끝에 1949년에는 장개석의 국민당이 대만으로 쫓겨나 공산주의 정권이 온 대륙을 차지하기에 이른다. 그리고 이듬해 1950년, 우리나라의 6·25전쟁 때는 유엔군에 대항하여 북측에 중국 의용군을 파견하기도 한다. 그 뒤로도 모택동의 중국은, 애오라지 혁명, 혁명으로 밤이 가는지 날이 새는지 모르게 뒤척이다가 끝내 1966년부터는 '문화혁명'이라는 것까지 발동, 온 나라와 강토를 생난리 구덩이로 처넣었다가, 1979년에 이르러서야 등소평鄧小平이라는 사람이 나서서 나름대로의 곡절을 겪으며 겨우겨우 사람 사는 본래의 마당으로 다시 돌아오게 된다. 그렇게 비로소 평상平常의 사람살이로 제대로 들어서서 오늘에 이른 것이다. 바로 그 사람 사는 평상의 제 길이라는 것도, 우리나라가 남북으로 분단된 채로 60년대 중엽부터 갖은 파란곡절을 다 겪으며, 그야말로 아슬아슬 소위 왈 '산업화', '근대화'쪽으로 더듬어 온 길을 우리보다 15년쯤 뒤늦게 1979년부터 우리 뒤를 쫓아오듯이 들어섰던 것이었다.

한데 작금에 와서는 어떠한가.

21세기 초에 들어선 오늘, 중국도 엄청난 국력을 과시하고 있다. 앞에서도 슬쩍 비쳤듯이 2014년 현재의 외환보유고만 보더라도 우리나라가 세계 6위인 데 비겨 중국은 1위이고, 기술과 관련된 생산량에서도 선박 건조량에서 우리나라와 중국이 각각 세계 2위와 1위, 조강 생산량에서는 5위와 1위, 자동차 생산량에서도 각각 5위와 1위를 점하고 있다. 이렇듯 우리나라와 중국, 두 나라가 차지하고 있는 국제적 지위만 보더라도, 이제는 저 19세기 말이나 20세기 초, 1905년, 일제의 식민지로 떨어지기 직전의 그 완전히 바닥을 기던 약소국가들이 결코 아니며, 당당하게 강대국의 반열에 들어서고 있는 것이다. 그렇게 오늘 우리나라는 전 세계가 놀라워할 만큼 높은 위상과 국력을 지닌 강국으로 떠오르고 있다.

그렇게 바야흐로 세계는 단순한 '국제화'의 개념을 뛰어넘어, 지난날의 그 힘센 나라 위주의 틀을 어느 정도는 벗어나 세계 모든 국가가 정치, 경제, 사회, 문화 등의 분야에서 경쟁과 함께 협력을 통한 범세계적인 통합화의 과정으로까지 나아가는 '지구화'의 큰 흐름이 도도하게 물결치고 있다.

오늘의 이 세계가 얼마만큼 엄청나게 변해 버렸는가 하는 걸 단적으로 보여 주는 대표적인 예를 한 가지만 더 든다면, 2007년 말 현재 1년 동안에 우리나라가 수출로 벌어들인 돈이 14조억 원이었던 데 비해서, 소위 왈 '해외 펀드'같은 금융, '돈 장사'로 벌어들인 액수가 19조억 원에 이르고 있다는 사실을 대체 어떻게 보아야 할 것인가. 바야흐로 지난날의 그 각개 나라 단위의 경제 개념 같은 것은 어느

새 왕창 이렇게 무너져 있는 것이 현실인 것이다.

하지만 이 점도 어느 한 기준으로만 접근할 수는 없다. 2008년 이후에 와서는 다시 그 금융 위주의 세계 경제를 좌지우지하던 미국부터 위국으로 들어서 온 세계의 경제가 싸그리 세계 역사상 유례없는 곤경에 처해 있기도 하는 것이다.

이러한 일련의 상황들을 과연 어떻게 보아야 할 것인가.

우리 지구촌 단위로는 과연 어떻게 보아야 할 것이며, 그 이전에, 지금 저 머언 별들에 가 있는 민영환이나 이준 열사들은 과연 어떻게 보고 있을 것인가.

어느덧 바다 흐르는 소리만 한 가락으로 들릴 뿐, 한동안 괴괴하던 중에 문득 다시 민영환의 조금 조심스러운 목소리가 돋아 올랐다. 그건 원체 이준의 이야기로 지나칠 정도로 무겁게 가라앉았던 분위기를 예사로운 평상 분위기로 돌려 보자는 나름대로의 선의도 전혀 없지는 않아 보였다.

《노형이 그때 겪은 그 이야기는 지금 듣더라도 심히 가슴이 아프오. 하지만 작금의 우리나라는 그런 이야기만 듣고 슬퍼하고 있기에는 너무너무 달라지지 않았습니까요. 그때 노형께서는, 그보다 꼭 9년 전, 1896년에 제가 모스크바에서 돌아올 적에 거쳤던 그 시베리아의 끝 모를 초원 땅을 기차로 거꾸로 갔었구먼요. 제가 모스크바에서 떠나 서울을 향해서 오던 그 길을 그 9년 뒤에 노형께서는 서울서 떠나 모스크바 쪽을 향해 그 초원을 갔었구먼요. 그때 저는, 우리 조선 사람으로서는 처음으로 양복에 넥타이 차림이었소이다만, 그때 이상설 대감과 그 길을 기차로 가실 때 노형께서는 대강 어떤 차

림이었습니까요?》

그러자 이준 쪽에서는 그런 따위 질문 방식부터 심히 못마땅해 하는 기색이 벌써 분위기로써 손에 잡히듯이 느껴져 왔다. 그건 꼭 숨소리 같은 것만도 아니고, 그렇다고 흔한 말 몇 마디로는 도저히 할 수 없는 그 어떤 기별로써 금방 알 수가 있었다. 물론 이 경우의 이준 쪽도 민영환이 지금 저런 따위의 소리를 하는 그 속마음인들 나름대로의 눈치로 미루어 헤아릴 수는 있었지만, 살아생전부터의 그 매사에 쉽게 발끈하는 성깔은 어쩔 수 없어, 듣기에 따라서는 조금 비아냥거리듯이 받았다.

《민 대감이야, 그때도 드문 척신戚臣으루다 하루하루 호의호식하던 것이어서, 그 뭣이냐, 러시아 니콜라이 황제 대관식에 우리나라 대표로 가시던 길이어서 양복 차림에다 넥타이까지 맨 정장 차림으루, 그 시베리아 산천경개도 차분하게 구경하면서 갔을 터이지만, 저야, 원체 그럴 형편이 못 되었었지요. 지금에 와서도 그때 정확히 무슨 옷을 입었던지는 기억조차 없고, 목적지 헤이그에 가서 할 일로만 오로지 아글타글 골몰했었소이다.》

그러자 민영환도 살아생전부터의 그 특유의 드물게 큰 품으로 안아 들이듯이,

《그랬을 터이지요. 허기사, 듣고 본즉, 저 스스로도 조금 겸연쩍소이다. 저야, 가까운 척신으로서 스물일곱 살에 벌써 예조판서까지 되어 있었으니, 저 함경도 북청 땅에서 저보다 두 해 먼저 태어나, 1895년 고종 32년, 마흔 살 가까이 되어서야, 혈혈단신, 부푼 꿈을 안고 모처럼 상경했던 노형 같은 사람에 비하면, 참으로 호강은

했었지요. 물론 마지막 끝머리엔 스스로 자결로써 일제에 항거, 순국殉國은 했소이다만, 몇 만 리 이역 땅에서 그렇게 노심초사하시다가 이승을 마감했던 그대에 비하면, 저대로도 겸연쩍은 마음이 어찌 없겠습니까. 하지만 그로부터 이렇게 백십여 년이 지나서 좌우 사방을 둘러본즉슨, 그대 같은 사람이 아직도 옛날 그때의 그 울분을 고스란히 그대로 지니고 있는 것은, 말 그대로 목불인견이 아닐 수가 없소이다그려. 그 옛날에 소생이 그렇게 두 번에 걸쳐서 서방세계를 돌아보고 나서, 첩첩산중의 질곡 같던 그 고리타분한 낡은 생각에서 확 벗어나, 용약 '개화당' 쪽으로 섰던 것처럼, 현금의 돌아가는 저 아래 세상도, 백십여 년 전 그때와는 전혀 정반대의 국면으로, 좋은 쪽으로도 또 달라지고 있어 보인다는 말씀입니다. 그러니, 노형께서 그때로부터 백십여 년이 지난 지금까지도, 옛날의 그 울분을 그대로 고스란히 붙안고 있다는 것이 말이나 됩니까. 저대로, 심히 답답해 보여서 허는 말이오이다. 안 그렇습니까, 노형.》

이준도 금방 다시 받았다.

《알겠소이다. 민공께서 지금 말씀하시는 그 진정은 저도 일단 고맙게 받아들이겠습니다만, 아무리 세상천지가 이렇게 엄청나게 달라져가고 있다 한들, 옛날 그때는 그렇게 치열한 유서마저 남기며 비명에 목숨을 마감했던 민공 그대나, 저 같은 사람까지, 그냥 이 엄청난 변화의 물결에만 그대로 같이 휩쓸려 들어서야 되겠습니까요, 단연코 그건 안 될 것이오이다. 저런 구정물 속에 모두 모두가 통째로 휘말려 들어서는 어찌 되겠습니까요. 더구나 민공 같으신 분까지…… 지금의 저 아래 세상을 보는 것도, 꼭 어느 한 기준으로만 보아서는 안 될 것으로 저는 압니다. 요즘 저렇게 흥청망청 잘들 먹고 잘들 사는 것은 일단 틀림없어 보이지만, 민공 같은 능히 아실 만한 분까지 지금 그렇게 말씀하시는 건 저로서는 참으로 황당하고 뜻밖이올시다. 다른 것 다아 제쳐 놓고, 이것 한 가지만이라도 이 자리서 다시 한 번 거론해 봅시다요. 그때 피 맺힌 옷소매 속에서 나온 유서로 그대 민공께서 간곡하게 2천만 동포에게 남기셨던 그 유언 가운데는 이런 구절이 있었소이다. '한마음으로 힘을 다하여 우리의 자유 독립을 회복하면, 죽은 몸도 마땅히 저 세상에서 기뻐 웃으리라'고요. 그러니까 지금 민공께서는 그때의 그 '저 세상'인 이곳으로 건너오셔서, 그로부터 백십여 년이 지난 오늘에 와서는, 우리나라가 그 '자유'와 '독립'을 완전히 회복하여, 이제는 기뻐 웃을 일만 남아 있다는 소립니까요. 저는 도저히 그렇게는 생각할 수가 없습니다요. 우선 일본의 식민지 상태에서는 풀려났습니다만, 그리고 우리나라도 이제 그 일본과 맞먹을 만큼 경제 부흥을 비롯, 나라 위세가 당당해졌습니다만, 우리 삼천리강산이 외세에 의해 남북으로 갈라진 채로 남과 북이 각각 따로따로 독립이 되어 있다는 이 냉엄한 사실은 일단 이 자리서는 접어 두더라도, '자유'요? 그 '자유'라는 것을 두고 보더라도 그렇습니다. 지금 저 아래 남쪽에서는 어느 누구든지 만판 자유를 누리고 있는 것은 틀림없어 보입니다. 헌데, 이렇게 누구나가 만판 누리고 있는 저 '자유'라는 것을 두고도, 한번 차근차근 생각을 해 봅시다요. 그 시절에 저나 민공께서 그토록 애가 타게 그리워했던 이 '자유'라는 것도, 지금 보듯이 저렇게 과할 정도로 만판 누리게 되는 것이 참으로 제대로 '자유'다운 '자유'냐, 하는 점에서는, 민공께서도 앞에서 잠깐 언급하셨듯이, 의문이 없을 수가 없지 않습니까요. 모두가 굶어 죽기 직전의 경지에서 최소한으로나마 먹을 것을 원했을 때는, 그야 극도의 배고픔 면할 정도의 식량으로도 족했지만, 그 어려운 고비를 용케도 넘겨서 어영부영 세월이 지나는 동안에, 어느덧 금방 먹을 것이 천지 사방에 남아날 정도가 되어 버려도, 사람들은 배고팠을 적의 일을 잊지 않고 더 더 부富만을 탐하면서 들입다 먹고, 또 먹고, 다시 먹어, 그만 과식으로 체중 과잉이 되면서 갖은 병을 유발하고, 통틀어 망하는 길로 접어들듯이, 작금 저 지구촌의 '자유'라는 것도 한쪽 잘사는 부자 나라들은 어느덧 그런 지경에 가 있지나 않는지요. 이 점을 한번 다시 생각해 볼 때가 되지 않았는지요. 제가 백 년도 훌쩍 지난 그 옛날에, 저 북청이라는 함경도 끝 오지에서 태어나, 마흔 살 가까이 되어서야 혼자 몸으로 청운의 꿈을 품고 서울로 올라왔을 적에도 저는, "이 나라가 이대로는 안 되겠다"며, 그때 저 나름대로의 직감으로 '개화', '개혁', '근대화'를 주장해 나서는 '독립협회' 쪽으로 처음부터 가담했소이다만, 그때부터 벌써 그대 민공하고는, 피차의 처지나 입장부터 꽤나 차이가 있었던 듯했소이다. 물론 민공은 원체 척신 쪽 가문에서 태어났는지라, 일찌감치 정부 요직에 들었었고, 그렇게 두 번에 걸친 외유外遊로 선진 문물을 직접 접하면서, 충심으로 '독립협회' 쪽을 음양으로 지원하고 있었습지요만, 그때부터 벌써 세상을 보시는 안목에서 저하고는 근본적으로 차이가 있었던 듯합니다요. 그것은 무엇이냐. 저는 그대 민공과는 달리, 굳이 외유를 하지 않고도 그때 벌써 저 나름의 직감으로 세상 흘러가는 것과 이 나라 되어 가는 꼴을 한눈에 간파했사온데, 그때도 민공께서는 굳이 외유 중에 듣고 본 선진 문명이라는 것의 이모저모를, 그냥 그저 그런 정도의 수준으로, 저보다는 얇게, 조금 천박하게, 겉가죽으로만 보시지 않았던가 싶습니다요. 제가 지금 이렇게 여쭙는 것을, 아무쪼록 섭섭하게 듣지는 마옵소서. 하지만 참으로 할 말은 해야 하겠소이다. 민공께서도 익히 아시다시피 저는 그 옛날 살아생전부터 어느 누구 앞에서건 할 말은 늘 하면서 살았소이다.

바로 그런 수준에서 오늘의 저 지구촌 세계를 보자고 들 때, 저는 지금 민공께서 하시는 그 말씀에 나타나 있는, 그런 수준의 안목眼目에 결코 동의할 수는 없소이다. 지금 이 나라가 이렇게 잘살고 있다, 독립과 자유를 회복한 정도가 아니라, 금방 과하게 번영의 길로 들어서며, 어느새 세계 10위권에 들어선 강국이 되어 흥청망청이다, 놀랍다, 흐뭇하다, 이에 더 바랄 것이 무엇이냐. 그때로부터 백 년이 지나서 바야흐로 이 나라가 이런 마당에 들어서 있음에도 그냥 저냥 그 옛날의 아사 직전 상황의 그런 청승만 떨고 있을 것이냐, 말도 안 된다……. 대체 민공만한 분께서, 지금 그렇게 말씀하시는 것을, 이 저도 그대로 곧이곧대로 들어 주어야 하겠습니까요. 옛날 그때 그렇게 비명에 그 세상을 마감했던 일이 차라리 어이가 없다, 그때의 우리의 희망은 이루어진 정도가 아니라 몇 배, 몇 십 배로 과람하게 이루어지고 있다, 그러니 이젠 우리도 이 번영을, 자유를, 누릴 일만 남았다, 그러니 잔소릴랑 말고 다 함께 누리자, 누리자 누리자, 이런 말씀이신 것 같은데, 이게 참으로 제정신 갖고 하시는 말씀입니까요. 바로 그 점, 역시 민공은 옛날 그때부터 세도 집안 출신이라, 그 옛날의 우리나라 정황을 보시는 수준도 그저 대강 그런 정도의 수준이었듯이, 오늘의 우리 정황을 느끼는 수준도 그렇게 조금은 천박하고, 얕은, 고만한 정도의 저질 수준임을 새삼 확인하게 됩니다요.

허지만 그 옛날의 북청 사람, 저는, 결코 그런 수준으로는 생각하지를 않사옵니다. 저는, 그 옛날의 그 초심初心을, 아직도 지금 이 시각에도 결코 잊고 있지를 않습니다. 그 초심인즉, 당장의 이 나라 남북 분단 문제뿐만 아니라, 21세기 초, 저 지구촌 단위의 범汎 정황을 과연 어떻게 받아들여야 할 것이냐, 하는 점으로, 그 옛날에는 우리나라 단위로만 양껏 엄혹하게 지녔던 그 시각視角을, 오늘에는 범세계 단위로 고스란히 그대로 책임 있게 유지해 가자는 것이 저의 생각이올시다.》

잠시 조용하였다. 아니, 잠시가 아니라, 꽤 시간이 지나기까지 민영환 쪽은 아무런 반응이 없었는데, 그 분위기만은 손에 잡히듯이 알려졌다. 이준 쪽의 한마디 한마디를 꽤나 못마땅해 하는 분위기더니, 한참만에야 긴 한숨 비슷이 불쑥 한마디 하였다.

《그래, 좋소이다. 그렇다면 그 '범세계 단위'의 이공 생각이라는 것까지 이 자리서 한번 털어놓아보시지요.》

하는데, 그 억양은, "들으나마나, 그 뻐언한 소리는 나대로도 이미 대강 짐작은 됩니다마는, 아무튼 한번 들어는 봅시다요" 하는, 비아냥거리는 분위기는 그대로 감지되었다. 그러거나 말거나 개의치 않고 이준이 다시 말하였다.

《바로 이런 저의 입장에서 오늘의 우리나라, 더 나아가, 지구촌 전체의 사람살이를 놓고 볼 때, 과연 어떠냐. 저는 대강 다음과 같이 보고 있습니다요.

인류 역사를 통틀어 21세기로 접어든 지금, 당장 잘사는 몇몇 나라들 기준으로 볼 때 이 지경으로까지 많은 '자유'를 만판 누리도록 허용되었던 때가, 지구 역사상 언제 한 번인들 있었던가요. 지구촌 전체를 두고 보더라도, 현재 대강 이만한 정치적 질서와 경제적 환경 속에서 대강 잘 먹고 잘살고 있다는 것은 우선은 더없는 은총으로 보입니다요. 하여, 일단 이런 다복多福한 순간이 앞으로 언제 언제까지나 무한정 이어지리라고 과연 생각할 수가 있겠는지요. 결국은 그 언젠가, 우리들은 이 자연이 우리들에게 허용하는 최대한의 '자유'의 유지가 대강 어느 지점이겠는지를 생각하지 않을 수 없게 될 것입니다요. 다시 말해서, 생산, 생산, 더 생산, 소비, 소비, 더 소비 위주로만 무한정 뻗어 나가면서리, 번영, 번영, 더 번영, 자유, 자유, 더 자유 일변도로만 온 인류가 오로지 이판사판으로 매진해 갈 때, 하나밖에 없는 우리 인류의 삶의 터전인 이 지구촌 자체가 과연 어떻게 될 것이냐 하는 점으로는, 어느 한 나라도 나 몰라라 하고, 모두가 그냥저냥 통틀어서 이 흐름에만 휘말려 들 때, 끝내는 어느 날엔가, 한꺼번에 완전히 나락으로 떨어져 갈 날이 올 것이라는 것을 어찌 모르는 체만 하고 있을 것입니까요.

그러니 이제는 오로지 증가增加 일변도가 아니라, 감소減少 쪽도 추구할 때가 되었습니다. 여기서 한번쯤 고대 사회를 떠올려 봅시다요.

옛날 로마 시대 때는 지배층, 즉 원로원에는 감찰監察이라는 관청이 버젓이 있었다고 하더군요. 그 관청이 하는 일은, 저들 각자의 집 안에서 혹여, '과잉 사치'에 빠지지는 않았는지를 감시하는 일이었다고 합니다. 이렇게 사적私的 영역, 개개인의 삶에 대한 국가 관청의 개입은 심지어 매 끼니 식생활에까지 뻗쳐 있었다는 것이지요. 이것은 저들 스스로 자기 제어制御였다고 볼 수도 있겠지만, 그보다는 그 뭣이냐, 귀족적인 것과 통저通底되어 있었다, 깊이 닿아 있었다는 것입니다. 권력을 지닌 사람들의 하루하루 삶에서의 우월이, 그대로 방종 쪽으로 뻗지 않게 스스로 억제하도록 평소부터 의무화시키고, 결코 매사에 오만한 태도나 무한대로 향락만 일삼는 행태를 엄히 다스렸다고 합니다.

바로 이 점을 돌아보면서 우리는 하나의 교훈을 끌어낼 수도 있겠습니다. 귀족은 비록 가난하더라도 일정한 품위를 지키며 인간의 문제를 생각합니다. 요즘은 가난하다는 사람들도 옛날에 비하면 모두가 엄청 잘들 살아요. 하지만 가난이라는 것도 원체 상대적인 개념이어서, 언젠가는 가난 쪽에서 분노하며 들고일어날는지도 몰라요. 그렇게 될 때는 '자유'라는 것부터가 대단히 입장이 어렵게 되지 않겠습니까. 우리들이 앞으로 살아 나가면서, 계속 자연과의 평화를 보장받기 위해서는 절대로 필요해지는 것이, 과연 '자유를 누릴 수 있는 정치의 가능성', 다시 말해서 '현재처럼 만판 누릴 수 있는 자유를 어쩔 수 없이 포기할 수밖에 없는 지점'이 대강 어느 지점이 되겠는가 하는 물음이 될 것입니다.

바로 이런 국면들을 새삼 돌아볼 때, 저렇게 현금 만판 누리고 있는 '자유'라는 것을, 문제 삼지 않을 수가 없지 않겠습니까. 그 좋기만 한 '자유'는 바로 이 대목에서 우리들 앞에 무서운 위협으로 막아서는 것을 피할 수가 없습니다. 요컨대 우리를 둘러싼 이 자연은, 언제 언제까지나 그냥 무한대로 있는 것만은 아니고, 우리의 '번영', '자유' 앞에 떡하니 어느 '절대'의 벽처럼 막아서 있는 것임을 보아 내지 않을 수 없습니다. 다시 말해서, 무한대의 '자유'가 아니라, 우리의 하루하루를 둘러싼 이 자연과 걸맞은 범위 내에서의 최대한의 '자유'야말로, 바로 오늘의 우리들이 목표로 삼아야 할 어느 한정일 것이다아, 이 말입니다. 그리고 그것은 우리들이 현재 매일매일 만판 누리고 있는 '자유'보다는, 엄청 초라한 것이 될 터이지요. 오늘처럼 애오라지 '더 더 성장을', '성장만을', '번영을', '더 번영을', '소비를', '더 더 소비를'이라는 구호는 더 이상 통하지가 않는 때가 바야흐로 다가오고 있다아, 이 말입니다. 지금도 이미 모두가 분수 이상으로 너무너무 많은 것을 갖고 있습니다. 즉, 이 지구가 우리 인간들에게 인간다운 존재임을 보장하는 그 한계를 훨씬 넘어서고 있는 것은 아닌지요. 이런 한계 상황이 바로 눈앞에 다가오고 있습니다.

게다가 여전히 강토가 끊어진 채로, 분단된 채로 있는 우리나라의 당면한 남북문제까지 그러안고 있는 우리 입장까지 생각하자고 들면……. 민공, 민공, 어찌 민공께서는 이 사실을 모르시옵니까. 혹시 아시면서도 그냥저냥 모르는 체하시는 것인지요. 하기야, 백십여 년 전 옛날 그때는 그때대로의 세상에 대해 그렇게 경종을 울리시면서 그런 단호한 결행을 하셨을 터이지만, 그때는 그만한 수준의 선각자이셨다면, 지금은 응당 지금대로의 제대로 된 선각자로 계셔야 할 것이어늘, 민공, 민 충정공, 스스로 깊이 다시 한 번 돌아보시옵소서. 저의 이 소리를 지금 어떻게 들으시고 계신지요?》

5

그러나 그뿐, 민공 쪽에서는 다시 전혀 반응이라곤 없었다.

끝 간 데 없이 조용할 뿐이었다. 아니, 조용한 것은 아니고, 바다 흐르는 소리, 무한無限 마냥 철썩대는 파도소리와 바람소리만이 이어질 뿐이었다. 그 바람소리도 일정하지는 않고 높낮이를 지니고 있어, 무언가 엄청나게 우람하게 삼엄하게 절대적으로 살아 움직이는 듯한 생동감은 없지 않았다. 더러는 머언 우렛소리, 천둥소리도 들리는 것으로서 멀고 먼 어느 아득히 머언 원경遠景 같은 것도 느껴지기는 하였지만, 그것이 몇 십 리 몇 백 리 몇 천 리 밖인지는 가늠할 수조차 없었다. 다만, 어느 절대의 시각視覺과 시각視角만은 아슴아슴 느껴질 뿐이었다. 그렇게 어느 만한 시간이 흘렀을까. 우리 쪽 기준으로 두어 시간은 족히 지났을까. 문득 민영환의 목소리가 다시 돌아 올랐는데, 그 분위기는 전보다는 무언가 처음부터 서슬이 잔뜩 서 있었다. 품이 넓고 무척이나 관후寬厚하고 부드러웠던 따뜻한 구석은 찾아볼 수 없이 무언가 차갑고 매정한 칼날이 번뜩였다.

《잘 들었소이다. 한마디 한마디, 지당한 말씀이온데, 헌데, 저로서는 섭섭하다기보다는 우선은 조금 민망스럽기부터 하나이다. 이준 열사께선 옛날 그때 살아 계실 때부터 매사에 들어 꼭 옳은 소리만 하려는 버릇이 있었사온데, 옛날 그때는 늘 들어 줄 수가 있었소이다만, 오늘에 와서는, 그 뭣이냐, 조금 정너미부터 떨어지려고 하는군요. 물론 옛날 그때는, 어떤 경우에서든 이 열사께서 열렬히 주창하는 그 한마디 한마디와 그 뒤의 행태行態 하나하나가 노상 일치되어 있어, 더 이상 따지고 자시고 할 수도 없었지요만, 그로부터 백 년 너머가 지난 지금에 와서는, 저렇게 노상 어디서나 잘난 척하는 것이 버릇 들인 것루다, 조금 실없어 보이고, 더 심하게 말하자면 꾸정꾸정해 보이기까지 합니다요.

더구나 조금 전에, 이 열사께서 그 '자유'라는 것을 두고 허신 잔뜩 오기에 찬 말씀에 이르면, 어찌 이 열사가 저 지경에까지 이르렀는가 싶어 안쓰러워지기까지 합니다요. 물론 그 말씀인즉, 한마디 한마디 지당한 말씀이긴 하오나, 이 열사 자신의 진짜배기 육성肉聲이 아닌, 저어 외방外邦의 어느 누가, 언젠가, 어느 자리에서 한 말임을, 저도 대강은 알고 있소이다. 한데 이 열사께서, 그간에 어찌 저 지경으로까지 떨어졌단 말입니까. 이젠 남의 말까지 빌려서 제 소린 양 큰 소리를 떵떵 칠 정도로 뻔뻔해지시기까지 했습니까요.

그리하여 저도 이 자리에서는, 이 열사의 흉내도 한번 낼 겸해서, 저어 서쪽 어느 사람이 어느 자리에선가 했던 말을 고냥 고대로 옮기면서, 이 열사의 그 말씀에 한번 대척對蹠을 시켜 보겠소이다. 자, 한번 들어 보소서.

"본시 사회학은 세상에 일어난 일을, 사실로, 본 그대로, 보고하는 것 이상은 삼가야 한다. 따라서 사회학자의 기술記述 속에, '그러저러한 일은 진보를 의미한다'라는 식의 명제命題가 들어 있으면 안 되는 것이다.

애당초에 '가치'라는 것은 특정한 정신 상태를 이르는 것인가, 아니면 그 어떤 의식에 붙어 있는 형식인가, 이에 대해 나는 대답하겠다. 사람들이 나에게 어떻게 말하건, 나는 그것을 결코 안 받아들일 것인데, 그 이유인즉, 그 설명이 틀려 있기 때문이 아니라, 그것이 바로 '설명'이 되어 있기 때문이다, 라고.

사람들이 나에게, 그 어떤 이론이 되어 있는 것 같은 것을 말하려 든다면, 나는 즉각 한 손을 내저으며 이렇게 받을 것이다. 아니, 아니, 그러한 것들에 나는 애당초 관심이 없다, 라고. 설령 그 이론이 천하의 진리였다고 하더라도, 그런 종류의 이론에 나는 관심을 갖지 않을 것이다. 그런 것은 결코 내가 바라고 있는 것은 아닐 터이니까.

애당초 덕德이라는 것, 윤리적인 것은, 사람들이 가르칠 수 있는 성질의 것이 아니다. 만일 이론으로써 덕이라는 것, 윤리적인 것의 본질을 타인에게 설명할 수가 있게 된다면, 이미 그 윤리적인 것에는 아무런 가치도 없게 될 것이다.

나에게 있어서는 이론 같은 것은 아무런 가치가 없다. 이론은 나에게 아무것도 주지 못한다"라고요.

바로 이것이 지금 제가 이 열사에게 할 수 있는 대답입니다.

어떻습니까. 결국 사람이란 것은, 살아생전에나 지금 이곳에 와서나 별수 없이 각자 생긴 대로 이상은 넘지 못하는가 봅니다. 제가 생각하기엔, 어떤 이론으로써 누구를 설득한다?! 그런 것부터가 애당초에 주제넘은 짓일 겁니다. 잘못 그러다 보면, 괜스레 피차에 말싸움이나 일삼게 되고, 종당에는 마음의 상처나 입게 되기가 십상일 것입니다. '옳다', '그르다' 하는 것이 그렇게 말 몇 마디로 쉽사리 가려지는 것도 아닐 것이고요. 세상사, 그렇습디다요. 이제까지 옳던 것이 어느 날부턴가 극악으로 떨어지기도 하고, 이제까지 극악인 줄 알고 있었는데, 어느 날 별안간에 옳아지기도 하질 않던가요. 그렇게 그때그때 세勢라는 것이 있는 법입니다. 섭리攝理라고도 합디다만. 이 경지까지 이르면, 매사에 아글타글할 것이 아니라, 공손하게 겸손하게 맑은 마음으로 기다려야 할 것입니다. 그렇게 지극한 정성으로 늘 하늘에 대고 기도를 드려야 할 것입니다. 그렇지 않습니까. 이 하늘에 와서도 다시 또 저렇게 하늘이 있질 않습니까요. 아무쪼록 이 점, 깊이 헤아리시기를 빕니다.

그나저나 이 열사께서는, 그 이역만리, 네덜란드의 헤이그 거리 묘지에 그렇게 오랫동안 묻혀 계시다가, 1963년 9월 23일에야 다시 파냈던 것으로 저는 알고 있소이다. 그렇게 파낸, 완전히 육탈肉脫된 그대 유해는 태극기에 싸여 목조 판에 정중히 옮겨지고, 그 자리에는 다시 흙이 덮이고, 그 어간에 비바람에 씻겼던 묘비는 그냥 그 자리에 도로 세워지면서, '이곳에 묻혔던 한국의 애국자는 1963년 9월 26일 독립된 그의 고국으로 돌아갔노라'는 글귀가 추가되었습니다. 그렇게 그대 유해는 헤이그 묘지로부터 네 대의 모터사이클의 호위를 받으며 우선 암스테르담 공항에 도착, 네덜란드군 헌병이 두 줄로 도열한 가운데 그 나라 의전실장의 환송을 받으며 그 당시의 우리나라 제트여객기의 트랩에 올랐었지요. 그렇게 당신 유해는 북극해를 넘어 9월 30일에 우리 국군 의장대의 엄숙한 사열을 받으며 돌아와, 다시 나흘 뒤인 1963년 10월 4일, 우리 3부 요인과 전 국민이 추모하는 가운데 '유해봉영 국민장國民葬'이 엄숙히 거행되고, 수유리 묘소에 안식의 자리를 찾으셨으니, 실로 56년 만의 환국이었소이다.

그러니 이 열사, 이준 열사, 이제는 저 아래 세상일까지 그렇게 일

일이 열을 내서 챙기질랑 마시고, 저들 살아가는 일들은 저렇게 한 껏 살아가고 있는 저 사람들끼리 알아서 하도록 내버려 두시고, 종 당에는 그 모든 일은 하늘이 하시는 역사役事일 터이니까, 우리는 이 제는 그냥저냥 구경만 하십시다요.》

그러자 금방 이준 열사의 즉답이 날아왔다.

《듣기 싫어. 무엇이 어쩌구 어째. 당신, 누구에게 그따위 소리 지껄 이고 있어. 당신이 당신 멋대로 그러듯이, 난 나대로 내 멋으로 이럴 것이니, 상관일랑 말어. 나는, 나야. 옛날 그때도 내 생긴 대로 그랬 듯이 지금 여기서도 내 생긴 대로 이러겠으니, 보기 싫으니까 어서 내 앞에서 당장 꺼져.》

이에 대한 대답은 묵묵부답이었다.

그냥저냥 끝이 없는 바닷소리뿐이었다.

그렇게 다시 두어 시간이 지나서였다. 색다른 목소리 하나가 난데 없이 불쑥 울려 나왔다.

《저는 바로 그 인력거꾼이오이다. 어르신께서 그렇게 비명에 가셨 다는 소식을 듣고설랑 심히 놀라 득달같이 가서 문상을 하곤, 그날 늦은 저녁에 혼자서 뒷산으로 올라가, 평소에 보아 두었던 큰 소나 무 하나에 목매달아 죽은, 본시 어르신네 댁 하인이었다가 그 무렵 에는 인력거꾼으로, 근근이 하루하루 먹으며 굶으며 살아가던……. 그런데 그런 제가 왜 그날 그렇게 죽었느냐고요? 글쎄올시다. 그건 저도 딱히는 잘 모르겠습니다. 그저 그 무렵 그렇게 하루하루 살아 간다는 것이 엄청 지겹고 재미대가리라곤 없어, 그러지 않아도 꼭 이래 살아가야 하나, 정말로 지겹구나, 세상살이 피로하구나 싶던 차에, 어르신께서 갑자기 그러신 곡절은 저 같은 사람이야 애당초에 알 수가 없는 문제였사오나, 여북하면 어르신께서도 저렇게 자처를 했을 것이냐, 그러니 이 세상에서 소인 같은 사람도 더 이상 기대할 것은 없을 것이겠구나 싶어, 그렇게 차분한 마음으루다 목을 매다는 데 필요한 만큼의 굵은 노끈을 그 길이까지 자세히 가늠해설랑, 준비해서는, 아무도 모르게 늘 보아두었던 그 소나무로 밤중에 혼자 올라가, 침착하게 일을 치렀습니다요. 더 이상 복잡한 사연은 전혀 없었습니다. 지금도 그렇습니다. 어르신네들 허시는 그런 어려운 말씀들은 저로서는 그 옛날이나 지금이나 제대로 알아들을 수도 없고요, 알고 싶지도 않습니다. 제가 그때 장안의 인력거꾼이듯이, 제가 죽은 뒤에는 자식놈이 제 인력거를 끌었고요, 손자 때부터는 인력거 대신 택시라 하던가요, 자동차를 끌다가스리, 지금 맏이 고손자는 버스를 끌고 있습니다요. 그렇지만 그 고손자 녀석도 지난번 그쪽 임금님 선거 때는 투표도 했다나 봅디다. 사람 산다는 것, 세상사, 결국은 이런 것이 아니겠습니까.》

천둥 흐르는 소리

남북 분단과 당대 내외 정황의 실체

한 사람의 목회자로서 수많은 사람의 임종을 지켜보았던 살아생전의 한 목사에게서 이건 언젠가 직접 한 번 들은 이야기거니와, 사람이 이승을 떠날 때 맨 끝머리까지 남는 것이 청각, 즉 귀더라고 하였다. 그러니까 누구나가 심장이 멎고, 정신이 가물가물 스러져 가는 속에서도, 끝까지 귀는 살아 있어 듣기는 하더라는 것이다.

그러고 보면 그렇다. 이승과 저승, 이미 저승으로 넘어간 혼령과 이승을 사는 친족이 교감하는 것도, 꿈같은 것이 아닌 평상 감각으로는 바로 청각이 아니겠는가 하고 이 자리서도 새삼 확인이 된다.

비근한 예를 들어 우리가 더러 보는 초혼招魂 굿이라는 것만 해도 그렇지 않은가. 울긋불긋한 무당 옷차림으로 춤을 추며, 천지가 떠나갈 듯 시끄러운 꽹과리, 북, 장구 소리에 맞춰 소리소리 지르며 돌아가다가, 어느 순간부터 문득 그 무당의 목소리 억양이며 몸짓, 표정, 분위기까지 송두리째 망인亡人을 닮아 있어, 친족들부터가 고인께서

왔음을 와락 실감하게 된다지를 않던가. 심지어 그 초혼 상대가 어린 망자亡者인 경우에도, 문득 어느 순간부터 그 무당의 목소리며 행태 하나하나가 그야말로 신통할 정도로 살아생전의 아이를 고대로 닮아 있다고 한다.

이 점에서도 새삼 확인되듯이 이승과 저승이 통하는 길은 시각이나 후각이 아니라, 사람의 오관五官 중 주로 청각이어서, 저승과 이승이 직통하는 것도 소리, 즉 꽹과리거나 징, 나발, 북, 장구 소리를 앞세워야 저승의 혼령에도 즉각 기별이 가 닿는다고들 한다.

바로 이렇게 이승과 저승이 교감할 수 있는 길이 소리, 즉 청각이라 할 때, 그 저승으로 간 혼령끼리도 서로 교감하고 피차에 대화를 나눌 길이 어찌 있을 수 없을 것인가. 더구나 그 저승이라는 것이 저 밤하늘의 수다한 별들 중의 어느 한 별이라고 상정想定해 본다면……. 게다가 시간, 공간 개념도 이 지구촌 쪽 이승의 3차원을 넘어선 5차원, 6차원의 세계라고 한다면…….

1

먼 천둥소리가 이따금씩 울리는 속에 문득 또 색다른 목소리 하나가 돋아 올랐다.

《나, 1882년에 태어났다가 1950년 그 6·25전쟁 와중에 날짜도 모르게 어느 누군가에 의해 피살당했던 조만식입니다. 그쪽의 요즘 젊은 사람들은 남북을 막론허고, 이 나라는 사람을 전혀 알 턱이 없을 것이옵니다만, 1945년 8월 15일 이 나라가 일제의 사슬에서 해방이 되었을 때, 처음에 평안남도 건국준비위원회 위원장을 맡았던 사람, 그리고 그 뒤 한때는 현 북한에서 '조선민주당'이라는 정당이 창당될 때 그 첫 번째 위원장 자리에도 있던 사람이라면, 혹시 아시겠습니까. 모르시겠다고요. 암은, 그럴 테지요. 모르실 터이지요. 그렇습니다. 그 해방되던 때, 평양시의 인구가 총 40만이었고, 평안남도의 인구가 총 2백만, 그리고 38선 이북의 총 인구가 1천만 정도였지요. 그러구 해방 직후 그때 평양 시내 쌀값이 소두 한 말에 20여 원이었고, 푸줏간에서 소고기 한 근이 15원이었다면 혹시 감이 옵니까. 그때는 해방 직후 한동안 그렇게 물가가 폭락을 했다고들 하고 있었던 모냥입니다만, 그로부터 70여 년이 지나고 보니까, 전혀 감이 잡히지 않기로는 그때 예순네 살이었던 저나, 지금의 여러분이나 피장파장입니다요. 시간이, 세월이 엮어 내는 이 변화는 참으로 엄청나달밖에요.

하지마안, 바로 그 점을 전제로 접어 두고서라도, 그 무렵 해방 직후의 평양 거리에서 벌어졌던 정치적 움직임부터 한 치 과장도 거짓도 없는 극명한 사실대로, 명명백백한 사실에 입각해서, 일단은, 저 조만식을 중심에다 놓은, 저 조만식의 시각視角으로 한번 여쭈어볼 테니 들어 보아 주시겠습니까. 지난 1945년 이후의 우리 정치사는 남북을 막론허고 이렇듯 하나하나 사실 점검부터 엄하게 세부세부 다시 살피는 데서 시작해야 할 것이라는 게, 지금 이 별에 와 있는 저 조만식의 생각입니다. 하긴 이 점으로 말하더라도, 어느 누군가는 그러더군요. 항용, 역사의 사후事後 진단이라는 것은, 그 거개가 확실성에서부터 보장이 안 되는 것들이라고요. 그렁이까 지금 저 조만식은 그런 시선들까지 속속들이 유념하면서, 그래서 더더구나 그때 제가 겪은 명명백백한 사실들만 추려서 우선 열거해 볼랍니다.

　그해 1945년 8월 15일에 저는 강서읍에서도 10리쯤 떨어진 강서군 반석면 반일리, 안골이라는 선대의 고향 마을에서 일제가 끝내 항복했다는 소식을 듣습니다. 그 첫 소식도 어떻게 들었느냐 하면, 저의 큰아들 연명이가 그 전날에 아버지를 뵈러 왔다가, 바로 그날 8월 15일 자전거를 타고 평양으로 돌아가던 도중, 누군가가 알려 주는 일본 천황의 항복 방송 소식을 듣고는, 가던 길을 되돌려 급히 달려와서 저에게도 알려 주더군요. 그때 저는 내심 흥분이 되었지만, '우선은 이 마당에 나부터 모름지기 은인자중해야 하겠구나' 하고 퍼뜩 생각을 했었던 게 지금도 역력히 기억이 납니다. 이건 저도 그 뒤에 들어서 알았습니다만, 그날, 니시카와〔西川〕 평안남도 도지사는 일본 패망이라는 이 엄청난 사태를 놓고, 우선은 평소에 안면이 있던 전 숭인상업학교 교장 김항복에게 연락을 취해, 시골에 은거 중인 고당 조만식(바로 본인입지요)부터 어서 모셔 와 달라고 부탁을 했던 모양입니다. 그래서 김항복은 즉시 김동원을 비롯한 몇몇 분과 의논을 한 뒤, 그날 당일로 저의 둘째 사위 김의용을 데리고 안골로 저를 찾아왔습니다. 이때 김항복은 그 일본인 도지사의 뜻을 저한테 전해 주며, 속히 평양으로 돌아와 행정권 인수에 나설 것을 조심스럽게 권하더이다. 물론 저는 그 도지사의 뜻에 덜컥 응하지를 않고, 일단 완곡하게 거절을 했습니다. 김항복도 별수 없이 평양으로 도로 돌아가, 니시카와 도지사에게 저의 그 완곡한 거부의 뜻을 그대로 알리고는, 저와 평소에 막역한 사이이던 오윤선 장로 등을 따로 만나 다시 이 문제를 상의하여, 일본 당국의 뜻이 아니라 평양 민중의 여망으로 어서 평양으로 나올 것을 저에게 권고하기로 의견을 모았던 모양이올시다. 그렇게 당장 저를 데려올 전세 자동차 한 대를 마련할 것을 지시하곤, 그길로 오 장로는 우선 그날 15일 저녁 7시 평양 방송으로, 아무쪼록 동포들께서는 과하게 들뜨거나 흥분하질랑 말고 냉정과 침착을 견지하자고 평양 유지 자격으로 제일성을 내보내고는, 곧장, 어서 평양에 나와 민심을 수습해 달라는 자신의 짧은 친서 한 장을 써서 제가 평양에 살 때 저의 집 이웃에 살던 송호경이란 청년에게 맡겨 자동차 편으로 저헌테 보내왔어요. 그렇게 전세 자동차가 안골 우리 집에 닿은 것이 16일 밤 10시경이었습니다. 오윤선 장로의 이 친서를 받고도 저는 더 심사숙고하다가 자정을 넘겨 17일 새벽 2시에야 평양으로 향했습니다.

그렇게 평양에 닿은 저는 사돈 강덕희가 운영하는 보화의원부터 잠깐 들렀습니다. 왜냐하면 그때 바로 며칠 전부터 큰 종기 하나가 뒷머리에 생겨서 몹시 쑤시고 아파 그것부터 좀 보아 달랬지요. 그렇게 저는 흰 붕대로 머리를 친친 감아서 조금 묘한 모습이었습니다요. 한데 요즘 더러 보면, 그쪽 세상에서 어쩌다 조만식, 저라는 사람이 거론될 때는, 노상 그 사진이 나오곤 해서 저는 이곳에서도 혼자 비시시 웃곤 합지요. 그러군, 그 뭣이냐, 그렁이까 그보다 훨씬 전, 아주아주 어릴 때 언젠가, 누구한테 들었는지도 확실치는 않지만, 뒷머리의 그런 종기는 불운을 예고하기도 한다는 소리를 들었던 것 같기도 한데, 물론 그때 당장에도 어느 한순간 퍼뜩 그렇게 한번 어느 누구에겐가 들었던 그 소리가 머릿속 한 귀퉁이를 슬쩍 스치기는 했던 것 같지만, 그때 그 막중한 때에 이미 저만한 무게를 지녔던 사람으로서, 우선 체통을 생각하더라도, 기껏 그런 따위 자발머리없는 생각에 골몰할 틈이나 있었겠습니까요.

하지마안, 그로부터 70여 년이 지나, 어언 그쪽 나이로 백세른네살이 된 지금에 와서, 무엇 하나 매인 것 없는 이 별에서 혈혈단신 나 개인으로 다시 돌아와 차근차근 지나온 날들을 곰곰 돌아보면, 아닌 게 아니라 바로 그 어름부터 그 지구촌 속에서의 저 자신의 불운은 이미 시작되었던 것 같기도 합니다요. 아무려나, 그런 유의 이야기는 이 자리서 길게 할 것은 없겠고요.

아무튼 그렇게 보화의원에서 나온 저는 곧장 오윤선 장로 댁으로 갔습니다. 그렇게 17일 오전부터 그 댁에 자리를 잡고 저는 바빠지기 시작했지요. 우선 그날 17일부터 그 오윤선 장로 댁에 와 있던 김병연, 한근조, 이주연 동지들과 당장 당면한 일부터 논의를 하기 시작했습니다. 우선 급한 것이, 평안남도 일대의 민심부터 수습하고, 새 나라 건설을 준비할 단체부터 하나 꾸려 내자는 데 의견을 모으고, 우선 저를 비롯, 10명의 준비위원부터 선정, 위촉하자고, 그 자리에서 전원이 찬성을 했습니다. 회의는 일사천리로 진행되어 그날로 '평안남도 건국준비위원회'가 출범을 하게 되었습지요. 그렇게 그날 17일 당일로 부서 조직까지 마치고, 그 뒤 이틀간은 그냥 오윤선 장로 댁에 그대로 머물다가, 19일에는 아예 백선기념관으로 '평남 건준' 사무실을 옮기면서 그날로 저의 숙소도 그 근처 철도호텔로 정했소이다.

이렇게 첫 출범했을 때의 '평남 건준'의 간부 명단은 다음과 같았소이다. 위원장 조만식, 부위원장 오윤선, 총무부장 이주연, 재무부장 박승환, 선전부장 한재덕, 산업부장 이종현, 지방부장 이윤영, 교육부장 홍기주, 섭외부장 정기수, 치안부장 최능진, 그리고 무임소위원으로 김병연·노진설·김광진·지창규·한근조·김동원, 이렇게 총 16명이었소이다.

위의 인원 구성을 조금 세분해 보면, 그 당시에 조금 그런 쪽으로 관심이 있던 사람이면 금방 알 수 있을 것이지만, 대체로 기독교인과 우파 민족주의자가 중심이 되었지요. 공산계로 분류할 수 있는 사람은 이주연, 김광진, 한재덕 세 사람 정도였습니다. 그러니까 일응 기독교 쪽과 평양의 토착 자본가 세력을 주류로 하는 평양 사회의 정치 지형이 반영된 인원 구성이었소이다. 같은 값이면 되도록 많은 인원을 넣는 게 좋지 않으냐는 의견도 없지는 않았으나, 사업을 능률 있게 기동적으로 하자면 처음부터 소수 정예가 효과적일 것이라는 저의 의견이 채택되었습니다. 하지만 조직의 대중적 기반이 조금 취약해 보이지 않으냐는 일부의 조심스러운 비판 의견이 있어, 논의 끝에 참사參事제를 두기로 하고, 며칠 뒤 8월 23일에는 각계각층을 망라한 60여 명을 참사로 더 선임하였습니다.

자, 그때로부터 70년이 지난 현금에 와서, 북한과 남한으로 갈라져서 살아가는 여러분 보기에는 어떻습니까. 첫 출발이 이만했으면 그런대로 괜찮지 않았을까요. 이렇게 출발한 '평남 건준'은, 총독부 당국으로부터 아직 행정권과 치안권을 제대로 이양 받지는 못하였지만, 각 부서별로 독자적인 활동에는 벌써 알차게 나섰을지요. 먼저 선전부의 경우, 서울 쪽과 연락하여 신속한 정보를 입수해 벽보와 가두방송으로 알림으로써 유언비어가 범람하는 것을 막고, 민심을 안정시키는 데 힘을 썼습니다. 그리고 산업부는 전시 체제하의 물자 재고들을 조사하여 통계표를 작성하고 있었고요, 교육부는 각 학교에 연락하여 언제든지 지시가 가면 일본인들에게서 학교를 즉각 인수할 준비 태세를 갖추도록 했으며, 지방부도 지방부대로 각 시·군의 '건준'지부 조직을 서둘렀습니다. 치안부는 원체 치안 상태가 좋아 별로 할 일은 없이 말 그대로 개점휴업 상태였구요. 그리고 총독부 당국으로부터 행정권과 치안권을 접수하는 문제는 일본 측 당국에서 아직 상부 지시가 없다며 시간을 끌어 지지부진했습니다.

그밖에 '건준'말고 조선공산당 평남 지구 위원회가, 서울서 급히 내려온 경성제대 출신 현준혁이 전 보성전문학교 경제학 교수 김광진을 만나 김용범·박정애·장시우 등을 불러, 하필이면 '건준'이 발족되던 그 같은 날 8월 17일에 벌써 평양 시내 어느 냉면집 2층에서 조직되었다는 소리는 저 조만식도 풍편으로 듣고 알고는 있었습지요만…….

결국 '평남 건준'은 그렇게 조직된 지 10일 만인 26일에 평양에 소련군이 진주하면서 그 사령관 명령 한마디로 일거에 해체되어 버리고 맙니다. 이건 몽양 여운형과 안재홍이 중심이 되어 조직되었던 서울의 '건준' 사정과 어쩌면 그렇게도 똑같았던지요. 지금에 와서 돌아보면 기이해 보이기도 합니다만, 아무튼 서울서도 미군이 진주하면서 '건준'과 '인민공화국'이 일거에 해체되지를 않습디까. 비록 그 해체되는 날짜는 남쪽이 북쪽보다 스무 날 정도 늦었습지요. 하지만 그 해체 과정의 겉모냥은 아주아주 비슷했지만, 그 속사정을 들여다보면, 몽양이라는 사람과 저 조만식이라는 사람이 애당초에 그 성향이나 위인이 달랐듯이, 서울의 '건준'과 평양의 '건준'도 비록 이름은 같았지만, 속 알맹이는 달랐드렸습니다. 그러니 두 '건준'을 두고, 몽양이라는 사람과 저 조만식을 똑같은 지평에다 놓고서 이러니저러니 운운한다는 것부터가 우선은 어불성설입지요. 그런 식의 접근법부터가 애당초에 글러먹은 상투적인 것이 되기가 쉬울 터입니다. 저 조만식의 지금 생각부터가 그러하옵니다.

벌써부터 이야기가 조금은 이렇게 복잡해지기 시작합니다만, 그 점은 작은 일, 큰 일 할 것 없이 세상사 매사가 그런 것 아니겠습니까. 그 모든 일이 종당에는 사람이 하는 일이라, 그 일을 주관하는 사람이 어느 곳의 어느 누구냐에 따라서, 비록 그 외양은 비슷해 보여도, 속 알맹이에서는 처음부터 서로 달라지기도 하는 것 아니겠습니까요. 그렇게 몽양과 저 조만식, 몽양이 벌써 고하 송진우, 김병로 쪽과 처음부터 티격태격하면서 부상浮上시킨 서울의 '건준'과, 저 조만식이 처음에 떠올렸던 평양의 '건준', 이 두 기구가 과연 어떻게 어느 점으로 다르냐 하는 점은, 아무쪼록 여러분들께서 계속 유의留意해 두셨으면 합니다만, 여하튼 간에 8월 26일에 소련군이 평양에 진주하면서 상황은 대번에 급변해 버립니다. 이렇듯 평양의 '건준'은 실질적인 일은 제대로 해 보지도 못한 채 10일 만에 새로 진주한 소련군 명령 한마디로 해체되고 맙니다.

그러니까 그해 1945년 8월 8일, 일본에 선전 포고를 하며 군사 작전을 시작한 소련군이 우리 한반도 북쪽으로 처음 들어선 것이 8월 12일 웅기·나진·청진 세 항구를 점령하면서부터였습니다. 하지만 이때만 해도 소련 극동군의 작전은 이 세 항구의 점령으로만 그치고, 그 이상의 본격적인 진공 계획까지 딱 부러지게 있었던 것은 아니었던 것 같습니다. 그러다가 소련군의 본격적인 북한 진주는, 그 나흘 뒤 1946년 8월 16일, 한반도 북위 38도선의 분할 점령 내용을 담고 있는 미국의 '일반명령 제1호'를 소련이 받아들이면서 비로소 이뤄집니다. 즉, 그 명령에 따르면, 한반도의 북위 38도선 이북은 소련 극동군 총사령관이, 그리고 이남은 미국 태평양 지역 총사령관이 각각 군대를 진주시켜 일본군으로부터 항복을 받아내도록 되어 있었습니다.

그리하여 소련 제1극동방면군 제25사단은 8월 17, 18일에 걸쳐 만주지구로부터 급히 남하, 육·해·공로를 따라 24일 함흥, 26일에 평양에 들어섭니다. 그에 앞서 약 30명의 소련군 선발대는 미리 평원선의 열차 편으로 평양역에 와서 잠시 머물다가, 곧장 경의선을 따라 그대로 개성開城·춘천春川에까지 내려왔다가, 뒤늦게 그곳이 38도선 이남이라는 것을 알곤, 부랴부랴 38도선 접경의 금교까지 도로 철수하는 촌극까지 벌입니다. 바로 38도선을 가로막으라는 명령을 받고 온 소련군 선발대였습니다.

그렇게 소련군이 평양에 입성하자, 평양 시민들은 비로소 38도선을 경계로 미·소 양군이 우리 한반도를 남북으로 분할 점령한다는 사실을 처음으로 알게 되지만, 이때만 해도 일본군의 무장 해제를 위해 편의상 일시적으로 38도선을 이용한다고만 생각했지, 그것이 우리 국토를 양단하는 분단선이 되리라고는 전혀 상상도 못했던 겁니다.

하여, 8월 26일 저 조만식도, 일단 새로 위촉된 그 '평남 건준' 임원들과 함께 평양역으로 가서 소련군을 맞이합니다. 물론 많은 평양 시민들도 '해방의 은인 연합국 만세', '해방의 은인 붉은 군대 만세' 라는 플래카드를 써서 '해방군'으로 오는 소련군을 열렬하게 환영했습지요.

그런데 그 소련군은 평양에 진주하자마자, 공식적으로는 처음 손을 댄 일이 바로 '평남 건준'의 해체였고, 그러고는 일본인들의 관청과 건물들을 모조리 접수하면서, 기왕의 평남 도청은 진주군 사령부로 쓰고, 그 밖의 모든 호화스러운 건물들도 저들 군대가 차지했습니다. 철도호텔부터가 치스차코프(I. M. Chistiakov) 진주군 사령관의 숙사로 변했습니다.

그 치스차코프 사령관은 진주해 온 이튿날인 8월 27일, 저 조만식을 비롯한 '평남 건준' 위원과, 현준혁을 비롯한 조선공산당 평남 지구 위원회 간부, 그리고 니시카와 평남 도지사와 도모도 경찰부장을 철도호텔로 초청을 하였습니다. 물론 이 자리에는 소련군 정치위원 로마넨코(A.A. Romanenko) 소장도 막료들과 함께 동석, 총독부 당국으로부터 비로소 정식으로 행정권과 치안권을 접수하곤, 그 자리에서 곧장, '평남 인민정치위원회'라는 것을 만들려고 듭디다.

그렇게 소련군은 금방 해체해 버린 '건준'을 하나의 정치 단체로는 취급하면서도 조선공산당과 대등하게 제휴하여 연립 정권의 형식을 취할 것을 요구합디다. 인적 구성도 '건준'과 공산당이 반반씩으로 처음에는 총 인원을 30명으로 하였다가 양측에서 여성 대표를 한 명씩 추천하기로 하여 '건준' 측에서는 박현숙을, 공산당 측에서는 박정애를 천거하였습니다. 명칭을 놓고도 '건준' 측은 정치위원회로 하자고 하고, 공산당 측은 인민위원회로 하자고 하여, 결국은 '인민정치위원회'로 타결을 보았습지요. 그리고 위원장에는 저 조만식을, 부위원장에는 공산당 측의 현준혁과 '건준' 측의 오윤선을 각각 선임하였으며, 위원 명단은 다음과 같았습니다. 위원장과 부위원장 두 분이외에, '건준' 측 위원으로는 김병서·김병연·김익진·노진설·이윤영·이종현·장리욱·정기수·조병식·최아립·한근조·홍기주·박현숙·김광진, 그리고 공산당 측 위원으로는 김용범·김유장·문태영·송장렴·이관엽·이성진·이주연·장시우·장종식·한재덕·하의순·박정애 외 3명, 이상이었습니다.

이렇게 되야서 저 조만식은 '평남 건준'에 이어 새 '인민정치위원회'에서도 위원장의 중책을 짊어지게 되었습니다. 이 새 기구는 비록 소련군 사령부의 감독하일 망정, 지방 정권 기관으로서의 실권은 갖고 있었소이다. 그러나 처음부터 민족진영의 수적 열세는 두드러졌습니다. '건준' 측 위원으로 참여한 김광진이 사실은 공산계였으니까요. 게다가 지난날 신간회 평양지회 해소 표결을 할 때도 그랬던 것처럼 우파 인사들은 저들 일에 바빠 회의에 빠지는 일이 잦았습니다요.

그러나 아무튼 결성 이튿날인 8월 28일에도 회의를 열어 각 부서의 책임자를 선출하였고, 이어 저는 일행과 함께 만수대 위에 있던 도청으로 가서 일본인 니시카와 도지사를 만나 행정권 양도서에 도장도 받았습니다. 도청뿐 아니라 법원, 경찰서, 시청, 철도, 체신 등 평양 시내의 중요 기관들을 그날 중으로 접수하였고, 그 밖에도 그날부터 일본인 기업체들의 접수도 진행시켰소이다.

하지만 그 즈음부터 저는 제 사무실로 찾아들 오는 내객들로 정신이 없었습니다. 소련군 장교들도 크고 작은 용건을 갖고 드나드는데, 그 하나하나가 저로서는 감당하기가 심히 버거운 일들이었습지요. 소련의 스탈린 공산 체제라는 것이 대강 어떤 것인지, 비로소 살갗으로 자세히 와 닿았는데, 그건 참으로 한두 마디로는 할 수 없는, 저 조만식으로서는 천하에 참으로 곤혹스러운 정치 체제입디다. 그 무슨 강철 덩어리 몇 개가 송두리째 제 한 몸에 둘러씌워져 있는 것과도 같은 중압감만 날로 날로 더해 가는 나날이었지요. 제 방으로 찾아와서 용건을 이야기하는 우리 조선 사람들도 소련군 병사들에게 당한 억울한 사연들을 호소하는 것이 태반이었구요. 소련 병사들, 일컬어 로스케들의 행패는 갈수록 심해져 가기만 합디다. 백주 대낮에 일본인 여자들은 물론이고, 우리 부녀자들까지 납치하여 방공호에서 윤간을 하는 일이 항다반사로 벌어진다든지, 한길에서 여럿이 달려들어 갖가지 물건을 빼앗아 간다든지, 심지어 어떤 로스케는 강탈한 손목시계 여남은 개를 양 팔뚝에 차고 대놓고 희희낙락하는 작태들 같은 것, 주로 이런 형편이니 이런 것 하나하나를 제가 어떻게 감당한다는 말입니까. 차츰 알고 본즉, 독일 히틀러와의 전쟁에서 인적 자원을 소모할 대로 소모한 저들은 원체 다급한 판이라, 시베리아에서 죄수들 중심으로 수인囚人 부대를 급하게 편성하여 내보냈다는 것이 아닙니까. 그렇게 시베리아 쪽 감옥에서 금방 나와 머리털만 숭덩숭덩 깎인 채 거렁뱅이 같은 군복만 입혀 두만강을 넘어왔다는 것이에요. 그러니 저로서야 해방군이라는 소련군 사령부 저들 입장도 그런대로 이해는 될밖에요. 그들에게다 대고 무슨 소리를 할 것입니까요, 하루하루 그저 죽을 맛이었지요. 세상에 살다 살다 어쩌다가 이런 지경에 빠져 버렸는가 싶기도 하였지만 당장은 빼지도 박지도 못하게 생겨 있었습니다.

게다가 평남 '인민정치위원회' 활동이라는 것도 처음부터 민족진영과 공산진영이 사사건건 맞붙어 매끄럽지는 못하였습니다. 그런대로 초기에는 뭐니 뭐니 우선은 인화人和를 중시하는 저에게 잘 순응하며 이쪽 민족진영에 대해 유연한 태도를 보이는 현준혁과도 그럭저럭 협조가 잘 이루어져 그나마 요행이었지요.

그렇게 며칠이 지나 9월 3일이던가요. 소련군 사령관의 임시 사무소가 있던 철도호텔에서 회의를 마악 마치고 나와서 저 조만식과 현준혁, 그리고 한근조가 같은 차를 탔습니다요. 차래야, 그 무렵 흔했던 목탄 트럭이었는데, 앞자리 운전사 곁에 저와 현준혁이 같이 바싹 붙어 앉고, 짐 싣는 뒤 칸에는 한근조와 그 밖에 두 명의 무장 경호원(그중의 하나는 제 사위 녀석이었습니다만)이 엉거주춤 서는 둥 마는 둥 타고 있었지요. 그렇게 차는 느릿느릿 5분 정도나 움직였을까요, 도청에서 시청 쪽으로 커브를 마악 돌아섰을 찰나였습니다. 공산당 적위대원 하나가 앞에 섰다가, 눈짓으로만 신호를 했던 모양입니다. 그렇게 트럭이 서자마자 한 놈이 득달같이 다가와, 차창 안으로 권총 두 방을 쏘는 것이 아니겠습니까. 그렇게 제 옆의 현준혁이 말 한마디 못하고 스르르 제 쪽으로 쓰러지더군요. 마침 시청 앞에 있던 남산병원으로 곧장 총 맞은 그이를 떠메고 갔지만 워낙 치명상이라, 이미 숨은 끊어져 있더이다. 평남 개천이 고향이었던 현준혁은 연희전문과 경성제대 법문학부를 나온 수재로, 그때까지는 평안도 쪽 공산주의자의 제1인자로 꼽히던 사람이었는데, 그렁이까, 8·15 해방 뒤, 남북한을 통틀어, 정치 테러 제1호가 이렇게 그해 9월 3일의 이 사건이었습니다. 그리고 그 제2호는 같은 해 12월 30일 서울 원서동에서 벌여졌던 송진우의 피살이 되겠습니다요.

아무튼 그런 일을 겪으면서도 이 평남 '인민정치위원회'는 10월 15일에 이르러서는 기관지『평남일보』도 창간하고, 이튿날 16일에는 '서정대강庶政大綱'까지 발표합니다. 하지만 이때부터 벌써 민족진영의 우파 인사들과 공산진영 사람들 사이에는 사사건건 마찰이 빚어집디다. 특히 토지 정책 분야에서 공산진영은 무상 몰수, 무상 분배를 강력하게 주장, 오윤선 장로부터가 부위원장을 사임하는 등, 우파 인사들이 크게 반발을 하게 됩니다. 사실 지주제 개혁, 곧 토지 개혁은 친일파 청산 문제와 더불어 당장의 사회개혁 과제이긴 했습지요. 땅 주인이라고 해서 생산물의 반 이상을 소작료로 가져간다는 것은 자본주의 경제 원리로 볼 때도, 말이 안 되는 관행이긴 했습니다. 따라서 농민 생활의 안정을 위해 땅을 농사짓는 농민에게 돌려주자는 토지개혁은 거스를 수 없는 역사적 과제였습니다. 다만 무상 몰수, 무상 분배로 할 것이냐, 유상 매상, 유상 분배로 할 것이냐 하는 방법이 문제였는데, 저 조만식은 처음부터 여느 우파 인사들과는 달리 비교적 전향적으로 접근했소이다. 실제로 이미 일제 때부터 저는 저의 직계라 할 배민수를 비롯한 기독교 쪽 청년들이 농촌연구회를 조직해서 '장로회 농촌운동'을 주도할 때부터 노상 거론하던 문제여서, 그쪽 공산당 사람들의 의견에도 어느 정도 공감은 하고 있었소이다만, 다만 지주들의 자발적인 의사도 존중하는 가운데 점진적으로 추진해 가자는 생각이었소이다. 물론 그때도 저는 사회주의자들의 유물론과 무신론에 대해서는 분명한 반대 입장을 늘 밝히곤 했지만, 마르크스라는 사람은 존경할 만한 사람의 한 사람으로 꼽으며, 특히 사회 정책 쪽으로는 그들의 주장에 공감하기도 했습니다요. 다만 그런 일을 기독교 정신으로 하는 게 더 나은지, 유물론으로 하는 게 더 나은지 한번 경쟁을 해 보자고 할 정도여서, 항간에서는 저더러 기독교 사회주의자라고 지칭하는 사람도 없지는 않았습니다. 적어도 저의 가르침에 따라 그 무렵 농촌운동에 헌신했던 배민수, 유재기 같은 농촌연구회 청년들도 분명히 저와 비슷한 입장을 견지하고 있었던 것으로 압니다.

결국은 그때도 저의 조심스러운 설득으로, 일단 토지 정책 조항은 그해 소작료로 지주 3, 소작인 7로 타협은 보았지만, 이 일이 있은 뒤 저와 가장 절친했던 오윤선 장로가 '인민정치위원회'에서 사실상 사퇴하고, 다른 우파 위원들도 하나씩 둘씩 월남하면서 저는 점차로 고립무원으로 떨어집니다. 그렇게 11월 24일이 되자 이때까지의 '인민정치위원회'라는 명칭부터 아예 '인민위원회'로 바뀌며, 좌우 연립 정권으로서의 색채마저 유명무실해집니다.

자, 이러니, 저 조만식으로서야 이제 어쩔 것입니까. 그저 앞으로 닥칠 일이 도무지 암담하고 아득하기만 했을밖에요.

아아, 어쩔거나 어쩔저나, 이 일을 어쩔거나. 그 뒤로는…….》

2

바로 그때, 머얼리 우르릉거리는 천둥소리가 그대로 들리는 속에 아주 가까이에서 문득 새 목소리 하나가 돋아 올랐다. 이 멀다, 가깝다는 거리감도 어디까지나 그쪽 지구촌 감각의 그것일 뿐이지, 애당초에 이 별에서는 그 감각이라는 것부터가 몇 만 리, 몇 십만 리, 몇 백만 리인지 종잡을 수가 없는 것이었다. 그럼에도 그다지나 가까이 지척 간으로 마주 앉은 것마냥 들리는 것이 여간 놀랍지가 않았다.

《고당 선생, 조만식 선생님, 아아, 이게 얼마 만입니까.》

하곤, 금방 잇대어서, 그 우렁우렁한 목소리와 육중한 억양이 저 옛날 살아생전 때의 그 큰 몸집과 실팍한 사람됨의 분위기까지 확연히 와 닿게 나직나직 지껄이기 시작했다.

《선생님의 그 목소리를 지금 듣자오니, 새삼 가슴이 미어져 옵니다. 아아, 이게 얼마 만이옵니까? 직접 존안을 뵈온 지는 그렁이까 70여 년 만이군요. 저어 40여 년 전, 1976년에 이 별로 건너와서 저는 저대로 줄곧 선생님의 일은 가슴속에 남아 있었습니다. 물론 그 때도 제가 직접 선생님을 그런 지경으로 몰아넣었던 것은 아니옵고, 저로서야 나름대로 스무남은 번, 아니 그보다 더 많이 선생님을 찾아뵙고 성심으로 권면하다 못해 마지막에는 애걸복걸도 해 보았으나 끝내 선생님께선 요지부동이었으니, 그 다음은 저로서도 그 이상은 어쩔 길이 없이 종당에는 전쟁 와중에 선생님께서는 저조차 알수 없게 그렇게 됐던 모양입니다만, 이쪽으로 건너와서 지난 40년 동안 어찌 선생님 일을 잊을 수가 있었겠습니까요. 저로 말하면, 선생님, 고당 선생님, 기억하시겠습니까. 1900년 평안북도 염주군의 한 농가에서 태어났던 최용건입니다. 그러니까 바로 정주의 오산학교에서 한때 선생님의 제자였던······. 해방 직후 1945년 가을, 바로 그쪽 남쪽에서는 현금 '신의주 의거 사건'이라고들 일컫는 그 소련 반대의 첫 소동이 터지기 직전이던가요, 그때 평북 인민위원회 교육 부장 자리에 있던 함석헌이라는 사람과 그 무렵 어느 날 모처럼 한 번 신의주로 내려갔던 제가 만났을 때도 "당신이 바로 조만식 선생께서 오산학교 교장으로 계실 때 그야말로 품에 안다시피 극진히 아꼈던 그 제자가 아니더냐"라고 하더이다. 그 함석헌도 그 뒤 '신의주 사건' 이후 곧장 남쪽으로 내뺐습지요만, 실제로 그이도 3·1운동 직후 그 1920년대에는 오산학교에서 저와 한 반에서 잠깐 공부했던 학우였습지요. 그 뒤, 그이도 그이대로 남쪽에서 파란만장한 일들을 겪으며 형무소에까지 들랑거리고, 민주 투사로 90세 가까이까지 장수를 누리며 훌륭한 사상가 대접도 받는 것 같습디다만······. 아아 선생님 선생님, 제가 또 저 나름대로 그쪽 세상에서 이 별로 오기까지 겪었던 일을, 대체 어디서부터 여쭈어야 할는지요.

다만, 미리부터 한마디 하고 싶은 이야기가 있습니다. 저라는 사람은 본시 체대도 남달리 크지만 심성도 매사에 침중하고 무거운 쪽이며, 재주는 별로 없사오나 본시 매사에 집요하고 끈질겨서, 사람으로서의 근성根性 하나는 단단히 있었습지요. 그래서 세상의 흔한 경박재자들, 어디서나 살살 잔머리 굴리며 나불나불 입만 까져서 눈치껏 영리하게 돌아가는 자들, 소위 왈 재주 있다는 녀석들을, 저는 첫째로 싫어했소이다. 그런 녀석들이 하는 짓은 주로 남보다 저 하나만

력자가 시키는 대로만 무작정 '판결' 망치를 두드렸던 것은 아니었소이다. 그렇게 큰 탈 없이 그쪽 세상에서도 그만한 자리를 끝까지 견지한 채 제 삶을 마감할 수가 있었습니다.

김일성 주석이 1912년생이었으니까, 저보다 열두 살 아래였고, 1951년에 전쟁 와중에 병으로 일찍 세상 떠났던 김책 동지가 저보다 세 살 아래인 1903년생으로, 그이는 함경북도 성진군(현재는 김책군입지요) 학상면 수장리에서 빈농 집안에서 태어났었습니다. 그렇게 그 마을의 소학교에 입학한 뒤, 곧장 일본의 식민지 교육을 피해 두만강 건너 만주의 용정龍井으로 가, 제법 용정중학도 다녔다는 것으로 보아, 선친부터가 그 무렵의 단순한 빈농 집안만은 아니었던 것 같습니다. 그렇게 그이가 중학에 입학한 것은 3·1운동 뒤였을 터이지요. 그때부터 벌써 현지에서 민족주의 쪽의 반일운동에 참가를 했다고 하더군요. 그러다가 1927년 4월에 이르러 화요파 조선공산당에 입당을 했다고 합니다.

저 최용건도, 3·1운동 뒤에는 곧장 중국으로 가, 1922년부터 운남雲南 강무학교에 입학하여 17기 보병과 제3대에 소속되어 1924년에 그 학교를 졸업, 중국 국민혁명에 참가합니다. 그 뒤, 광주廣州에 있으면서 1925년에는 어찌어찌 황포 군관학교의 교관이 되었다가 제5기 제6구의 대장이 되기도 했습니다. 이 점도 지금의 저로서는 자못 황당하게도 여겨집니다마는, 도대체 그때 제가 뭘 알아서 어느 누구에게 뭘 가르쳐 준다는 것이겠으며, 제5기 제6구 대장이라는 것은 또 뭐였겠습니까. 지금의 저로서는 그런 것 하나하나도 전혀 기억조차 없는 일들이옵니다. 그저 그랬었다니 그랬던가 보구나, 하고 알고 있을 뿐이지요. 하지만 이미 그때, 그 젊었을 때부터, 나라는 사람이 체대며, 생긴 것이며, 행태 하나하나며, 첫눈에도 금방 눈에 뜨일 정도로 윗사람들에게도 잘 보였던 모양이구나, 하고 스스로도 머리가 끄덕여지긴 합니다요. 이 점, 지금 고당 선생께서도 스무 살 전후 적의 저 옛날의 저를 떠올리면서, 머리를 끄덕이시리라 생각합니다만, 통틀어 사람이라는 것은 이런 쪽으로는 본시 생득적으로 타고나는 것이 있는 것 아니겠습니까요.

　아무튼 그렇게 김책 그이보다 1년 앞서 1926년에, 저는 조선공산당이 아니라 중국 현지에서 중국공산당에 입당을 합니다. 그 뒤, 1927년 12월에는 중국공산당 광주廣州 조직의 결정에 따라 일어난 '코뮌 봉기'에 참가했던 2백 명 조선인 중의 한 사람으로 끼어듭니다. 그때 저 최용건은 또 엉뚱하게도 특무영 제2련 연장이라는 직함으로서, 시내의 서와원西瓦園이라는 데서 개최된 광주 소비에트 정부 건립 경축대회에도 참석합니다. 그 뒤에도 저는 또 특무영 제2련을 이끌고 출격하지만, 거의 전멸해 버립니다요. 간신히 몇몇만 겨우 살아남아 탈출합니다. 그렇게 살아남은 우리 조선인 공산당원들은 곧장 만주로 파견되어, 조선공산당 당원들을 중국공산당에 가입시키는 공작을 담당하게 됩니다. 저는 그렇게 조선공산당 '화요파'에 파견되어, 중국공산당 중앙의 지시에 따라 1928년에 만주 쪽으로 옵니다. 그로부터 저는 아예 김지강金志剛으로 이름까지 바꾸고 조선공산당 '화요파'로 들어가, 만주 총국의 군사부장을 맡으면서, 동시에 중국공산당의 빈현賓縣 지부 서기 자리도 맡습니다. 그리고 그 2년 뒤 1930년에는 통하현通河縣으로 옮겨서 새로 중국공산당 지부를 만들

었답디다요. 그래서 중공 쪽에서는 항공기와 화기 지원을 요청, 그렇게만 해 주면 홍콩과 대만까지 이참에 아예 해방시키겠노라고 했던 모양입니다만, 이때 스탈린은 이렇게 대답했다더군요. 불과 5년 전의 제2차 세계대전으로 소련 경제는 원체 타격을 많이 입어, 서부 국경지대부터 우랄지방에 이르기까지는 아직도 복구는커녕 그대로 황폐해져 있다. 한데 이런 판국에 홍콩과 대만 해방을 위해 소련의 군사지원을 당신들에게 해 주면, 미국과의 대립을 피할 수가 없게 되고, 자칫 세계대전의 구실이 될 수가 있다. 현 러시아 국민은 이것을 용납하지 않을 것이다, 라고요. 결국은 이 문제로 그해 7월 27일의 소련공산당 정치국 회의에 중공 측 유소기가 직접 출석, 스탈린이 언급한 소련 측의 그 소극적 입장을 요해하게 된다는 겁니다.

바로 이 자리에는 중공 측에서 유소기와 함께 그 당시 중공 측 정치국원이며 동북인민공화국 정부 주석인 고강도 같이 일행으로 껴 있었는데, 그이는 본 의제와는 상관이 없는 엉뚱한 소리까지 한마디 했답디다. 결국 이때의 그 한마디는 그 몇 년 뒤, 그이가 스스로 자살에까지 이르는 빌미가 되게 됩니다만……. 이 자리서 그이는 "앞으로 만주 땅을 소연방의 열일곱 번째 공화국으로 했으면 한다"는 제안을 해서, 그 자리에 있던 소련 지도자들의 박수갈채까지 받게 된다는 겁니다. 뿐만 아니라, 이때 그이는, "산동반도에 있는 독일 관할지역이었던 청도青島에다가는 소련군 기지를 두었으면 한다"는 제안까지 했다는 거예요. 이 느닷없는 엉뚱한 발언에 유소기는 한순간이지만, 와락 노여움을 드러냈던 모양입니다. 유소기는 곧장 이 사실을 중공 중앙에 통고, 고강은 소환이 되어 버립니다만, 뒤에 스탈린은 고강의 그 발언을 그냥 지나가는 농담으로 취급, 중공 중앙과 고강 간의 화해까지 신경은 씁니다만, 끝내 그이는 극좌 노선을 걷는 분자로 몰리며 실각, 숙청당하기에 이르고, 1954년에 자살로 삶을 마감합니다.

제가 이 자리서 이 일도 이렇게 길게 여쭙는 까닭인즉, 한때 그이는 동북 중국에서 중공 측 최고 지위에 있으면서 현지 조선 지도부와 중공 지도부를 이어 주는 연결 고리이기도 했던 사람이었기 때문입니다. 그러니까 최용건 저로서는 그 당시 제가 그 동북 중국 지역에서 중공당원으로 활동할 때, 혹여 어느 계제에 그이를 직접 만났을 확률도 전혀 없지는 않았을 것이겠습니다만, 어쨌든 간에 그 무렵에 저는 그이의 휘하에 들어는 있었을 것이옵니다. 이런 일을 지금 이 별에 와서 다시 곰곰 생각해 보면, 기이하다고 할까요, 나라는 사람이 그때 그 무렵에 그런 판국의 어느 끝머리에 껴 있었다는 것이, 도무지 어리벙벙해지기만 합니다요.

한데 그 뒤, 1970년대 초, 한창 '문화대혁명'이 극極에 이르렀을 때는, 그 유소기라는 사람도 제 명에 못 죽고, 강청江靑・장춘교張春橋・요문원姚文元・왕홍문王洪文 등의 소위 '4인방' 패거리들이 지휘하던 (물론 그 배후에는 모택동이 있었습지요만) 홍위병들에 의해 한낮에 북경 거리 한가운데서 맞아죽습니다. 러시아 10월 혁명 이후, 특히 스탈린 체제라는 공산당 권력이라는 것이 부상浮上한 뒤의 러시아고 중국이고 북한이고 예외 없이 그러하여, 북한에서도 한때는 권력 핵심에 자리해 있던 허가이는 자살을 하고, 남로당파인 박헌영 일파는 미제 간첩으로 몰려서 사형에 처해집니다만……

군가를 물 먹이는 데 능한 사람임을, 비록 소생은 그이를 한 번도 만난 일은 없사오나 저 특유의 직감으로 벌써 알아집디다요. 이 점으로 말한다면 어찌 저뿐이겠습니까. 그런 정도의 눈치는 사람이면 누구나 대강 감지感知를 할 것이올시다. 그렇게 처음부터 몽양과 송진우라는 사람과의 앙금이 생긴 것이 아니었겠습니까. 해방 직후의 우리 정치 상황에서 어느 누구건 가장 세심하게 신경을 썼어야 할 그 점을 소홀히 한 데서 처음부터 금방 파당이 생기고 앙금이 커지면서 문제가 야기됐던 것이 아니었겠습니까. 그 점으로 말한다면, 앞에서 보듯이 평양 쪽 '건준'은 서울 쪽 중앙에 비해 인적人的 규모가 훨씬 작았다는 이점도 그야 있었지만, 가장 필수적인 인화人和라는 측면에서는 고당 조만식 선생이 그 일을 주도했었다는 것이 널리 믿음을 주었고 크게 덕목德目으로 작용했던 것이 아니었을까요. 바로 이 점이올시다. 이 점에서는 중앙, 지방을 통틀어서 그 당시의 이 나라 명망가 중에 고당 조만식 선생만한 분이 달리 찾아지지 않는다는 것이 지금에 와서도 저 최용건의 확신입니다요. 물론 그야, 큰 테두리에서는 평양 '건준'의 해체가 소련군 명령에서였듯이 서울 쪽 '건준'의 해체도 남한 주둔 미군 사령부의 명령 한마디로 이뤄졌던 것이기는 합지요만…….

　허나, 그때 고당께서 평양에 계실 때, 그렁이까 '찬탁', '반탁'이라는 것이 마악 터져 나왔을 때, 저라는 사람이 고당 숙소에 드나들며 그다지나 뜨겁게 권했던 저대로의 갸륵한 뜻을 그때 고당께서 그대로 받아들였더라면, 그렇게 '신탁통치 반대'에서 '신탁통치 찬성'으로 돌아섰더라면, 혹여 그 뒤의 우리 북한 정치 체제나 더 나아가 남북관계까지도 전혀 다른 쪽으로 가닥이 잡힐 수도 있지 않았을까 하는 아쉬움이 그로부터 70여 년이 되어가는 지금까지도 저로서는 전혀 없지도 않사옵니다. 물론 이건 이 별로 온 지금에 와서도, 아득히 먼 그 옛날에 모처럼 잠시나마 가까이 직접 접했던 최용건 저대로의 선생님에 대한 여전히 뜨거운 충정이 담긴 가정假定이긴 합지요만……. 어떻습니까, 저의 이런 생각이 전혀 말도 안 되는 황당무계한 것입니까?》

이에 다시 즉각 화답하는 고당 조만식의 목소리가 돋아 올랐다.

《아니, 그대가 그 옛날의 그 최용건이라는 말이오? 참으로 놀랍소이다. 지금에 와서 그대가 나를 두고 그런 소리를 하다니, 참으로 놀랍기부터 하오. 1920년대 전후, 오산학교에서 이 내가 교장으로 있을 때의 그 매우매우 실팍했던 그대를 내가 그다지나 극진히 아꼈던 일은 조금 전에 그대도 몇 마디 언급했거니와, 어찌 나도 그때 스무 살 전의 그대를 잊을 리가 있겠소이까. 그러고 그 뒤, 우리나라가 8·15 해방이 되고 나서, 그해 11월 3일에 내가 평양에서 민족주의 정당으로 '조선민주당'을 창당하고 그 당수로 취임할 때, 그대 최용건은 이윤영과 함께 부당수로 뽑혔었지 않습니까. 물론 그때도 이 당은 저의 자발적 의사이기보다는 소련군 사령부의 적극적인 주선에 따른 것이었지오만. 그때 북한에 진주했던 소련군은 한 달 가까이 저들 주둔지의 현지 실정을 나름대로 파악하곤, 9월 중순에 기본 정책이라는 걸 발표했었는데, 그 요지는, 지금까지도 저는 바로 어제 일처럼 선명하게 기억하고 있습니다만, 첫째, 현지 실정에 맞지 않는 소비에트 질서를 무리하게 강요하기보다는, 반일적 민주 정당과 연

보다도 익히 잘 아는 것이, 내가 알기로는 바로 그대, 최용건일 것입니다.

이야기가 조금 곁가지로 흘러, 다시 본 가닥으로 돌아옵시다요. 아무튼 그렇게 민족진영의 정당으로 조만식 당수에 최용건·이윤영 부당수 명의로 조선민주당이 창당되자, 각지에서 열렬한 호응이 뒤따라 3개월도 채 안 되어 북한 전역의 도, 시, 군, 면에 지구당이 속속 결성되면서 대뜸 당원 수가 50만에 이르러 대성황이었습니다. 그 짧은 기간에 이토록 놀라운 발전을 한 데 대해 당수랍신 저부터가 대단히 놀랐습지요만, 실제로 제가 보기에도 새 당의 정강 정책이라는 것도 빈약하기 이를 데 없었습니다. 그럴밖에 없었던 것이 처음부터 소련군 당국의 눈치를 보아야 하는 둥, 여러 가지 이유는 있었지만, 근본적으로는 민족진영에 아직 확고한 정치적 주견이 없었던 점이 두드러졌습니다. 그때는 아직 민족진영이라는 것이 당장 뚜렷한 국가 건설 계획안조차 제대로 못 갖추고 있었던 형편이었으니까요.

하지만 저는 우선 남북통일부터 주장하며, 북한만의 정권 기관을 구성하는 데는 유보적인 입장을 견지했었지요. 이런 가운데서도 소련군 당국은 당국대로 조선공산당과 함께 통일 전선을 펼 동반자를 원했고, 바로 그래서 저로 하여금 조선민주당을 창당토록 이끌었던 것이지요. 그렇게 조선민주당은 앞으로 구성할 북한 인민 정권의 한 축을 담당할 것으로 기대를 모으며 창당 이후 한동안 순조로운 발전을 하기도 했었습니다.

그러나 12월 28일 '모스크바 3상 회의' 결정 소식이 국내에 알려지고, 제가 '반탁' 입장을 분명히 하면서 상황은 급변해 버립니다.

평남 '인민정치위원회' 위원장으로서의 저의 그동안 행보는 소련군 당국으로서도 그런대로 괜찮게 보였드랬지요. 저는 앞에서도 잠깐 비쳤듯이 마르크스주의와 유물론에 대해서는 반대했지만, 사회주의 사회 정책에 대해서는 호의적이었습니다. 저는 일찍부터 도시 서민과 소농민의 입장까지 폭넓게 받아들여서, 소련군 당국은 이런 저를 북한 지역의 최고 지도자로 흔쾌히 추천하기까지 했던 것입니다. 이런 제가 모스크바 3상 회의 결정에 대해서만은 완강한 '반탁' 입장을 고수하는 데서는 그야말로 벽창호라는 소리를 들을 정도로 철저했습니다. 이렇게 되자, 이틀 뒤인 12월 30일, 소련군 사령부 치스차코프 대장은 직접 저를 사무실로 불렀습니다. 그러곤 대뜸 하는 말이, 다른 정당, 사회단체와 마찬가지로 조선민주당도 '모스크바 3상 회의' 결정을 지지한다는 입장을 표명해 달라고 요청합디다. 저는 이 자리에서, 이 문제는 내가 혼자 결정할 문제가 아니라, 당에서 필요한 절차를 밟아 결정할 때까지 시간의 여유를 달라고 일단 대답하였습니다. 그러곤 곧장 저의 숙소에 돌아와, 공산계의 당신 최용건만을 불참시킨 채, 조선민주당 최고 간부 회의를 열어, '신탁통치는 찬성할 수 없다'는 결의를 한 뒤, 새해 1월 2일자로 치스차코프 사령관에게 통고하였습니다. 그러자 그는 다시 김일성을 특사로 저에게 보내, 3상 회의 결정을 지지하는 쪽으로 번의할 것을 종용하였습니다. 이어 1월 3일에는 공산당 측 주최로 평양 시내에서 대대적인 '3상 회의 지지대회'와 시위 행렬까지 벌어지기에 이릅니다.

결국은 이렇게 되어 1월 5일 열린 평남 '인민위원회' 전체 회의에서는 이 문제를 표결 처리하자는 공산당 측 위원의 의견에 맞서, 저

들곤, '아니다', '안 된다'고 고개를 가로젓기만 했소이다.

그렇게 갖은 설득과 회유가 통하지를 않자, 2월 5일이던가요, 끝내 최용건 그대도 더 이상은 어쩔 길이 없이 '조선민주당 열성자 회의'라는 것을 열어 아예 '조만식 규탄 선언문'을 채택하면서 그간에 저를 따르던 주요 간부들을 몽땅 제명 처분합디다요. 그러곤 저도 익히 잘 알던 김일성의 외삼촌인 강양욱 목사를 임시 당수로 선출, 그 뒤, 얼마 있다가, 그대 최용건이 직접 당수가 되면서 완전히 당을 장악하더이다. 그러곤 평양 시내 큰 거리에 '민족 반역자 조만식을 타도하라'는 현수막이 내걸리고, 곳곳의 담벼락에도 그런 종류의 벽보가 나붙는 모양입디다. 이런 속에서도 소련군 당국은, 제가 3상회의 결정을 지지하겠다고 번의만 하면, 언제든지 북한 지역의 최고 지도자의 지위와 권한을 주겠노라고, 더러는 찾아와서 중언부언하였으나, 저는 요지부동, 끝까지 버티기로 이미 굳게 작정을 했었소이다.

이때쯤의 저 조만식의 생각은, 이미 단순한 '반탁'이니 '찬탁'이니 하는 수준의 차원이 아니라, 더 나아가, 본원적으로 '이건 일본이라는 나라가 물러가고, 더 혹독한 스탈린의 압제가 시작되는 거다. 나라는 사람이 이건 결코 받아들일 수 없다'는 것이었소이다. 다시 말해서 저는, '당장 우리나라 일각에 들어와 있는 저 흉악한 소련이라는 마물을 나 한 몸으로라도 끝까지 반대, 세계 인류 역사 속의 이 민족의 오늘에 있어서의 영원한 자존심을 지켜 내겠다'는 생각이었소이다. 제 이야기가 너무 거창해졌습니까요. 하지만 저는 진정이었소이다. '우리 민족의 영원한 자존심을 이 내 몸 하나로라도', 이것만은 한 치 틈도 없이 그때의 저의 진심이었소이다. 바로 그것이 저로 하여금 너끈히 남으로 나갈 수 있었음에도 불구하고, 스스로 안 나가기로 결단, '남은 1천만을 이대로 내팽개쳐 두고 나 혼자서만 살겠다고 남으로 내뺄 수는 없다'며, 끝내 나 한 몸을 북에 그대로 남겨 둔 채 아이들만 데리고 남으로 나가던 아내에게 내 유발遺髮 봉투를 맡기기까지 했던 저의 독한 결단이었습니다.

한데 그로부터 70여 년이 지난 지금에 와서, 내가 그 옛날에 그토록 애지중지 아꼈던 최용건 그대는, 무엇이라고요? 만일 그때 내가 '반탁' 의사를 스스로 철회, '찬탁'으로 돌아섰다면, 그 뒤의 북한 체제나 남북 관계는 어찌 됐을 것이냐, 하는 걸 한번 가정을 해보자구요? 애당초에 그 가정 자체부터가 그때의 저에게는 가당치도 않고 전혀 들어맞을 구석이 없었소이다. 그때의 저의 그 결단은 그런 정도의 수준을 훨씬 넘어서는 것이었다고, 저는 지금도 감히 그 점에 한해서만은 털끝만큼도 물러설 수는 없습니다. 이 점은, 앞으로 백 년, 2백 년, 3백 년, 세월이 지날수록 그때 제 한 몸이 해낸 이 일의 깊은 뜻은 더 더 빛을 발할 것으로 저는 지금도 굳게 믿습니다.

다만 지금 저로서 새삼 놀라운 것은, 그러니까 그대도 그대대로 어언 40여 년 전에 그 세상을 떠나 이 저승으로 건너 왔나 본데, 저 아래 현금의 북한 정황을 어떻게 보시고 있기에, 저에게 그렇게까지 호의를 지니고 있는 것인지, 그 점부터 의아하게 여겨집니다. 그쪽에서 저와 그대의 끝은 그렇게 안 좋았었는데, 오늘 이 저승으로 와선 옛날의 그런 일까지도 전혀 없던 일 정도로 가볍게 생각하고 있기라도 하는 건가요. 그 어느 별에선가, 김일성이라는 사람이 그대의 그런 소리를 지금 듣고 있을지도 모른다는 것을 혹여, 생각해 보진 않았습니까요. 그 점부터 저로서는 매우매우 궁금합니다요.》

3

잠시 뜸을 들이는 듯하더니, 고당의 이 언설에 대한 대답으로 금방 다시 최용건의 목소리가 돌아 왔다.

《예, 그야, 고당 선생께서 그렇게 생각하시리라고는 소생도 미리 짐작은 했소이다. 하지만 제가 이쪽으로 건너온 것도 선생님 말씀대로 어언 40년이란 세월이 흘렀으니, 그간의 저 지구촌 속 세상 변화는 선생께서도 익히 보아 왔으리라 믿습니다만, 그야말로 상전벽해라는 표현이 무색할 정도로 엄청났습니다. 세상에, 변한다, 변한다. 시간을, 세월을 통해, 변하는 만큼 큰 변화가 달리 또 뭐가 있겠습니까요. 시간을 통해 모든 것은 변한다는 것, 만고의 진리는 오직 이것 한 가지뿐인 듯합니다. 온 세상이 이렇게 변해 오는 속에서도 오직 한 군데, 제가 살아생전에 한때는 나름대로 양껏 정성을 쏟기도 했던 저곳, 북조선만은, 고냥 고대로 전혀 변화가 없었습니다. 1945년부터 불초 소생이 그쪽 세상에서 삶을 마감하던 1976년까지 그 30여 년 동안에도 그랬었지요만, 그때는 아직 소련이나 중국도 우리와 어슷비슷했던 데다, 서방 세계라는 곳의 사람살이와는 원체 철벽으로 담을 쌓아, 아예 전혀 관심부터 없었던 때여서, 하루하루 으레 사람살이라는 건 어디서나 이러려니, 이런 것이려니 하고만 알았드랬습니다. 그런데 소생만 하더라도 이곳으로 건너와서 다시 저 지구촌 속을 큰 시야에서 차근차근 챙겨 보고, 그리고 저의 그곳에서의 저간의 삶도 하나하나 허심탄회하게 다시 돌아본즉, 이게 웬일이겠습니까. 이때까지는 전혀 안 보였던 것들이 무더기로 보이면서, 특히 소생이 몸담았던 저 북한이라는 곳의 오늘의 정황도 어쩌다가 저 지경까지 이르렀는가, 사뭇 가슴이 미어집니다. 물론 그 책임의 일단까지 스스로 통감하면서, 아아, 북한이, 북한 체제가 오늘에 저렇게까지 이른 그 도정道程이 새삼 뜨겁게 나름대로 이해도 되는 것입니다. 응당 저 같은 사람으로서야, 저 북한이 끝내 저렇게까지 된 것에, 입 싸악 씻고 나 몰라라 할 수는 없는 것 아니겠습니까요.

하여, 선생님, 고당 선생님, 조금 전에 선생님께서 하신 말씀, 어찌 제가 모르겠습니까요. 한마디 한마디, 그야말로 저의 심장 한가운데로 송곳 끝이 꽂혀 오듯 하나이다.

하지만 저간의 저뿐만 아니라, 저들, 북한에서 나름대로 김일성 수령을 비롯해서 혼신으로 대어들었던 우리, 주로 공산주의자들, 그중에서도 특히 현 동북 중국, 구 만주 땅의 남과 북에서 오직 대일본 무장 투쟁에만 골몰했던 핵심들, 저의 살아생전의 그 동료들은 거개가 그때부터 이미 중국공산당 당원이었습니다. 거의 누구나가 처음에는 중국공산당에 입당을 했었습니다. 저나 김책 동지부터가 그랬던 것은 앞에서도 이미 밝힌 바 있거니와, 허나, 다만 김일성 동지만은, 그이는 그때도 주로 활동 무대가 압록강·두만강 경계 주변의 남만 주였어서, 그 점에서는 저나 김책 동지와는 조금 처지가 달랐소이다. 하지만 달라본들, 거기서 거기로 큰 테두리에서는 공산주의 이론과 그 실천, 마르크스주의, 레닌주의, 볼셰비키, 그리고 스탈린주의, 모택동주의, 코민테른, 계급투쟁, 프롤레타리아 혁명 등등, 이외에는, 그 밖의 사람살이 전반에 대해서는 도통 까맣게 색맹이기는 그이도 저희들이나 대동소이였소이다.

하지만 제가 이 별로 넘어온 지 꼭 3년 뒤에는, 앞에서도 여쭈었듯이 중국은 등소평의 주도로 지난 30년 어간에 저렇게 엄청 달라지지를 않았습니까. 아직도 공산당 간판만은 그대로 달고 있는 모양입니다만, 우리들이 왕년에 배우고 알고 있던 그 기준으로 보자면, 현금 중국의 저것을 어떻게 정통 공산주의 체제라고 할 수가 있겠습니까요. 게다가 그 사이에 사회주의의 조국이라던 소연방蘇聯邦은 또 어찌 됐습니까요. 그리고 그 위성국이라고 일컬어지던 동유럽 나라들은? 몽골은? 베트남은? 그 밖에도 제3세계라던가요, 동남아시아를 비롯, 중남미·아프리카 등등의 나라들은?

저도 이 별로 건너와서 아래 세상의 저 변해 오는 모습을 싸그리 보아 오면서, 새로 처음부터 공부를 다시 하듯이 이것저것 생각해 오면서, 혹은 읽어 오면서, 특히 이 자리에서는 미국의 외교관으로서 한때 주소련 대사까지 역임했던 조지 F. 케넌이라는 사람이 떠오릅니다. 그이는 1904년에 태어났으니까 중국의 등소평과 한 동갑이었는데, 그 등소평도 백 살 가까이까지 살면서, 중국이라는 저 큰 덩어리를 저렇게 방향 전환을 시키며, 오늘의 저런 큰 나라로 키워 놓았사온데, 미국의 저 사람은 한술 더 떠서 2005년까진가 살아 내, 백두 살에 세상을 떠났습니다. 한데 그이가 해낸 일은 조금 엉뚱하달까요. 등소평과는 달리, 그이는 현금으로부터 70여 년 전, 1947년에 미국의 어느 잡지에 익명으로 「소비에트 행동의 원천」이라는 논문 한 편을 발표하는데, 그 글이 발표되고 나서 40여 년 뒤, 1990년대 초에 공산 제국 소련이 끝내 붕괴하는 것을, 그렇게 붕괴할 수밖에 없었던 속사정을, 이미 그 옛날에 약여하게 명쾌하게 미리 예견해 놓았던 것입니다. 그이는 바로 이 점으로 온 세상의 이목을 모으며, 그 글도 시간이 갈수록 높이 평가를 받는 고전이 되어 가고 있습디다요.

바로 그이는 1945년 8·15 해방 뒤에 우리나라가 걸려 있던 내외 사정도 대강 다음과 같이 간명하지만 날카롭게 요약을 했더군요.

본시 미국은, 1945년 8월, 제2차 세계대전이 마악 끝났을 때에 극동의 미군으로 하여금 일본 본토를 점령하게 하면서, 소련도 여기에 동참하는 것만은 극력 반대했다는 겁니다. 한데 다만 우리 한반도만은 유럽의 경우와 비슷하게, 소련군이 진군한 지역은 소련군이, 미군이 진군한 지역은 미군이 현지를 관리하도록 하였더랍니다. 그렇게 한반도에서는 처음부터 소련군이 진주한 곳에서는 소련군이 현지 일본군의 항복을 받아 내고, 미군이 진주한 곳에서는 미군이 일본군의 항복을 받아내도록 하여, 사전에 그 경계를 북위 38도선으로 양국 간에 합의해 두었다는 것입니다요. 이렇게 한반도 내의 일본군의 항복은 아예 두 나라 간에 분담하기로 정했었는데, 이 경우, 두 나라는 그 다음의 한국의 장래 문제에 관해서는 그냥 어물어물, 애매하게 둔 채, 전혀 아무런 논의도 없었다는 것이 아닙니까.

바로 이 점에, 우리 한반도로서는 처음부터 치명적인 결격 사유가 있었던 겁니다.

그리하여 일본 점령 초기의 일본에 대한 미국 정책을 결정하는 데 있어서도 가장 영향력이 컸던 인물이 바로 미 극동군 사령관 맥아더 원수였다는 것인데, 그이도 그 점령 초기에는, 영구히 비무장화된 중립국으로서의 일본의 장래를 그이대로 꿈꾸고 있었다는 것입니다. 그때는 미국 정부 자신도 대강 그런 수준으로만 맥아더 원수의 이 안案을 적극 지지 찬동하며 뒷받침을 해 주었다는 것이고요. 따라서 일본을 그렇게 비무장 상태로 중립화시킨다는 것은, 미국이 일본을 자신의 군사 기지로 할 수 없다는 것을 의미하고, 바로 이것은 당시의 소련으로서는 이게 웬 떡이냐 하고 대뜸 흡족해하며 좋아했을 것이올시다. 그리하여 미국이 이렇게 나오는 그 보답으로라도 소련은, 그렇다면 그 곁의 일본의 식민지 상태에서 새로 해방된 반도 나라 한국에는 구미식 민주주의 선거에 기초한 온건한 정부가 첫 발족되는 것에 그냥저냥 찬성했을 수도 있었을 것이다, 이 말입니다. 그때 맥아더의 그 꿈이 이렇게 그 당대의 기준으로 바로 몇 년 뒤의 미·소 관계까지를 구체적으로 미리 내다보는 시야視野에서 '일본의 비무장화' 내지 '중립화'에까지 그 생각이 이르렀더라면, 그 뒤의 미국 입장으로서는 얼마나 좋았겠습니까요. 그렇게 그런 쪽으로 분명히 정황을 의식하고, 그 당시의 미국이 그 당시의 소련과 협상을 할 수도 있었던 겁니다. 아예 그때 미·소 피차간에 전후 일본과 한국 문제를 두고 그렇게 딱 부러지게 못을 박았더라면, 그 뒤의 우리나라 상황은 전혀 달라졌을 수도 있었을 것이올시다. 안 그렇겠습니까.

그런데 정작 그 당대의 극동 정황에서 가장 핵심 문제였던 그 점, 우리나라 문제는, 미·소 어느 쪽도 딱 집어서 완전하게 제기하지는 못하고, 애매하게 둔 채로 어물어물하는 동안에 휘딱 또 몇 년이 흘러버립니다.

그렇게 3, 4년이 지나, 1949년이 마감할 무렵에는 미국의 분위기가 아연 급변해 버린다는 겁니다. 그때가 어떤 때입니까. 바로 그해 10월 1일에 중국 본토 북경에는 모택동의 공산주의 중앙정부가 새로 들어서는 겁니다. 그리하여 이 시기를 고비로 해서 미국의 전후 정책도 급변하면서 이때까지와는 전혀 반대의 국면으로 접어들기 시작합니다.

바로 그 2년 전에, 다시 말해서 중국 본토에 새 공산주의 정부가 들어서기 2년 전에, 미국에서는 문제의 그 논문이 발표됐었는데, 그 논문의 핵심 주제는 공산 제국 소련에 대한 '봉쇄 정책' 제창이었어요. 이때 그 논문 저자가 처음으로 사용한 이 용어는, 같은 무렵에 어쩌다 한마디 썼던 영국 처칠 총리의 '철의 장막'이라는 용어와 더불어 당시의 전 서구 진영의 유행어로 온 세계에 금방 퍼졌었지만, 그때 그 '봉쇄 정책'이라는 용어를 처음으로 썼던 그 저자 자신의 실제 의도도, 그 당시로서는 전혀 군사적인 시각視角은 없었다는 겁니다. 그때 그 저자의 주안점은, 단지 공산주의 소련이 그 당시의 독일이나 일본 같은 큰 공업국에 혹여 지배적인 지위를 지니게 될는지도 모를 위험에 대처해야 한다는 수준 정도의 경고였을 뿐, 그 당시의 그 글의 저자나, 그 밖에도 소련을 전문으로 다루는 서방 학자들 태반은, 소련이 당장 서방 측의 주요 나라나 혹은 일본에 군사적 공격을 가할 위험이 있다고는 전혀 믿고 있지는 않았다는 겁니다. 다시 말해서 그 당시의 소련으로부터의 위험은 주로 정치적인 위험이었지, 군사적인 위험은 아니었다는 것이죠.

하지만 그 2년 뒤 바로 1949년 가을부터 이듬해 1950년 초로 들어서면서 상황은 급격하게 달라집니다. 미국 군부 및 정부 최고위층에, 일본을 비무장 상태로 저대로 저렇게 그냥 내팽개쳐 둘 수는 없다, 패전 일본과의 전면全面 강화에 이르지 못하고, 설령 소련이 강력하게 반대를 하더라도 무릅쓰고, 미국은 일본과의 단독 강화를 통해서라도 미군을 일본 본토에 무기한 주둔시켜야 한다는 강경론이 갖가지 형태로 표명되기에 이르는데, 이 시기는 또 우연치 않게도 주한미군이 대폭 삭감되던 시기이기도 했습니다요. 그 참, 묘하지 않습니까요. 이 세 가지 사실이 같은 시기에 겹치고 있었다는 이 기묘함! 중국 본토에서의 모택동 공산혁명의 성공과 미국의 대일본 정책의 급격한 변화, 그리고 주한 미군 병력의 대폭 삭감 철수, 이 세 가지가 거의 동시에 이뤄지고 있었다는 이 사실이, 대저 그 뒤의 이 지역 상황변화와 어떻게 관련되며 어떤 함수를 지니게 되는지요.

자, 이에 대한 소련의 직접 반응은 어떤 것이었을까요. 그건 바로 북한이 남한을 공격하는 것, 그렇게 한반도 전체를 공산화하는 것이었던 겁니다. 그렇게 소련은 북한의 남한 공격을 대놓고 장려하지는 않았지만, 슬그머니 허용하는 쪽으로 돌아설 수밖에 없었다는 것이지요.

다시 말해서 만일 일본이 무기한으로 미국 군사력의 근거지로 돼버린다면, 그렇게 소련까지 포함된 대일본 전면 강화에 이르지 못한다면, 그리하여 모스크바가 일본의 정세를 좌지우지할 수 있는 길이 완전히 차단되고 막혀 버린다면, 결국 모스크바로서는 그에 대한 맞대결책으로써, 그 당시의 미국 입장에서는 그다지 큰 관심을 지니지 않고 치지도외로 취급하는 것 같던 한반도에서 저들의 정치적·군사적 지위를 강화하자는 쪽으로 결의를 굳힐밖에 없었다는 것이지요.

이렇게 바로 북한의 남침이, 즉 한국전쟁이 일어났던 것이라는 겁니다. 한데 정작 그 전쟁이 일어나니까 어찌 됐습니까요? 미국이 그냥 좌시하지를 않고 당시의 '유엔'까지 끌어들이며 참전하기에 이릅니다. 그렇게 되자 그해 말에는 중공도 의용군이라는 형태로 대군을 파견하기에 이릅니다. 그 전쟁 3년 어간에 미국은 연인원 180만여 명의 병력을 한국에 파견하고, 그중 3만 7천 명이 전사합니다. 그러고도 이 전쟁은 그냥 중동무이로 끝나 버리고, 그 결과는 전쟁 전의 38도선이나 대동소이한 상황으로 분단된 채, 다만 이 지역에의 미국 개입은 더 더 깊어지기만 하면서 오늘에 이르고 있습니다.

바로 이상이, 주로 미국 측 입장에서 본 저 65년 전의 6·25전쟁의 가장 핵심 국면인 듯싶은데, 소생 최용건도 현금 이 별에 와서는 이 설이 객관적으로 가장 타당한 듯이 여겨진다는 말입니다.

어떻습니까. 고당 선생께서는 꽤나 놀라셨겠지요. 저 최용건이, 이런 식의 언변을 농하고 있는 것이 가당치도 않다고 생각하시겠지만, 하지만 그쪽 세상이 지난 5, 60년간에 변해 온 것을 고려한다면, 저 최용건이라고 이 별로 건너온 지가 40년이 되었는데, 그간에 저라고 이 정도로 달라지지 말라는 법도 없을 것이 아닙니까.

하긴 고당 선생께서는 저의 이런 언설을 이쪽 어느 별에선가 김일성 주석이 듣는다면 어떻게 받아들일까를 염려하고 계시기까지 합니다만, 그거야 고당 선생께서는 우리 쪽 형편대로 내버려 두시면 될 것이올시다. 저라는 사람이 본시 살아생전에나 이 별로 온 지금이나 변함없이, 잔꾀나 거짓·술수 등을 가장 혐오했던 성격은 그대로여서, 김일성 주석이나 김책 동지, 우리대로도 언제 한번 이런 쪽의 이야기를 나눌 기회는 있을 것이지만, 짐작컨대 김일성 주석도 충분히 저의 이런 언설은 이해할 것으로 믿으며, 이런 수준의 이야기는 피차에 가능하리라 여깁니다.》

그러자 다시 곧장 고당의 화답이 이어졌다.

《아하 그렇군요. 그렇다면 나도 마음이 놓입니다요. 역시 그대, 최용건이라는 사람은 살아생전에도 내가 그 타고난 성품을 극진히 아끼고 좋아했었지요만, 여전히 그 당당한 모습 믿음직하기까지 합니다요.》

고당의 목소리는 그대로 이어졌다.

《사실은 지금 우리가 나누고 있는 이런 언설들은 현 남북한 속을 여전히 분단된 채로 살아가고 있는 저 아래 우리의 후대들부터 골똘하게 들었으면 싶습니다. 그야, 그대 말대로 김일성 주석도 여부 있겠습니까. 하긴 피차에 이런 소리까지 나온 김이라, 나로서도 새삼 여쭙니다만, 70여 년 전, 그 옛날에 내가 그렇게 '찬탁', '반탁' 일로 감금당하고, 그 뒤, 전쟁 와중에 피살까지 되었었지만, 나도 지금이나 살아생전에나 옹졸한 사람은 아닌 것은 그대도 익히 잘 알 것이오만, 그때 그 옛날에도 나로서는 김일성 주석에 대해서는 그다지 원한 같은 것은 지니지 않았습니다요. 다시 이 자리서 거듭 밝히거니와, 그때 내가 죽음을 무릅쓰고 그랬던 것은, 바로 스탈린의 소련 제국에 대한 저항이었소이다. 내가 그렇게 반발하고 저항했던 그 소련 제국, 스탈린의 제국주의적 의도에 김 주석께서 순순히 순응했던 점은, 물론 나 조만식과는 전혀 반대되는 행태였소이다만, 그때 그렇게 정면으로 소련 제국의 스탈린에게 끝까지 당당하게 맞선 것은, 본인, 조만식 한 사람으로 나로서는, 족했소이다. 나는 이 점에 한해서만은 지금 이 시각에도 내 생각에 변함이 없습니다. 다시 말해서, 그때 정황으로 보아서, 김 주석으로서는, 그 당시에 철두철미한 공산주의자였던 김 주석으로서는, 달리 어쩔 수 없었던 사정이었음은 나대로 충분히 이해하고 있습니다요. 실제로 앞에서도 잠깐 비췄었지만, 김일성 주석, 젊었을 적의 그 김성주가 김형직의 장남이라는 것, 그리고 평양 근교의 초대 교회 지도자였던 강돈욱의 외손자라는 것, 그 점만으로도 저는 그 이상은 더 알 것이 따로 없었소이다. 일단은 그 사람의 인품에 대한 최소한의 믿음은 가져집디다요.

그 뒤로도 나는, 그렇게 갇혀 있던 상태로도 그 안에서 그 사람에 대한 모든 책자는 거의 모조리 읽으면서 나 나름대로 열심히 챙겨보았소이다. 그리하여 이 사람은, 이 김성주라는 사람은 이만하면 됐다 싶었습니다요. 물론 그렇다고 나는, 그때 소련군 주둔 밑에서 그이가 펼쳤던 그 모든 일을 고스란히 인정하고 찬성하면서 속속들이 받아들였던 것은 아니올시다. 그거야, 소련 제국의 정책이고 방침이어서 나로서는 일체 인정할 수는 없었습지요.

하지만 다만, 그 김일성이란 사람의 사람됨과 역량과 능력은 믿음직했다는 소리입니다. 나대로 그렇게 믿게 된 그 근거는 뭐였겠습니까요. 그걸 우선 이 자리에서는 세 가지만 들어 보겠습니다.

그 첫째는, 1937년 6월 4일의 저 '보천보 습격 사건'을 들 수 있겠습니다. 그 사건이 그 당시에 우리나라와 일본 제국, 더 나아가 극동 여러 나라는 물론이거니와 전 세계의 이목까지 모으며, 우리 민족이 여전히 죽지 않고 살아 있음을 역력히 과시했던 대표적인 사건이었는데, 이 일을 주도하여 이끈 유격군 지휘관이 바로 그때 우리 나이로 약관 스물여섯 살이었던 그이, 김일성이었다는 사실입니다. 그때가 과연 어떤 때였습니까요. 일본의 군국주의가 만주 땅을 차지하고도 성이 덜 찰, 승승장구하며 다시 중국 본토로 쳐들어가던 중일전쟁을 마악 일으켰던 바로 그때였지 않습니까.

둘째는 저 흉악한 '민생단' 문제가 터졌을 때, 더 젊었던 시절의 그이의 거취를 들 수 있겠습니다. 그 '민생단'이라는 것은 1931년 10월, 처음에는 서울의 『매일신보』 부사장 등이 간도를 방문했을 때, 소위 '간도 주민의 생활 산업화'를 목적으로 설립 허가를 신청했던 친일단체였음은 최용건 그대도 익히 알 것이오이다. 이 단체가 그 뒤에 어떻게 발전하느냐, 아예 현지 공산당과 유격대에 대한 일본 군경 측의 모략, 중상, 그리고 현지 조선인과 중국인의 분열 공작의 주 무대로 둔갑을 해 버립니다. 하여, 2년 뒤 1933년에 이르면 일본 군경의 이 공작이 성공적으로 진행되어, 유격군 조선인 간부 대원으로서 '비밀 민생단원'이라고 당, 상부 기관에 이름이 올라서 억울하게 처형되는 자가 무려 5백 명에 이를 정도로 무시무시해집니다. 아아, 어쩌다가 저런 일이 벌어질 수가 있다는 말입니까. 사실 관계를 가리는 데 있어 애당초에 재판이라는 것은 그 판국에 열릴 수도 없었을 터이니까, 일단 의혹이 제기되면 심한 고문이 성할밖에 없을 터, 그리하여 고문을 받기에 이르면 열이면 열, 고문에 못 견뎌 '아니다'라고는 못하고 심문관 요구대로 죄다 '그렇다'고 인정을 할 뿐만 아니라, 그 다음에는 기왕 죽는 바엔 에라 모르겠다, 하고 아무렇게

나 동료 이름들을 주워댔다고들 하지 않습니까. 이러니 그야말로 지옥이 따로 없었지요. 그렇게 일단 의혹이 제기되면 어느 누구건 모조리 그대로 총살에 처해졌다는 것이 아닙니까. 그것도 한두 사람이 아니라 유격군 간부 대원만도 5백 명씩이나. 그 실제 정황이 과연 어떠했겠습니까요, 그야말로 하루하루가 아슬아슬한 공포의 도가니였을 것이올시다.

이때 1933년에 그이, 김일성의 나이는 스물두 살이었을 것입니다.

이 무렵 코민테른 주재 중공 대표에게 제출한 한 보고에 김일성에 대한 다음과 같은 평가가 있었던 것이 일단 주목됩니다.

'김일성, 고려인, 1931년 입당, 용감 적극, 중국어를 할 수 있음, 유격대원 출신, 대원들 가운데서 말하기를 좋아하고 대원 사이에서 신뢰와 존경을 받음.'

그 뒤, 이건 1936년이었으니까 그의 나이 우리 나이로 스물다섯 살 때였을 것입니다. 그때 새로운 부대를 편성하면서 그 우두머리로 김일성이 뽑히고, 그렇게 1개 연의 병사를 자기 휘하로 배당받을 때, 그 부대의 정치위원으로 같이 끼어든 대원 하나가, 그 새로 배속된 백 명이 모두 민생단원 혐의가 있던 자들이라고 조심스럽게 귀띔해주었지만, 그로부터 곧장 사흘간의 회의를 열어 대원들 각자의 해명을 속속들이 들은 뒤, 김일성은 그 자리에서 다음과 같이 설파했다고 하더이다.

"동무들은 오늘, 누가 '민생단'이고 누가 '민생단'이 아니라고 결론하기는 곤란하다. 왜냐하면 그것은 누구도 증명할 수 없기 때문이다. 그러나 내가 오늘 동무들에게 선포할 것은, 이 자리에 '민생단'은 한 사람도 없다는 사실이다. 그것은 동무들 자신이 다 '민생단'이 아니라고 하기 때문이다. 과거에 들었던 사람이나 안 들었던 사람이나 오늘부터는 다 백지로 돌아간다. 동무들은 지금부터 다 새 출발이다. '진술서'요, '조사서'요, '증거 문헌'이요 하는 이 '문서' 보따리보다도 동무들 자신이 혁명의 길에서 싸우겠다는 그 결의를 나는 믿는다."

그리고 김일성은 그 대원들 앞에서 '민생단' 자료라는 것을 모조리 불태웠다고 합니다. 어떻습니까. 우리 나이로 스물다섯 살에 이런 정도의 일을 해내고, 이런 언설을 하여, 비록 요만한 규모의 자기 부하 대원들일망정, 일본 측의 공작으로부터 야기된 '민생단' 문제를 이렇게 깨끗이 마무리를 지었다는 것은 그의 타고난 지도자로서의 자질을 보여 주는 것이 아니겠는지요.

마지막으로 셋째로, 김성주는 처음에 이종락 부대에 소속되어 있었다고 하더군요. 현재의 북한 공식 기록에는, 그가 1929년 가을에 (우리 나이로 열여덟 살 때) 체포되어 이듬해 1930년 5월에 길림吉林 감옥에서 출옥하자, 각지를 돌며 6월 30일부터 7월 2일에 걸쳐 카룬에서 '공청' 및 '반제 청년동맹' 간부 회의를 열고, 7월 6일에 고유수에서 '조선혁명군'을 창설했다고 되어 있습니다. 즉, 이때에 김성주, 즉 뒤의 김일성은 이종락의 조선혁명군 길강 지휘부에 속해 있던 부대에 참가해 있었음을 말해 줍니다. 한데 그 이종락은 이듬해 1931년 1월 28일에 장춘에서 김광렬, 정소봉과 함께 일본 경찰에 체포되고 맙니다.

이 무렵의 젊은 김성주, 김일성은 아직 부대 표면에 별로 떠오르지도 않아, 이종락의 무장 집단 속에서도 뚜렷한 위치를 지니지는 못했었던 것 같습니다. 이를테면 한창 '민생단' 와중에 비교적 사태를 객관적·비판적으로 보는 여유를 지닐 수 있게 된 그는, 선배들과는 달리, 다음 시대에 살아남아 1930년대 들어서 두각을 나타낼 수 있게 되었던 것 같습니다. 하여, 이미 1930년대도 말에 이르러서는 일제 치하 죄수罪囚로 복역 중에 아예 일제에 투항, 전향을 하고 있었던 이종락이, 지난날의 자신의 부하였던 김일성에게도 일제에의 투항을 권유하기 위해 김일성의 조모까지 모시고 무송 목강까지 와서, 조모는 대동하지 않은 채 혼자서만 김일성을 찾아옵니다. 그렇게 김일성을 만나 일제 관헌에게 자수하기를 설득하지만 성공하지 못한 채, 그날 저녁 이종락은 그곳에서 배반자로 처형되고 맙니다. 그 단호함도 김일성의 이 나라 한 시대의 지도자로서의 의연한 모습을 보여 주는 대표적인 사례로 여겨집니다.

이렇듯 나 조만식 나름으로 그 김일성이라는 사람에 대한 느낌이나 생각은, 내가 그 6·25전쟁 와중에 그쪽에서의 삶을 마감했던 것도 설령 그의 명령에 따른 것이었다 하더라도, 지금의 나로선 딱히 그이에 대한 여한은 없소이다. 기왕에 그때 나는 이미 죽음을 각오했던 것이었고, 당시에도 나의 주主 상대는 다시 이 자리서 분명히 밝히거니와, 바로 스탈린이요, 소련 제국이었던 것이올시다.

그보다도 이 자리서 내가 새삼 놀라는 것은, 그대 최용건이 조금 전에 언급한 그 옛날 우리나라가 분단될 첫 무렵의 그 미국과 소련 관계며, 당시의 세계 대세올시다. 그 무렵의 일을 어찌 그렇게 소상하게 공부를 했는가, 지금 그렇게 운운하는 그 목소리의 주인공이 진정 옛날의 그 최용건이 틀림없는가, 참으로 그 사람이라는 말인가,

싶어지기만 합니다요.

　아아, 참으로 그간의 저 지구촌 세상 변해 온 것은 놀랍기만 합니다요.》

4

《고맙습니다. 고당 조만식 선생님, 조금 전에 우리 김일성 주석의 그 좋은 덕목에 대해서도 말씀해 주셨소이다만, 역시 고당 선생님이시군요. 거듭 뜨겁게 감사드립니다. 하지만 한편으로는 조금 의아하게도 여겨집니다. 다른 사람이면 몰라도, 고당 조만식 선생이라면, 우리 김일성 주석의 그 젊었을 적의 좋은 덕목만을 나열하시고, 그이 말년에 대해서도 참으로 할 이야기가 없지는 않으실 것이온데, 그 점에 대해서는 끝내 입을 닫으시는 것도, 바로 상대가 이 최용건이라, 선생 특유의 그 근신謹身이거나 스스로 제어制御하시는 것인가요. 아니면 그런 영역은, 선생께서 함부로 나설 일이 아니라, 우리 스스로, 김일성 주석과, 저 최용건과, 김책 동지와, 그 밖에도 지난 60년 어간에 우리 북한 정치를 줄곧 좌지우지해 왔던 저 옛날 현 동북 중국 땅에서 1920, 30년대를 어렵게 힘들게 싸워 왔던 최현 동지 등을 비롯한 그 숱한 동지들 간에 의논해야 할 성질이지, 함부로 선생께서 나서실 일은 아니라고 여기시는 겁니까. 그렇게 선생님대로 겸허해하시는 겁니까. 그 점도 거듭 감사드리옵니다만, 그러고 보니까, 저로서는 그 옛날의 그 일까지도 새삼 생각이 납니다. 그때 선생은 그렇게 1947년 7월 1일까지 1년 반 동안 고려호텔에 감금되셨다가 그 뒤로는 다른 곳으로 옮기신 것으로 저는 알고 있습니다만, 그보다 전에, 목사 이윤영이 남한으로 내빼기 전에 고당 선생을 찾아가 두 시간 남짓 동안 두 분께서만 마지막으로 만나셨지 않습니까. 그때 고당 선생께서는 이를테면 마지막 유촉遺囑이셨을 터이지만, 이렇게 말씀하신 것으로 저는 알고 있습니다.

"남쪽에 내려가면 누구보다도 최대의 애국자이신 이승만 박사와 굳게 손을 잡으시오"라고요.

그렇게 이윤영은 남한으로 내려가는 즉시, 자신이 겪은 북한의 모습을 나름대로 두 통 글로 써서 한 통은 주한 미군 사령관 하지 중장에게 보내고, 한 통은 돈암장의 이승만 박사에게 넘깁니다. 그러자 돈암장의 이승만은 그 내용 전모를 기자회견으로 밝혀, 남조선 신문에 대대적으로 게재되기에 이릅니다. 그때는 저 최용건도 더 이상은 참을 수 없었소이다. 그때의 저로선 어찌나 화가 나던지, 선생님에 대해 차마 입에 못 담을 욕설까지 서슴지 않았고, 김구·이승만과 함께 선생까지도 반동분자로 타도 대상에 껴 넣게 되었던 겁니다.

그때는 그렇게도 단호하셨던 고당 선생께서, 지금에 와서는 오늘의 저 북한 정황에 대해서만은 직접 나서기를 꺼려하시는 것이 조금 어정쩡해 보이기도 합니다요. 제가 알고 있던 그 고당 선생이 아닌 듯이 보이기도 하지만, 한편으로는 역시 살아 계신다면 그쪽 나이로 올해 134세 자신 고당 선생님답다는 생각도 전혀 없지는 않소이다.

고당 선생께서 저영 그러시다면, 그 점은, 정말로 이 시점에 와서 어느 누구라도 꼭히 해야만 할 소리를 못하겠다면, 할 수 없습니다, 저라도 나서지요, 그 꼭 할 소리는, 저라도 몇 마디 해야겠습니다.

앞에서 선생께서는 우리 김일성 주석의 젊었을 적 좋은 덕목 몇 가지를 사례별로 말씀하셨고, 저도 그 점, 감사하게 받아들였습니다만, 제가 그곳을 떠나온 것이 중국의 모 주석이나 주은래 총리와 같은 1976년이었사온데, 거듭 얘기거니와, 그 뒤의 저 지구촌 세상 변해온 것은 엄청나지를 않습니까요. 그렇다면 선생님, 고당 조만식 선생님, 이렇듯 엄청나게 변해 오는 저 지구촌 속에서, 오로지 저 북한만은 저렇게 여전히 '유일 체제' 일변도로만 끌어 오며 전혀 변화할 줄 모르는 것이, 과연 그 까닭인즉 무엇이겠습니까요.

제가 조금 전에 거론했던 미국 학자의 그 논문 「소비에트 행동의 원천」은, 그 옛날에, 40년 뒤의 소련 제국의 붕괴를 약여하게 예언했었다고 이미 말씀드렸소이다만, 그 글의 속 알맹이, 진면목인즉, 바로 스탈린의 소련 제국, 다시 말해서 강철 같은 전체주의 체제 60년이, 안으로, 속으로, 곪을 대로 곪아 있는 모습이었소이다. 1947년 당시의 소련 제국의 문제점을 그렇게 그 당시에 처음으로 비로소 속속들이 드러냈던 것이 그 글이었사온데, 그로부터 40년 뒤, 1985년에는 고르바초프Gorbachyev라는 사람이 그 문제 해결에 정면으로 도전해 나서면서 끝내는 그 제국 자체가 송두리째 붕괴되지를 않습디까요. 그렇게 50여 년 끌어 오던 그 굳을 대로 굳어져 버린 스탈린 '유일 체제'는 끝내는 스스로 무너집디다요.

저 최용건이 진정으로 성심성의껏 이 자리에서 말씀드립니다만, 현 북한 체제가 붕괴되는 것만은 제 눈으로는 도저히 볼 수가 없습니다. 그것만은 무슨 수를 써서라도 천하없어도 막아 내야 합니다. 그곳은 바로 저의 살아생전의 '정치'의 요람지였사옵고, 어찌 저뿐이겠습니까, 저어 1920년대 스무 살 전부터, 우리 혁명 세대 모두가 뜨겁게 몸담아 왔던 우리 모두의 요람입지요. 그렇게 지상至上으로 오직 믿어 왔던 우리 혁명의, 우리 정치의, 그 끝머리가 고작 이것이었다는 말입니까. 결코 아니옵니다. 이것은 아니었습니다. 결코 결코, 우리 모두의 젊었을 적의 꿈이 이것은 아니었습니다. 도저히 도저히 이렇게 이런 모습이 될 수는 없습니다. 그렇다면 문제는 어디서부터 비롯되었는가. 그걸 우리 한번 이 자리서 참으로 허심탄회하게 생각해 보십시다요.

그 점, 저는 이렇게 생각합니다. 바로 우리 모두가 처음부터 하나같이 절대적으로 믿으며 해 온 그 '유일 체제', 바로 '전체주의' 체제가 아니었겠는지요. 그야, '정치 체제', '사회 체제'도 포함해서, 대저 사람들이 해내는 모든 일이라는 것이, 대소사를 막론하고 항용 그런 것 같습니다. 흔한 말로, 매사에 '버릇'들이는 것, 이상일 수는 없는 것 같습니다. 사람이라는 게 구경에는 누구나 예외 없이 어릴 적부터 '버릇'들인 대로 산다고들 하지를 않습디까요. 사람마다 그 '버릇'이 세월이 가면서, 나이가 들면서, 점점 커져 가다가 끝내는 늙어서 노망·치매에까지 이른다고들 하질 않습디까요. 개개인 차원에서 그러하듯이 사회, 정치, 체제라는 것도 죄다 마찬가지인 듯합니다. 사회나 정치나 체제도 세월 따라 점점 개인 차원의 '버릇'이 커져 가듯이 알게 모르게 그렇게 차츰차츰 커져 가면서 굳어 가면서, 두꺼운 각질로 변해 가면서, 끝내는 극한으로 노망으로, 내몰리게 되는 것이 아니겠는지요. 이 점에서는 세상만사, 예외가 없는 듯합니다. 이 변해 가기 마련인 것은 그 무엇으로도 어떤 인력人力으로도 천하없어도 막아 낼 수는 없을 것입니다. 감히 그걸 막아 내려고 들 때, 그때에는 엄청난 재액災厄이 따를 것이올시다.

　바로 그 점에서 현 북한 체제의 핵심 문제가 무엇이었느냐, 하는 것은 자연스럽게 떠오르는 것 같습니다. 제가 살아 있을 적 그때까지는 저 자신도 그런 점을 별로 의식하지 못하였을 정도로 소련을 비롯한 우리 공산주의 체제는 그럭저럭 굴러가고 있었습지요만, 저 나 모 주석, 주은래 총리 등이 그곳을 떠나오고 3년 뒤인 1979년 중화인민공화국부터 등소평에 의해 급격하게 달라지기 시작하고, 그리고 그 6년 뒤인 1985년에 가서는 앞에서도 흘낏 비쳤듯이, 한창 나이 55세의 고르바초프라는 사람이 나서서 정면으로 손을 댄다는 것도 끝내는 송두리째 소련 제국 붕괴로 이어졌지요. 그렇게 미국의 그 논자가 일찍이 1947년에 예견했던 일이 40년이 지나서야 급격하게 현실화되기에 이릅니다요.

　이렇듯 모름지기 세상 변해 가는 것은 사필귀정이라 할 것인데, 물론 이 점에 들어서는 그 미국 논자가 속해 있는 미국이라는 나라도 그 나라대로 문제가 없을 수는 없을 것이고, 예외일 수는 없을 것입니다.

　하긴 미국이라는 나라는, 어느 누군가가 일찍이 미국과 유럽의 프랑스를 비교해서 그럴듯하게 이야기하기도 합디다만, 미국 쪽은 프랑스보다 애당초에 우월한 점이 있었는데, 그것은 무엇이냐. 우선은 미국이라는 나라는 원체 땅덩이가 큰 데다 가까운 곁에 다른 나라들이 없어 자연 조건부터가 거칠 것이 없었다는 점도 있었지만, 더욱 돋보이는 점은, 미국의 근대화는 처음부터 '정치적 자유의 제약 없는 추구'인 데 반해, 프랑스 쪽은 궁핍과 불평등을 둘러싼 제약이 껴들어, 처음부터 '싸움', '투쟁'이었다는 점에 문제가 있었다고 밝혀내기도 합디다요. '투쟁', '계급투쟁'이라는 것, 끝내는 이것이 마물魔物로 둔갑을 해 버렸다고요. 다시 말해서 프랑스를 비롯한 유럽 쪽은 '자유의 이념'을 이해하는 데 있어, 미국 쪽보다 처음부터 제약 요소가 많았고, '투쟁', '투쟁', '계급투쟁'이라는 마물이 껴들어, 미국 쪽처럼 시원하게 확 트여 있지가 못했다는 것입니다. 이렇게 유럽 쪽은 '자유의 이념'을 두고 처음부터 껄쩍지근한 것이 껴 있었다는 것이지요. 바로 그런 면에서는, 마치 미국 역사와 유럽 역사 간에 줄곧 존재해 왔던 연속성이 그렇게 단절된 듯이도 보였고, 미합중국은 아예 다른 길로 접어든 듯이 보이기도 했었다는 것입니다. 하지만 실제로는 미국은, 유럽인들에게 있어서 유럽이 이미 잃어버렸던 그 본래적인 '자유의 이념'을 미국이 부활시켜 보여 주며, 광활한 미국 땅에다가 '진짜배기 자유'를 재영토화再領土化했다는 것이라고요. 바로 이 점이 유럽에 비해 미국이 지닌 강점이라고도 합디다요.

하지만 그렇다고 그 미국은 과연 문제가 없느냐? 있다면, 그 미국의 문제는 무엇이냐?

바로 그 미국의 문제는, 다시 머얼리 1950년의 저 6·25전쟁에서부터 비롯되었던 모양입니다. 앞에서도 보았듯이, 6·25전쟁이 일어났을 때 당장 미국이 내린 결론은, 북한의 이 대남 침공은 조금 앞에서도 거론됐듯이 소련 군사력에 의한 세계 정복의 첫 시작이라는 것이었습니다. 군부의 이 해석이, 당시의 미국 정계를 휘감았습니다. 그렇게 미군은 즉각 유엔군이라는 이름으로 한국에 파견되어, 3년 동안 전쟁을 치르고 나서도 오늘에 이르기까지 남한에 주둔 중인데, 다시 그 뒤에 또 25년이나 계속된 베트남 전쟁에도 미군은 개입합니다. 이 개입 이유도 마찬가지였습니다. 저것은 바로 공산주의 소련 제국의 세계 정복, 세계 제패 야욕이다, 따라서 이것만은 천하없어도 막아야 한다, 막아내야 한다, 이것이었습니다.

물론 오늘에 와서는 당시의 이 베트남에 대한 미군 개입이 대실패였다는 것은 미국 스스로도 역사적으로 밝혀내고 있습디다만, 그때에는 또 그때대로 그렇게 될 수밖에 없었던 미국대로의 사정은 분명히 있었습니다. 그 당시에 워싱턴 정계를 온통 휘감고 있었던 신념, 즉 베트남 전쟁은 소련의 세계 제패 계획의 일부로서 아시아에 대한 군사적·정치적 정복의 일환이며, 동남아시아에 있어서 자기 세력을 확립하려고 하는 베트남 공산주의자들의 활동도 바로 그 소련 '계획'의 일부라는 굳건한 신념이 그것이었습니다.

그 당시 미국에서 만들어 냈던 이 논지論旨에서 가장 기본적인 점은, 호찌민과 그의 동조자들은 소련의 괴뢰에 지나지 않는다, 따라서 그들에 의한 베트남 제압은 바로 소련에 의한 세계 정복의 일환이다, 라는 확신이었습니다. 당시의 워싱턴에서는, 베트남의 공산주의자들이 마르크스주의 이데올로기보다도 민족주의적 충동에 의해 움직이고 있었다는 쪽의 가능성에 대해서는 전혀 무시하는 분위기가 일반적이었다지 않습니까요.

지금에 와서는 그런 쪽의 모든 논자論者의 견해가 일치하게 거의 확실해진 것 같습니다만, 실제로 당시의 소련 지도자들은 세계 제패의 구체적인 청사진은 아직 갖고 있지는 못하였었어요. 그 당시 소련 지도자들과 호찌민 간에 혹시 그 어떤 관계가 있었다고 하더라도, 베트남을 자신의 지배하에 두려는 호찌민의 본 의도는, 모스크바의 지시와는 전혀 관계가 없었다는 것입니다. 그로부터 어언 50년이 지난 오늘에 와서는, 그 당시 소련의 동남아시아 공산주의자들과의 연결은 마악 시작된 참이어서 사실은 보잘 것이 없었다는 것을 뒤늦게 제대로 확인하고들 있는 것 같습니다만, 실은 호찌민은, 우선은 민족주의자였습니다. 그가 하는 말에 더러는 공산주의 언설 비슷한 것이 전혀 없지는 않았지만, 만일 미국 쪽에서 호찌민의 그 정체를 좀 더 상세히 알고, 그런 쪽으로 신경을 써서 대응했더라면, 그는 공산권과 미국에 대해서도 그 어느 쪽에도 치우치지 않은 관계를 유지할 수도 있었을 것이라고 보는 견해마저도 지금은 없지 않습디다. 실제로 그 당시에도 미국의 그런 쪽의 전문가 몇 사람은 그 점을 누누이 거론하고 강조하기도 했던 모양이지만, 이미 미국 정계 내의 분위기는 그런 언설에 귀 기울이는 사람은 별로 없었고, 따라서 미국 안의 그런 쪽의 대세까지 바꿀 형편은 못 되어 있었어요.

요컨대 이러한 일련의 사태의 그 배경은, 바로 중국 내전에서 중국 공산당이 승리한 직후부터였다는 사실을 간과할 수가 없습니다. 중국의 정황이 저렇게 급격하게 돌아간 데 대해 미국의 몇몇 상원의원이나 활동가들은 당시의 트루먼 정권에 대해 격렬한 비난을 퍼부어대기도 했습니다. 그들은 당시의 미국 민주당 정권, 특히 국무장관 딘 애치슨이라는 자가, 그 당시 미국 내 해당 기관 관료들 속의 공산주의 동조자들에게 좌지우지 당한 그 결과가 바로 이것이다, 저 중국을 통째로 공산주의자들에게 내준 것이다, 라고까지 마구잡이로 주장하기에 이릅니다. 이런 공격은 끝내 당시의 미국 정계에 '매카시즘'이라고 하는 대대적인 반공 히스테리까지 야기합니다.

미국이라는 나라가 창졸간에 이 지경에까지 이르게 된 그 더 더 깊은 배후에는, 바로 제2차 세계대전 직후의 상황이 또 자리해 있었습니다. 그것은 무엇이었느냐. 거기에는 미국 역사에서, 특히 정치에서 이제까지 한 번도 겪어 본 바 없는 매우매우 생소하고도 어려운 국제 정치 상황이 가로놓여 있었다는 겁니다. 즉, 제2차 세계대전이 마악 끝났을 때에는, 근대 세계의 가장 강대국들이라고 일컬어져 오던 여러 나라 가운데서, 두 나라를 빼고는 하나같이 거개가 2류의 군사 국가로 전락해 있었다는 것이 엄연한 사실이었으니까요. 패전국 독일은 말할 것도 없고, 영국·프랑스·오스트리아(이 나라는 이미 제1차 세계대전 뒤부터 그랬습지요만)·이탈리아 등등 죄다 별 볼일 없는 나라로 떨어져 있었고, 오직 두 나라, 미국과 소련만이 강대국으로 군림을 하게 되는 것이지요. 게다가 이 두 나라 어간에도 이때까지는 다른 큰 나라들이 끼여 있어서, 정작 두 나라는 지리적으로 붙어 있지를 않고 멀리 떨어져 있어 피차에 신경은 그닥 쓰이지 않았던 것입니다. 한데 제2차 세계대전이 끝나면서 두 나라 간의 이 거리가 일거에 줄어들고 없어지게 되는 겁니다. 실제로 이 두 나라의 군사력은 유럽 중앙부와 극동의 태평양 북부에서 일약 서로 맞붙게 됩니다. 그러니까 이 두 나라 간의 정치적 체제 차이에서 응당 생겨날 정치적 충격을 완화해 줄 만한, 혹은 막아줄 만한 것은 이제는 아무 것도 없게 된 것이지요.

더구나 이에 덧붙여, 그렇게 몇 년 지나다 보니 어느새 핵무기라는 것이 두 나라의 무기고에 들어차기에 이르렀습니다. 이 핵무기로 말한다면, 그 운반 수단까지 곁들여, 미국·소련이란 두 초超강대국 쌍방에 서로 상대 나라를 한순간에 완전히 작살을 내고 초토화시킬 수도 있게 되었습니다. 이렇게 미·소 양국은 어쩌다 보니까 서로 상대방의 인질로 볼모로 떨어지게 됐습니다요.

이러한 사태 진행이 미국 정치가들에게 제기한 과제는 과연 무엇이겠습니까. 당사자인 미국과 소련은 물론이고, 인류 역사상 어느 나라도 이제까지 한 번도 경험한 바가 없는 이 위험, 전대미문의 이 위험에 어떻게 대처할 것이냐 하는 문제였을밖에요.

그리고 이러한 사태가 생겨난 것은, 애당초에 제2차 세계대전이 끝났을 때, 소련 측이 미국이 행한 규모와 맞먹을 정도의 군비 축소를 행하지 않은 데에서부터 비롯된 것이었습니다. 소련은 서방 측이 확보했던 병력에 비해서 훨씬 큰 규모의 지상 병력(육군 병력)을 동유럽과 중유럽에 남겨 두었던 것이니까요. 그렇게 소련은 그때 저들이 점령했던 동유럽과 중유럽의 여러 나라에 대해 무자비하게, 그리고 잔인하게 철권鐵拳을 휘둘러, 현지의 여러 나라 사람들을 공포에 떨게 만들었습니다. 그들은 서방 측과 교섭을 하는 데 있어서도, 솔직하지가 못하고 매사에 들어 비밀주의로 일관하였고, 당장 서유럽의 직접 지배를 노리지는 않았을망정, 정치적 영향력에서나 갖가지 정치적 권위를 통하여, 가능한 한, 유럽 지역 깊숙이까지 소련의 힘이 스며들며 공산주의 이념을 퍼뜨리려고 안간힘을 다했습니다. 그리고 그것들 하나하나는, 서방 측 여러 나라 국민들 자신의 '자유'를 희생하기를 그 대가로 삼았던 것입니다. 일컬어 바로 스탈린 시대였습지요.

제2차 세계대전이 끝나고 금방 야기된 이 유럽에 있어서의 급격한 상황 변화와 중국의 공산화는, 곧장 미국 경제의 중요한 변화를 몰고 오게 됩니다. 그리고 이 변화는 그대로 미국 생활 전체의 군사화로, 더 나아가 사회 전체의 군사화로 이어지게 됩니다. 다시 말해서 새로운 무기 생산과 그 수출을 위해서, 그리고 거대한 군사조직의 유지를 위해서, 미국 경제의 대부분을 매년 할애하는 데에 차츰차츰 전 국민이 길들여지지 않을 수 없게 되는 것입니다.

그렇게 세월이 지나다 보니까, 이 습관은 어느새 알게 모르게 미국 시민들의 중독 증상으로까지 깊어지면서, 몇 백억 달러가 그쪽으로 소요되는 것도 어쩔 수 없다, 공산주의를 막아 내자면 으레 저래야 하는가 보다, 하고, 미국 시민 누구나가 그저 하루하루 무심하게 강 건너 불 보듯 하기에 이른 것입니다.

그리하여 끝내는, 미국 내의 군무軍務에 복무하여 목줄을 매단 몇 백만의 사람들을 비롯, 그 밖의 몇 백만의 사람들도, 어느새 이런 군산 복합체軍産複合體라고 일컬어지는 것에 매달려 있는 것이 예삿일이 되고 말았습니다. 노동조합이나 지역 사회는 제쳐 놓더라도, 몇 천 개의 회사도 바로 그런 분위기와 구조에 의존하지 않을 수 없게 되었습니다.

바로 이것이 오늘 보는 바와 같은 미국 경제의 가장 큰 불안 요인의 하나인 재정 적자의 주원인이 되어 있고, 2015년대로 들어선 오늘의 미국 경제의 위기로 거론되고 있는 것의 정체가 아닐 수 없습니다. 이렇게 미국 경제의 위국은 바야흐로 미국이라는 나라의 내장

內藏 안으로 파고들면서 내면화되기에 이르러 있습니다. 다시 말해서 미국은 전시가 아닌 평시임에도 거대 군사 조직을 유지하는 것, 그리고 여러 다른 나라에 막대한 양의 무기를 수출함으로써 이익을 챙기는 거대한 기성세력, 달리 말하면 '냉전'이라는 것이 그냥저냥 계속돼야 거기서 이익을 챙길 수 있는 거대한 기성세력을, 자기 품속에 끌어안게 된 것입니다. 지난 수십 년간을 미국 시민들은 그렇게 그런 식으로 버릇들인 삶, 관행慣行에만 의존해서 기대어서 살아 왔습니다. 그 오랜 관행을 정당화시켰던 것이 바로 소련이었으며 러시아인이었는데, 그런 자들이 어느 날엔가 갑자기 없어진다고 할 때는 심지어 그에 맞먹는 비슷한 새 적敵을 다시 만들어 내야 할 판국에까지 이른 것입니다.

아닌 게 아니라 그렇게 소련이라는 적국敵國이 1990년대로 들어서면서 홀연 송두리째 없어져 버리고, 공산주의 나라라던 중국도 이제 저렇게 변해 버리니까, 어찌 보면 그 대행자로 저 이라크라는 새로운 적수를 만들어 내고 다시 또 막대한 전비戰費를 쏟아 부어, 미국 군사 산업은 숨을 돌리지만, 재정 적자는 저 지경으로 늘어나, 심지어는 1930년대 이후의 최대 경제 위국이다, 뭐다, 하고 저렇게 비명까지 나오는 것이 아니겠습니까.

바로 소련 제국조차 무너지고, 초강대국으로 오직 홀로 남아 승승장구하고 있는 것 같은 미국이란 나라도, 바로 저런 지경에 와 있는 것입니다. 하지만 저 미국이라는 나라가 그 나라 본래의 민주주의라는 것만을 철저히 잘 지켜내 간다면, 저런 위국에서도 끝내는 벗어나리라고 저 최용건은 봅니다마는……. 거듭 얘기지만, 미국 본래의

'민주주의'를 잘 지켜내고 제대로 된 '자유'만, '자유'라는 것만 잘 지켜낸다면 말입니다…….

한데 아닌 게 아니라, 이게 웬일입니까.

2008년 가을에 와서 별안간에 그 미국에서는 엄청난 일이 벌어졌습니다요. 제44대 대통령 선거에서 버락 오바마라(Barack Hussein Obama)는 혼혈 흑인이 역사상 처음으로 당선되는 커다란 이변이 벌어졌습니다요. 그것도 압도적인 표 차이로요. 완전한 자유로운 선거라는 것은 이래서 바로 엄청난 것이 아니겠습니까요. 그리고 백주 대낮에 이런 일이 이렇게 버젓이 벌어진다는 점이야말로 바로 하늘이 하는 역사役事, 하늘의 뜻임을 새삼 절감하게도 됩니다요.

그 오바마라는 사람은 백인 어머니에 아프리카 대륙 속의 케냐 사람 흑인 아버지에 인도네시아 출신의 누이동생을 두고 있다니, 도대체 이게 무슨 날벼락이겠습니까. 86세인 친할머니와 역시 비슷한 나이의 친할아버지는 케냐 사람으로 지금도 그 나라에 살고 있음을 텔레비전 화면은 생생하게 보여 주고도 있습니다요.

더구나 그 미국은, 현금 뉴욕의 월가, 세계 금융의 본산지를 중심으로 돈방석에 앉은 저들끼리만 돈 내고 돈 먹기, 실물 경제하고는 천리만리로 떨어진 공중누각 같은 데서 저들 투전판에만 온 정신을 쏟아 부었던 그런 미친놈들이 저 큰 나라 경제를 온통 좌지우지해 오지 않았습니까. 그렇게 신자유주의 경제라나 뭐라나, 1980년대 영국의 대처다, 레이건이다, 지난 30년 동안 만판 홍청망청 놀아나더니, 끝내는 저 지경까지 이르러 미국 경제뿐만 아니라 전 세계 실물 경제까지 송두리째 어느 질곡 속에 처박아 와서 미국은 물론 온 세계가 아우성인 와중에 이런 일이 벌어졌으니 어찌 하늘, 하느님이 안 계신다고 할 수가 있겠습니까요. 실제로 세상 흘러가고 흘러온 진면목인즉, 저어 어느 끝머리에서는 바로 이런 수준으로 이렇게 벌어지는 것이 아니겠는지요.

물론 미국 대통령이 된 저 오바마라는 사람이 미국이 닥쳐 있는 저 위국을 잘 풀어낼 것이라는 보장은 꼭히 없습니다요. 하지만 지금 온 세계가 기대의 눈초리를 보내고 있는 것만은 틀림이 없습니다. 그야, 저렇게 오바마가 대통령이 됨으로써 미국 정치나 경제가 금방 새 국면으로 들어선다는 보장은 아직은 없습니다만, 하지만 미국이라는 저 큰 나라가 일거에 저만한 수준으로 큰 변화를 거뜬히 보여 준다는 그 자체가 새삼 놀랍지 않습니까. 바로 미국 정치의 자유가 저만한 수준임을 보여 주는 것이겠으며, 바야흐로 우리 인류 사회가 통틀어 명실상부하게 지구촌 단위로 새로운 글로벌한 한 가족 세상으로 들어섰다는 것을 약여하게 보여 주는 것이 아니겠는지요. 그리고 이것이야말로 2015년 오늘의 세계에 들어서서의 우리 인류 사회의 만사는 그 밑자락에 바로 제대로 생긴 저 '자유'라는 것이 있었겠으며, 이 일을 둘러싼 범汎우주적인 차원으로는 하늘, 하느님의 뜻이 자리해 있는 것이 아니겠는지요.

아무튼 지구촌의 나라들 변해 오는 것, 변해 가는 것이 큰 테두리로는 대강 이렇구먼요.

한데 이렇게 얘기해 놓구 보니까 저로서는 조금 찜찜하기도 합니다요. 살아생전의 공산주의자였던 저 최용건답지 않게 지나치게 미국 쪽 입장에서만 그간의 상황을 펴 보이지 않았는가 싶어져서요.

174

하지만 저 아래 세상 저렇게 변해 왔듯이, 저 최용건이 이 별에 온 지가 어언 40년이 되었은즉, 저라는 사람도 이 정도 변한 것쯤은 약과 아니겠습니까. 아무튼 현금의 저의 생각은 대강 이러하옵고, 객관적으로도 우리 지구촌이 그간에 지나온 상황을 저 나름대로 대강 이렇게 보고 있사옵니다.》

5

고당 조만식의 응답이 금방 이어졌다.

《지금의 그대니까 다시 한 번 이 자리서 솔직히 털어놓지만, 해방 직후 그 무렵 북한에서 내가 겪었던 그 하루하루는, 마치 큰 무쇠 자물쇠 몇 개가 내 몸에 잠겨 있는 것 같았습니다요. 그리고 그 자물쇠를 푸는 열쇠는 바로 소련군 사령부가 갖고 있었구요. 파쇼 군국 일본의 사슬에서 이 나라가 해방되었다고 하지만, 그때 마악 진주해 왔던 소련군을 얼마 동안 직접 겪어 본 나로서는, 솔직하게 말해서 그 소련이라는 나라는 지난 세월에 겪었던 일본보다 몇 배, 아니, 몇십 배 더 혹독하고 끔찍하게 야만적이고 무지막지했소이다. 지금 그대에게 이렇게까지 말하는 것, 부디 양해하소서. 실제로 조금 전의 그대 언설까지 길게 듣고 본즉, 나도 아예 솔직히 이 정도 수준으로 털어놓고 싶소이다. 어찌 저뿐이겠습니까. 그 당시에 북한에서 갓 진주해 온 소련군의 행태를 겪어 본 제대로 생긴 조선 사람이면, 죄다 틀림없이 지금의 저와 똑같은 생각이었을 것이올시다. 그렇게 그 당시에 제대로 정신 박힌 평양 사람으로서 형편이 여차여차했던 사람들이면, 앞으로 이 세상은 글렀다, 뻐언하다, 제대로 사람 살 고장이 못 된다, 하고, 너도나도 죄다 남으로들 내뺄 것입니다요. 그렇게 이윤영 목사도 남으로 내빼기 직전에 연금 상태로 갇혀 있던 나에게 마지막 이별을 고하려고 들렀을 때도, 나 조만식은 누가 듣건 말건 눈치 볼 것 없이, 나 조만식답게, 당당하게, 그이더러, 남쪽으로 나가거든, 내가 생각하기에 그 당시 가장 애국자로 보였던 이승만 박사를 만나 그를 도와 나랏일을 도모하라, 고 하여, 그때의 그대로 하여금 그렇게까지 역정을 내게도 했었소이다만, 그때의 나로서는, 설령 스탈린 본인이 앞자리에 마주 앉아 있더라도, 서슴지 않고 이렇게 털어놓았을 것이올시다. 나 조만식이 바로 이런 사람임은 최용건 그대도 익히 알 것이 아닙니까. 어쩌다 보니까 지금 우리 두 사람 사이에서도 이런 이야기까지 서슴없이 나오게 됐소이다만, 기왕에 이렇게 된 바엔, 당장 나 조만식으로서 그대에게 몇 가지 묻고 싶은 것이 있소이다. 그 첫째는, 이동화李東華라는 사람을 기억하겠습니까?》

이 물음에 대한 최용건의 응답도 즉각 이어졌다.

《암요. 기억하다마다요. 해방 직후 그때 1946년에 서울서 평양으로 왔다가 그대로 눌러앉아 처음에는 고당 선생의 그『평양민보』의 주필로 취임, 뒤에 1946년 5월 1일자로 그 신문이 『민주조선』으로 바뀌면서 그대로 주필 자리에 눌러앉았으나, 그 두어 달 뒤에 그 자리서 해임되었던 자 아닙니까. 동경제국대학 법문학부를 나왔다는……. 한때 공산주의자였다던, 한데 갑자기 그자 이야기는 왜 꺼내시는지요?》

《그대께서 그 사람에 대해 그 정도로 아신다니까, 그 뒤의 일도 간단히 말하리다. 그 이동화는 그렇게 해방 뒤의 김일성을 꼭 두 차례 만났던 모양이온데, 그때 직접 만났던 인상을, 특히 눈이 잔인하고 포악하게 생겨 있어 내심 놀랐다고 운운하면서, 소련의 굴레에 묶여 있던 북한 정치의 대표적인 병폐 몇 가지도 다음과 같이 꼽습디다.

첫째는 지나친 '계급주의'였습니다. 그야 물론 어디서건 대대적인 사회 개혁이 단행되는 초기에, 절대다수의 민중의 이익을 위해 소수의 낡은 특권자들의 이익이 희생되는 것은 불가피하다고는 하겠지만, 그런 때에도 문제는 그 수준과 정도에 달려 있을 것입니다. 희생은 최소한도로 그쳐야 하며, 또 그 기한도 일정한 과도기에만 엄히 국한되어야 했을 것입니다. 그럼에도 불구하고 저들의 그 '계급주의'는 너무 지나치다 못해 '계급투쟁', '투쟁', '투쟁' 일변도로만 날로 날로 더 더 심해져 가기만 하여서, 그 사람 사는 동네를 온통 살벌한 판으로, 공포의 도가니로 만들어 버렸습니다. 게다가 더 나아가, 저들의 사사로운 분파적 이익을 위해서 그 '계급주의', '계급투쟁'이라는 것만을 오직 금과옥조金科玉條로 거의 악마적으로 남용하기에 이릅니다. 그렇게 오로지 혁명 혁명 사회혁명만을 부르짖으면서 여북하면 '사람 미워하는 법부터 배워야 한다'가 새 사회 건설의 제1조로 등장하기에 이르렀겠습니까요. 이른바 '당성'이니, '출신', '성분'이니 들먹거리며, 그저 평상의 나날을 별 탈 없이 느적는적 살아가던 많은 양민들, 특히 동네 유지有志급 인사들부터 차례차례 내쫓고 숙청하는 명분으로 이용을 했습니다.

둘째가 바로 편협한 '분파주의'였습니다. 이 부분은 그 이동화의 다음과 같은 언설을 그대로 인용해 보지요.

"해방 직후부터 북한에서는 소련파와 남로당계를 중심으로 하는 국내파와 중국 쪽의 연안파 등 3개 파가 연립해서 출발하고 있었으며, 이들 3개 파의 관계도 미묘하고 복잡하였다. 비록 그들 사이의 싸움이 대번에 표면화하지는 않았지만, 이면에서의 그들의 싸움은 치열한 바가 없지 않았다. 처음에 무정武亭 중심의 연안파는 김일성을 추대하고 있던 소련파와 박헌영 중심의 국내파를 싸움 붙임으로써 어부지리를 취하려 하였지만, 금방 그들 자신부터 권력 중심에서 쫓겨났으며, 그 뒤에는 소련파와 국내파 사이의 싸움이 계속되고 있었다. 이러한 권력 투쟁 과정에서 국내파 출신의 많은 일꾼들이 축출 또는 강등을 당하였다. 이 경우에도 권력의 중추를 장악하고 있던 소련파가 그들의 분파적 이익을 당 및 국가적 이익과 동일시하려고 하였음은 물론이다."

셋째가 '관료주의'였습니다. 실제로 나 조만식이 보기에도, 해방 직후 북한의 '관료주의'는 일제 식민지 치하의 '관료주의'를 훨씬 능가했습니다. 특히 해방되자마자 눈치껏 금방 공산당에 입당해서 그쪽에 들러붙은 저질 공산당 관료들의 하루하루 행태는 차마 눈 뜨고는 볼 수 없는, 그야말로 목불인견이었소이다. 양민들은 물론이고 일반 백성들까지도 아연실색, 어찌 저 지경일 수가 있을까 하고 하나같이 치를 떨었소이다.

그리고 마지막 넷째가, 특정 개인에 대한 '우상 숭배'였습니다. 그 이동화의 증언이 아니더라도, 북한에서는 해방 직후부터 스탈린과 김일성에 대한 '우상 숭배'가 계획적 조직적으로 고취되고 장려되었는데, 그 정경은 진짜로 품위라곤 없이 천박하고 꼴사나웠습니다. 스탈린이라는 자의 초상은 마치 3류 곡마단 단장의 모습으로 추물스럽기까지 했소이다.

이렇게 그 이동화라는 사람이 자신의 직접 경험으로써 공산주의 체제 일반, 그리고 그러한 체제의 현실을 북한 체제 속에서 당장 그 뿌리까지 보아 냈을 때, 그이는 공산주의와 소련에 대해 자신이 이 때까지 견지했던 생각이 근본적으로 잘못된 환상이었음을 뒤늦게 뼈저리게 깨닫게 됩니다. 소련이 끝내는 민주화의 방향으로 돌아설 것이라는 판단, 모택동의 신민주주의도 중국공산당의 민주화 가능성을 보여주고 있었다고 읽어 냈던 판단, 그리고 제2차 세계대전 중의 미국·영국과 소련의 협력이 종전 이후에도 계속될 것이라고 예견했던 낙관적인 판단, 이 모든 것이 결국은 희망적 관측이었음을 그이는 통감하기에 이릅니다. 다시 말해서 스탈린 공산 체제의 본질을 정확하게 파악하지 못했고, 제2차 세계대전이 끝난 뒤에 전개된 미·소 냉전을 예견하지 못했음을 뒤늦게 후회하게 되며, 게다가 항일 독립 투쟁 당시에 국내에서 잠시 형성됐던 좌우 협력에서 생겨났던 운명적인 인간관계에 얽혀, 얼결에 북한으로 넘어왔던 것을 못내 후회하며 6·25 와중에 잠시 북진했던 남쪽의 국방군을 따라 그이는 다시 남하, 대한민국의 품에 안기게 됩니다.

조만식 내가 지금 최용건 그대에게, 어쩌면 심히 시시콜콜해 보일 이런 국면까지 이야기해 본 것은 다름이 아니오라, 다시 한마디로 요약한다면 지금의 그대는 그 당시 박헌영을 비롯한 남로당 간부들, 또한 해방되자마자 내 옆에서 그렇게 죽어 가던 현준혁을 비롯, 함경도 쪽의 오기섭이라던가요, 그러저러한 당시의 국내와 공산주자들, 명망 있던 지식인 공산주의자들에 대해서는 어떤 견해를 갖고 있는지요? 이런 질문부터가 나 자신부터 지겹기 짝이 없소이다. 모처럼 이렇게 몇 십 년 만에 대면한 최용건 그대에게 고작 이런 소리나 해서 미안한 마음도 없지는 않사오나, 원체 그대가 하시는 언설이 놀라워, 나도 기왕이면 이런 말까지 해 보는 것이니까 깊이 양해하소서.》

잠시 조용하였다. 하지만 조만식의 이런 소리를 듣는 그쪽, 최용건의 사뭇 맥 빠져 하는 분위기는 금방 손에 잡히듯이 느껴져 왔다. 그렇게 우선 긴 한숨소리부터 이어지더니 한참 만에 나지막한 목소리가 이어졌다.

《결국 끝내는 고당 선생께서도 그 말씀이 나오시는군요. 그 점에 대한 저의 결론부터 미리 말씀드리자면 우선 짜증부터 납니다만, 상대가 다른 분이 아닌 고당 선생인 만큼, 일단 그에 대한 즉답은 피하고, 저대로 거꾸로 한번 접근해 볼랍니다.

조금 전에 선생께서는 항일 유격전 당시의 우리 김일성 수령의 미덕 몇 가지를 거론하셨사온데, 제가 보기에, 그중, 가장 중요했던 미덕 한 가지는 빠져 있소이다. 그 점은 무엇이냐.

앞에서 보았듯이 1938년 11월에 현지 일본 군경에 대한 김일성의 투항을 권고하러 왔던 왕년의 상관 이종락을 그렇게 처형, 살해한 뒤, 김일성 부대는 1939년 3월까지 장백현으로 향하는 겨울철 눈 속의 백여 일에 걸친 '고난의 행군'에 들어섭니다. 일본군과 만주군의 추격이 줄곧 이어지는 속에서의 이 행군 때 가장 어려웠던 것은, 험한 겨울 산 속의 그 맹추위도 추위지만, 그보다 우선은 식량 부족이었다고 하더군요. 그 당시의 그 대원들 회상 속에는, 부족한 식량을 대장인 김일성이 어떻게 자신은 먹지 않고 부하에게 먹이려고 하였는지, 또 부하는 부하들대로 어떻게 대장에게 먹이려고 했는지, 소상하게 잘 그려져 있어, 이 배고픔이 참으로 가장 참기 어려웠다는 것을 약여하게 보여 주고 있습니다. 일본 비행기의 정찰이 두려워 불을 피우지도 못해 말고기를 날것으로 며칠씩 계속해서 먹었다고 되어 있습니다. 그렇게 겨우겨우 장백현에 들어와 7도구에 이르렀을 때 대원들은 세 방향으로 나뉘어, 악착같이 추격해 오는 일본 군경들을 혼란시키기도 합니다. 김일성은 오백룡의 경위련 및 기관총반과 함께 가재수佳在水 방면으로 가기로 하고, 오중흡은 7단과 함께 흑할자구 방면으로, 손장상과 김일의 8단은 무송현 동강 방면으로 나아가기로 합니다. 하지만 가재수 방면으로 간다면 직접 남쪽으로 내려가는 것이 좋지만, 그 뒤의 가는 길은 장백현 안을 동으로 갔다, 서로 갔다, 오락가락하는 방향이었습니다. 이미 안주할 수 있는 곳은 어디에도 없었지요. 동쪽으로 돌아서 가재수에 이르렀으며, 그곳을 지나 압록강변의 13도구를 공격하고 간삼봉을 거쳐 북상北上해서 다시 비잉 돌아 남쪽으로 갔다가 서쪽으로 다시 방향을 틀어야 했습니다. 그 겨울 동안 내내 그렇게 어느 한 곳에도 머물지를 못하고 장백현을 왔다리 갔다리 돌아다니며 작전을 해야 했습니다. 이런 어려운 행군 끝에 1939년 3월에야 마침내 7도구에서 멀지 않은 북대정자에 진을 칩니다. 이리하여 뒤따르던 일경들을 완전히 뿌리칩니다. 이때 이 고난의 행군은 지휘관 김일성과 대원들 간에 강한 결속을 만들어 냅니다. 그때 김일성과 행동을 같이 한 경위련과 기관총반에는 고참

대원은 얼마 없고, 주로 17, 8세밖에 안 된 어린 대원들이었다고 합니다.

제2군에 소년련聯이 정식으로 만들어진 것은 1937년이었다고 하더군요. 본시 만주에서의 항일 무장 투쟁은 초기에는 온 마을이 몽땅 참여한 해방구 전체의 투쟁이었으며, 거기서는 아이들도 부모나 형제자매에 이어 아동단에 참가하여 활동을 했다고 합니다. 그러한 아동단 가운데서 부모의 허락을 받아 유격대에 참가한 소년도 적지 않았다고 합니다. 1936년에 장백현 심곡沈谷 마을의 아동단에서 17세로 입대한 이두익과 다음 해에 15세로 입대한 조명선, 장백현 평강덕 마을의 아동단 단장이었던 김익현 등이 그런 소년들이었지요. 하지만 소년련의 중심이 된 것은, 일본 군경의 소위 삼광三光 작전이라는 것에 의해 온 마을이 불타고 해방구가 송두리째 파괴되면서 일본군에게 부모가 살해되어 생으로 고아가 된 아이들이었다고 하더군요. 그런 소년 소녀들은 유격대 외에는 살아갈 곳이 없었습니다. 바로 이오선이라는 아이도 그런 경우였습니다. 그 아이의 아버지는 차창자車廠子라는 근거지에서 굶어 죽습니다. 그렇게 아버지가 죽은 뒤 누이동생을 데리고 내두산에서 활동 중이던 누나를 의지하려고 갔으나 가던 길에 부상당한 누나를 만나 누이동생을 그 누나에게 맡기고, 내두산으로 가서 열두 살에 유격대원이 됩니다. 그리고 그 뒤에 누나와 누이동생 다 굶어 죽습니다. 이런 소년들에게 특별히 세심하게 신경을 쓰며 보호하고 교육을 한 것이 김일성이어서, 그들에게 대장 김일성은 아버지 대신이었습니다요. 그런 사람 중의 한 사람은 뒤에 다음과 같이 쓰고 있습디다.

"나어린 우리들의 굳은 절의에 감동된 유격대원들은 저마다 우리를 붙안고 놓지 않았다. 나는 그들의 미더운 가슴에 안겼을 때 지나온 고통이 일시에 날아나 버리는 것 같았다. '여기가 나의 집이다. 인제 나도 무장을 들고 원쑤와 싸울 수 있게 됐다!'"라고요.

바로 이 어린 소년들은 그 '고난의 행군' 속에서 김일성과 깊은 유대를 맺으며 그 부대의 핵심을 이룹니다.

1939년 8월에는 그 김일성 부대에 일본군이 파견한 여성 스파이 하나가 들어옵니다. 그녀는 유격대 대장이 된 남편을 만난다는 핑계로 입산을 합니다. 안도현 화랍자花拉子 부근에서 김일성 부대 주력 150명과 합류, 김일성으로부터 4일간에 걸쳐 조사를 받은 뒤, 허락을 받아 거의 1년 가까이 함께 지냅니다. 그러다가 그녀는 1940년 6월에 하산, 일경 당국에 출두하여 다음과 같이 자신이 본 대로 진술을 합니다.

"제2방면군에는 김일성의 주력 부대 외에 제7단, 제8단, 제9단이 있으며 제7단 단장은 오중흡이었으나, 1939년 11월 그가 전사한 뒤로는 오백룡이 대신하고 있다. 부대는 조선인만의 부대가 아니라 조중 혼성군이었다"라고요.

대원들의 대체적인 분위기나 정황도 다음과 같이 밝혀 줍니다.

"간부는 물론이고 대원의 대부분은 소위 간도 공산당 이래의 혁명 투사였기 때문에 부대 내에서 민족적 차별이 없으며, 선만인鮮滿人 대원은 마치 일심동체와 같이 단결하여 혁명 공작의 성공을 기원하고 있었으나 이번 토벌이 개시된 이래 일반적으로 동요하는 경향이 있다. 선인 대원들은 아직도 비교적 단결해 있지만, 만주인 대원들은 토벌 작전을 두려워하여 흔들리는 기색이 다분히 있다.”

뿐만 아니라 전체적인 사상 동향도 다음과 같이 기술하고 있습니다.

“일반 대원 중, 혁명운동 투쟁의 오랜 경험자는…… 소비에트 국가를 치켜세우고 있지만, 대부분은 민족주의 사상에서 나온 구국, 조국 광복을 몽상하면서 항일운동에 광분하고 있는 자들이다. 간부는 누구나 다 처음에는 민족운동으로 항일을 표방하였지만, …… 결국에는 공산주의자가 제창하는 반제주의와 민족주의자가 제창하는 반일 사상이 혼연 소통한 결과 자연히 공산주의에 공명하기에 이르러 현재는 지극히 농후한 민족적 공산주의 사상을 품게 되었다”라고요.

이 여성 지순옥의 진술은 보는 바와 같이 이로정연理路整然합니다. 어쩌면 김일성 쪽에서 미리 그 여성이 이중간첩이라는 것을 알고 거꾸로 활용했을 가능성이 큽니다. 그렇게 그 여성, 지순옥더러 산 아래로 돌아가거든, 일본 군경에게 이렇게 이렇게 말하라고 하며 돌려보냈을 공산도 컸을 것입니다. 실제로 돌아온 그녀를 조사했던 일본 군경의 고위 전문 담당자들부터가 그런 결론을 내렸었다고 하더군요.

자, 어떻습니까. 조금 전에 고당께서는 이동화라는 자가 보고 겪었다는 초기 북한 체제에 대해 말씀을 하셨는데, 그자가 두 번 만났던 우리 김일성 수령의 두 눈이 그렇게 포악하고 잔인했다는 소리도 저로서는 이렇게도 받아들여집니다. 한때 저 만주 들판에서 저런 지경의 고난과 풍상을 겪고 나서, 그이의 두 눈인들, 그렇게 안 될 수가 있었겠는가, 라고요. 아니, 그런 것은 둘째치고, 제가 지금 고당께 아무쪼록 드리고 싶은 말씀은, 그렇게 그 무렵 매일매일 애오라지 죽기 아니면 살기로 험한 전투의 현장에서만 있었던 저들 김일성 부대 대원들의 눈에, 국내에서 소위 공산주의 혁명운동을 했다는 자들, 소위 이론가들, 머릿속에 뭐 좀 들었다는, 스스로 잘났다고 자처하며 얼쩡대던 자들이, 싸잡아 어떻게 보였겠습니까요. 박헌영이라고요? 경기중학 나오고 한때는 동아일보의 영업부에 있다가, 혁명운동을 한답시고 광주 근처의 어느 벽돌 공장에 가명으로 은신했었다고요? 그러고 나서, 해방 직후에는 남조선에서 공산당을 만들어 그 우두머리가 돼서는, 그 뭣이냐, '8월 테제'라고요? 명륜동의 어느 부호 집에 들어앉아서 그런 문건文件 하나를 써서 앞으로의 조선 혁명 투쟁 방향을 총괄적으로 제시하려고 했다고요? 웃기는 소리 하질 말아요. 그것 다아 뭣 하는 짓들이었느냐, 머리에 뭣 좀 들었다는 저 잘난 맛에 사는 자들의 행태지, 다른 게 뭐냐, 사실은 그자들은 죄다 권력 지향의 출세주의자요, 파벌을 일삼는 똘마니들이요, 크고 작은 어떤 조직 속에서나 처음부터 주도권 장악에만 혈안이 되어 있는 말썽꾼들이었다는 말입니다. 연희전문을, 혹은 동경제국대학을, 혹은 경성제국대학의 법문학부를 우수한 성적으로 나왔다고요? 그것들이 우리들 눈에는, 저 북국의 얼어붙은 동토에서 하루하루 동료들이 곁에서 수없이 죽어 나가는 것을 지켜보며 일제와의 저 고난의 전투 현장에 줄곧 있었던 우리들 눈에는, 죄다 통틀어 어떻게 보였겠습니까요. 그 중에서도 저 최용건으로 말하자면 특히 그 점에 들어서는 유난했을 정도로 까다롭고 엄격했소이다. 제가 그 옛날부터 그토록 고당 선생을 남모르게 혼자 흠모했던 것도, 바로 그 점이었소이다. 조선조 말, 나라가 통째로 기울어지던 그 당대부터 얼마나 수다한 언설들이 쏟아져 나오고 제제다사濟濟多士들이 온 나라에 널려졌었습니까. 그렇게 저저끔 내로라하고 떠들어 대던 수백, 수천의 인사들 가운데서, 도산 안창호나 천도교 제2대 교주로 처형당했던 최시형崔時亨, 그리고 신채호와 함께 오직 고당 선생님만은 그렇게 곧고 맑고, 이타행利他行으로만 철두철미하셨다고, 저는 늘 우러러보았습니다. 바로 그리하여 저는, 일찍부터 어중이떠중이 날건달들이거나 되잖은 것들에게는 아예 마음의 문을 닫아걸고 있었사와, 원체 주위에서들은 어떤 자리에서나 주로 듣는 축이고 함구緘口하는 자로 알려지기도 했었소이다. 본시 그러하던 이 내가 지금 모처럼 고당 선생께는 이렇게 수다스러워지는 것이 대체 무슨 조홧속인지 저 자신부터 해괴하게도 생각되옵니다. 하지만 사람 사는 이 세상이라는 게, 꼭히 저의 이런 기준만이 전폭적으로 통하는 것은 아닐 것이오이다. 바로 그러하여서, 우리 공화국 창건 초기에는 그들도 그들대로 일단은 대접을 하여 드렸드랬지요. 그렇게 박헌영만 해도 부수상에 외상이라는 막강한 자리에까지 올라 있지 않았습니까. 한데 뒤에는…… 그 남로당 패거리들이라는 자들이 작당해서 우리 공화국 권력을 뒤집어엎고 저들이 올라설 꿍꿍이짓을 벌인다구요! 저 최용건도 그때에는 저들 재판의 재판장이 됐었습니다만, 박헌영을 비롯한 저들 피고들에게 저는 당당하게 가차 없이 극형 판결을 선고, 그대로 처형을 했었습니다. 그 점, 지금에 와서도 스스로 한 치 틈인들 이견異見이 없습니다.

허나, 고당 선생님, 그로부터도 어언 60여 년이지만 지금에 와서는, 그때의 그 일을 추호나마 후회는 안 하지만, 다만 저 북한 쪽의 정황 돌아가는 것이 못내 가슴 아프기는 합니다. 어쩌다가 저 북한의 정치라는 것이 저 지경까지 이르렀는가, 하는 점 말입니다. 하여, 현금의 저 나름대로는 이런 생각은 듭니다요.

옛날 1948년 그때, 끝내는 남북이 따로따로 단독정부가 설 때도, 우리 북쪽은 그렇게 소련의 후견으로 유격대장 출신의 김일성을 수령으로 하여 새 공화국 정부가 처음 발족하였듯이, 남쪽에서는 미국의 후견 밑에 미국 대학에서 철학박사를 따내며, 주로 미국 등을 상대로 외교 활동으로 독립운동이라는 것을 했던 이승만이라는 사람이 초대 대통령이 되질 않습니까. 그때 첫 구성되는 남북 내각의 면면을 비교해 보더라도 어떻습니까. 주로 남쪽을 보면, 미국 철학박사 이승만을 비롯, 거개가 미국·영국·독일·프랑스·일본 등지에서 대학을 나온 자들이 태반입니다. 특히 그 당대에도 남북을 통틀어 당시의 세계 대세 돌아가는 것에 가장 통달해 있던 사람이 바로 다른 사람 아닌 이승만 박사였습니다. 그렇게 남쪽은 그 뒤 우여곡절을 겪으며 그 이승만이라는 사람은 권좌에서 쫓겨나 하와이로 망명을 하지만, 아무튼 그의 휘하에서 컸던 사람들, 장군들이 줄줄이 그 뒤를 잇대어 권좌에 들어, 미국이라는 큰 나라를 등에 업고, 나라 문을 활짝 열어 장사를 해서, 온 나라를 융성 발전시키는 데 하나같이 주력을 합니다. 그러는 사이에 우리 북쪽은 반대로 나라 문을 꽁꽁 처닫고, 오직 '유일사상'만을 신주단지 모시듯 하며 '주체의 길', '혁명의 길'로만 매진해 오질 않았습니까요.

그렇게 세월이 지나다 보니, 아시아 여러 나라들 속에서 대외 무역 면에서도 가장 후진국이 우리 북한이 되어 버렸습니다요. 어쩌다가 보니까, 미국이라는 나라가 주도해 가는 저 지구촌 세상은 저렇게도 엄청 달라져 가는데, 우리 북한만은 백년하청으로 전혀 달라질 줄 모르는 나라가 되어 버렸습니다요. 아아, 이걸 어쩝니까요. 어쩌면 좋습니까요.》

잇대어, 고당 조만식의 나지막한 목소리가 곧장 이어졌다.

《지금 그대 얘기를 듣자 하니, 조금 헷갈리누만. 현금 세상 돌아가는 것은 그렇게도 소상하게 잘 알면서도, 현 북한 이야기로만 들어서면, 자네조차 아직도 구태舊態 그대로의 생각에서 전혀 변하지를 못하는 것 같은데, 그대의 그 입장이 어느 면, 이해도 될 것 같긴 하지만…….》

《그러실 터이지요. 그 점은 저도 압니다. 하지만 저의 이 입장도 고당 선생이시니까 그렇게 넉넉한 품으로 안아 주시는군요.》

《아니, 그대는 내가 지금 그대의 그 이야기를 넉넉한 품으로 안아 들이는 것이라고 고맙게 여기고 있지만, 나는 나대로, 그대가 그렇게 현 북쪽의 기준에서 끝까지 그러하듯이, 끝내는 나도 일단은 현 남쪽 기준으루다 한번 지나온 일들을 되돌아보려는 것이야. 지금 우리 두 사람 앞에 가로놓여 있는 이 어려운 문제의 그 어떤 해결책도, 이렇게 그대와 내가 지금 제각기 그려 내는 그 두 그림을 비교해 보는 데서, 일단은 머언 윤곽으로나마 떠오를 그림이 있지 않을까 하는 생각에서이네. 알겠는가. 그대는 조금 전에, "아아, 어쩝니까. 어쩌면 좋습니까" 하고 깊이 한숨을 내쉬었는데, 그에 대한 마땅한 '즉답'은 지금 당장에는 없어. 없을 것이야. 그렇게 조급하게 물어서 될 일이 애당초에 아니지 않는가. 그러니 이제부터 내가 하는 이야길 우선 곰곰이 잘 들어 보시게나.

그대도 아시다시피 남쪽에서는 그렇게 1960년에 학생들이 들고 일어난 4·19의거를 통해 이승만 박사가 권좌에서 물러나고, 그 뒤로 그때까지 외무장관이었던 허정이라는 사람이 대통령 권한대행에 취임, 과도 정부가 출범하네. 그렇게 허정 과도 정부는 불과 3개월 만에 새 헌법을 제정하고, 7월 29일에 제5대 국회의원 선거를 치르네. 그렇게 그해 8월 23일에 장면이란 사람이 총리로 뽑히면서 이 나라 역사상 처음으로 '내각 책임제'라는 것이 발족을 하네만, 그 내각은 고작 9개월 만에 5·16 군사 정변으로 무너지고 말지. 이 일련의 움직임은 자네도 익히 잘 알 것이야.

한데 이제부터 내 이야기를 잘 들어 보라구. 그때 그렇게 '부패 무능한 정권'으로 낙인이 찍히면서 역사 속에서 사라졌던 그 '내각 책임제' 장면 정권이, 그로부터 50년이 지난 작금에 와서는 전혀 다른 각도로도 돌아 보인다는 말이야. 1990년대 초반까지만 해도 그렇게 당시 민주당 장면 정부의 '내각 책임제'는 완전히 실패한 정권으로 평가가 끝나 있었는데, 그 바로 2, 3년 뒤인 1990년대 중반에 이르러서는, 이 어인 일인가, 그 옛날 그 제2공화국, 장면 정권에서 추진하려고 했던 각종 정책이나, 4·19 이후의 난장판 정국政局이며 혼란을 극했던 당시의 사회, 문화 움직임 등에 대한 새로운 조명이 나타나기 시작하기에 이릅니다요. 다시 말해서 당시의 민주당 내각은 우유부단하고 과단성 없으며 파벌 투쟁에만 골몰했던 부패 무능한 정권이 아니라, 4·19의거를 통해 분출되었던 국민의 진정한 요구가 무엇인지를 나름대로 제대로 파악하고, 그에 부응하기 위해 혼신으로

시의성時宜性 있는 정책들을 입안하고 실천했다는 사실을 뒤늦게 확인을 하게 된다, 그것이오. 실제로 그 당시에 그 민주당 내각에서는, 민주주의 원리에 따라 사회 각 계층의 의견과 여론을 수렴하고, 이를 바탕으로 각 분야 전문가들의 토론과 합의를 통해 정책들을 입안하였으며, 그 입안된 정책에 대해서도 공청회 등을 통해 사회적 비판과 검토 과정을 속속들이 거치곤 했거든요. 이렇듯 하나하나의 정책 결정에서부터 민주적이고 합리적인 절차를 존중했을 뿐만 아니라, 그 장면 정권 당국도, 사회 각층의 격렬한 요구의 분출을 민주화를 위한 필연적인 과정으로 인식하면서, '과단성 있는 무력 진압'을 택하지 않고, 민주적 질서 수립의 과정으로 좋은 쪽으로만 받아들이며, 아무쪼록 은인자중하는 태도로 일관했는데, 새로 들어선 박정희 군사정부는 이것을 두고 무능하고 우유부단한 정부로 간단히 평가절하 시켰던 것이었다아, 이것이에요. 게다가 바로 이런 군사정부 분위기 밑에서 몇몇 잘난 지식인들이라는 자들마저 눈치껏 덩달아 나서서 무정부 상태였다, 뭐다, 뭐다, 하고 나라가 송두리째 백척간두에 서기라도 했던 듯이 온통 자발을 떨며 개탄도 하였지만, 그건 모조리 새로 들어선 군부 권력에 대한 몇몇 아첨배들 소행에 불과했고, 정작 항간에 사는 일반 국민 대다수는 바로 그 장면 정부가 무능하고 우유부단했던 덕에 매일매일 만판 자유를 만끽했던 것이올시다.

이렇듯 4·19 직후의 남쪽 사회 혼란과, 그 9개월간의 제2공화국 시기의 사분오열된 정치권 파벌과 갖가지 행태들이야말로, 바로 민주주의 사회에서의 다양한 이해 집단의 자유로운 의사 표현이었다는 사실을 제대로 깨닫기까지는, 실로 30년 이상의 세월이 소요되었던 것이었어요. 그렁이까 그 30여 년 어간에 줄곧 민주당 정부에 가해졌던 '무능과 우유부단함'이라던 낙인은, 그렇게 폭력으로 무지막지하게 나라 권력을 차지했던 박정희 군사정부가 저들의 정당성을 내세우기 위한 명분이었던 것이지, 사실은 그 민주당 정부야말로 하루하루 평상을 살아가던 일반 국민들 입장에서는 모든 개개인의 자유와 개성이 마음껏 발양될 수 있었던 터전이 되어 주었던 것이었다는 말입니다. 바로 취약할 대로 취약한 별 볼일 없는 '내각 책임제' 정부였기에, 오히려 사회와 국민 개개인의 정치 참여의 여지도 활짝 열려 있었고요.

바로 이런 무능한 정부 덕에, 청년 학생들의 국가와 민족을 향한 헌신이며, 노동자들의 권익 신장, 국민 개개인의 자발적 각성, 국가적 당면 문제에 대한 국민 차원의 인식, 경제 발전에 대한 기대와 국민적 공감대의 형성, 이러한 것들이 알게 모르게 자연스럽게 이뤄져 갔었습니다. 그 9개월간에 그렇게 이뤄졌던 이러한 귀한 민주적 씨앗들은, 그 뒤 20여 년 동안 이어졌던 군부 정권들이 아무리 지우려고 들어도 지워지지 않은 것은 물론이고, 그 군사 정권들이 시행했던 경제개발 정책이나 제대로 된 민주적 관료제를 확립하는 데 있어, 그 9개월간의 아슬아슬한 축적蓄積은 차라리 굳건한 토대가 되어 주었던 것이에요.

다시 강조하거니와 그 옛날, 그 9개월간의 이 짧았던 민주당 정권의 '내각제'는, 그 뒤 이 나라가 발전하는 역사 속에서 결코 지워질 수는 없고 지워져서도 안 되는 소중한 경험으로 남게 되었습니다요. 그 짧다면 짧은 9개월간의 경험은, 그로부터 50년이 지난 오늘에도,

이 나라 권력이 제대로 분권화됨으로써 국민들 개개인의 개성과 꿈이 자유롭게 표현되고 있는 정황의 원점原點을 이루고 있으며, 그간에 이 나라의 민주화와 경제 발전을 동시적 과제로 인식해 오는 민족적 합의까지를 도출해 냄으로써 현재의 이 나라 삶의 '기본 틀'을 이루게 된 근거가 되었습니다.

바로 오늘의 저 남쪽 세상을 이런 식으로 되돌아보면서, 저 조만식이 일말의 감회 섞어 다시 확인하게 되는 것은, 최근에 그 남쪽 세상의 학자 하나가 기술한 다음과 같은 지적입니다.

"역사를 단기적 관점에서 보면 정권 교체의 역사는 과거를 부정하고 극복하는 역사이다. 그러나 장기적이고 거시적 관점에서 보면 정권 교체의 역사는 지난 정권의 유산과 전통을 발전적으로 계승하는 과정이었다. 권력 투쟁의 관점에서 민주당 정부는 단명한 '실패'로 끝난 내각제 실험이었다. 그러나 그 짧은 기간 동안 내각을 중심으로 국민들은 민주주의와 경제 발전이라는 근대 국민 국가의 미래 가치를 전망하고 설계했다. 산업화를 통한 경제 성장과 독재 타도를 통한 민주주의 확립이라는 밑그림은 바로 4·19혁명 기간에 이루어졌던 내각제 실험을 통해 그려졌던 것이다……."(순천향대학 국제문화학과 김기승金基承 교수)라고요.

자, 어떻습니까. 제가 지금 이런 소리를 하고 있는 것이, 대강 감이라도 잡히십니까요. 모름지기 세상이라는 것이 흘러가는 진면목은 바로 이런 것이 제 길이 아닐는지요. 세월 따라 세상 달려져 간다는 그 진면목도 그 실제 국면인즉, 이런 것일 터입니다.

바로 몇 년 전에 저 남쪽에서는 국회의원 선거라는 것을 치렀지 않습니까요. 그 결과를 보더라도, 그간에 제법 굵은 정치인으로 평가 받았던 사람들이 줄줄이 추풍낙엽으로 떨어져 나가질 않습디까요. 세상 변해 가는 진면목인즉 바로 저러합디다요. 역시 이래서 민주주의라는 것, 4년마다 치르는 진정한 자유의사에 의해 투표로 이뤄지는 민주 선거라는 것은 할 만한 것입디다요. 사람들 사는 이 세상에, 잘난 사람이라는 것이 무궁무진하게 영원토록 늘 잘나라는 법은 없지 않겠습니까요. 이때까지 잘났던 사람도 어느 순간부터 흉악해질 수도 있는 것이 바로 사람 사는 세상 아니겠습니까. 이래서 4년마다 치르는 저런 선거는, 그때그때 제대로 된 민의民意요, 바로 이 나라 산천山川의 뜻이요, 운세요, 섭리攝理이기까지 한 것입니다. 그리고 끝내는, 그 구경에는 바로 국민 한 사람 한 사람의 '자유'가 자리해 있습니다요. '자유', '자유', '자유', 그 이상의 것으로는, 무엇이 있겠습니까. 그렇습니다. 그 위로는 '하눌님', 신神이, 그리고 이 무한의 우주가 있겠습니다만, 그 영역은, 사람이 살아가는 동안 영원히 모를 대목으로 높이높이 모셔 둘밖에는 없겠고요. 우리네 사람살이에 국한局限해서는, 오직 하나, '자유'말고, 그 밖에는 권력이다, 정의다, 이성理性이다, 진보다, 발전이다, 과학이다, 뭐다, 뭐다, 뭐다, 모두가 종당에는 연기로 안개로 스러져 가는 것들이 아니겠는지요. 하긴 자유라는 것도 그렇습니다. 만판 자유를 누린다고 죄다 좋은 것은 아닐 터이지요. 그 자유도 무한정 누리다 보면, 사람 사는 최소한의 품격마저 잃게 되며, 끝내는 썩게 되고, 망하는 길로 들어설 것입니다.

그러고 보니까 끝으로 다시 그 일이 떠오르는군요. 마악 우리나라가 일제의 사슬에서 해방되었던 그 1945년 8월 중순께 말입니다. 제가 그렇게 시골서 평양으로 올라갈 때, 그 며칠 전부터 뒷머리에 종기 하나가 나서 몹시 아팠었는데, 그때도 아주아주 어렸을 때 한동네 이웃 어느 여염집 할머니에게선가, 그런 것이 나면 불운을 만나게 된다던 소리를 들었던 것 같은 게 흘낏 생각이 났었지만, 이 판국에 그런 따위 속설에 휘감기면 쓰겠느냐고, 혼자서 머리까지 설레설레 가로저었었는데, 웬일입니까요, 지금 이 판국에 와서도 그 일이 다시 흘낏 떠오르면서, 그 뒤 몇 년 동안에 내가 그곳에서 당했던 일을 다시 차근차근 돌아보면, 역시 그 소리가 그냥 속설만은 아니었나 보구나 싶기도 하구먼요.

보세요, 조금 전에 그대가 물었던 그 문제에 대한 제대로의 응답이 됐는지는 모르겠지만, 당장은 나도 이 정도로까지는 그대의 그 물음에 대한 해답인 셈으로 치겠으니, 그대께서도 곰곰 깊이 생각해 보시구려. 그러고 나서 몇 달 뒤에나 한번 다시 대면해 보세나. 그러니 오늘은 나도 이만 물러가겠소이다.》

폭우 퍼붓는 소리

6·25 남북 전쟁의 냉엄한 실체를 오늘에 돌아보다

1950년 6월 25일에 일어나 그 3년 넘어 1953년 7월 27일까지 이어졌던 우리 남북 간의 전쟁은 과연 어떻게 터졌던 전쟁이었을까. 이 점을 두고는 지난 근 60년 동안 남북 양쪽에서 제각기 별별 소리들이 다 많았는데, 지금에 와서 또 새삼 무슨 소리를 더 하려 드느냐고 지레 앞질러 지겨워하기도 할 터이지만, 그렇다고 이대로 그냥 넘어가도 과연 좋은 일일까. 도저히 그럴 수는 없다. 왜, 왜냐. 도대체 우리 남북 간의 싸움이 왜 일어났었는지는, 그로부터 근 60여 년이 지난 현금까지도 아직 완전하게 극명하게, 밝혀내지는 못했다고 보고 있기 때문이다.

전쟁 당사국의 한쪽인 한국과 미국, 그리고 다른 한쪽인 조선인민공화국과 당시 소련의, 작금에 와서야 뒤늦게 세상에 공개된 자료들 가운데 몇 가지만이라도 제대로 살펴봄으로써, 도대체 그 전쟁이 실제로 어떻게 일어났었는지, 한번 새로 들여다보자.

그 자료로 말한다면, 한쪽은 바로 미국 쪽의 국무성이 1977년 2월에 '1950년 미국의 대외 관계'라는 기밀문서 열일곱 권을 공개한 것으로, 이것은 미국의 모든 기밀문서가 25년이 지난 뒤에야 일반에게 공표된다는 원칙에 따른 것이었는데, 이 중의 제7권인 한국전쟁 관련 비밀 자료만도 무려 1,675쪽에 달하는 방대한 분량이었고, 특히 그중의 20퍼센트는 이때 처음으로 세상에 공개되며 일반에게 알려진 것이었다. 하여, 이 새 자료들은 그간의 미국의 대對한국전쟁 정책 결정 과정의 흐름이나, 그 저변에 깔려 있는 당시 미국이, 특히 정치인들이, 우리 한반도를 어떻게 보고 있었는가 하는 국면까지도 일목요연하게 보아 낼 수가 있다. 이 자료는 주로 전문電文, 서한, 보고서, 비망록, 메모 등으로 되어 있어 어떤 사견私見도 끼어들 수 없는 객관성이 일단은 확보되어 있어 보인다.

다른 한쪽, 공산 측의 자료는, 1990년대에 들어 소연방이 완전히 무너진 뒤에야 비로소 공개되기 시작한 것 중의 극히 일부인데, 미국 쪽의 자료에 비하면 극히 촌스럽고 빈약하기 짝이 없지만, 이것들도 이것들대로 새삼 자세히 훑어보니까, 이때까지 한국전쟁에 관해서 우리 모두에게 대강대강 알려졌던 것들의 어떤 부분들은 그야말로 흉악한 거짓이었음이 낱낱이 사실 점검을 통해 드러나고 있지 아니한가.

우선은 이 두 자료를 이 한자리에서 한번 비교해 보면서, 벌써 나름대로 신선한 감회부터 맛보리라는 걸 장담하겠거니와, 이에 더하여, 공산주의라는 소련 독재 체제와 자유민주주의라는 미국 자본주의 체제의 이런 분야에서의 문화적 이질성마저 새삼 확인이 될 뿐만 아니라, 소연방 사회주의 체제가 끝내는 저렇게 통째로 망할 수밖에 없었던 국면까지도 나름대로 이해할 수가 있게 될 것이다.

자, 그러면 1977년에 처음으로 공개되었다던 그 미 국무성의 비밀 자료 일부부터 날짜 순서대로 한번 들여다보기로 하자.

1

미 국무성의 비밀문서 자료들

(1977년 공개)

미 국무성 동북아시아과 직원 존 윌리엄스의 메모

1950년 2월 20일, 워싱턴, 3급 비밀

참석자: 장면 한국 대사, 일턴 버터워드 동북아 담당 국무차관보

장면 대사는, '극동에 있어서의 미국의 방위선'이란 것에 대해 언급한 내용 가운데, 특히 한국에 대한 부분을 좀 더 구체적으로 설명해 달라는 기자들 요구에 대한 애치슨 국무장관의 답변을 접하며, 장면 대사 자신부터 매우 곤혹을 느끼고 당황하고 있다고 말했다. 그는, 한국이 미국의 방위선 밖에 있다는 사실은, 미국이 한국을 포기하려 하고 있는 것은 아닌지, 심각한 의혹을 품게 한다고 말했다.

이에 대해 버터워드는, 장면 대사의 견해에 자신은 찬성할 수 없다고 했다. 그는 미국이, 한국 문제를 취급하는 데 있어 유엔에서 다른 나라와 행동을 같이 하고 있는 사실을 상기시키며, 따라서 한국의 지위는 특정 방향으로 설정된 관심을 훨씬 넘어서는 것이라고 언급했다. 이어 버터워드는, 미 하원의 행동에 관한 이승만 대통령의 성명이 온당했다고 논평, 그리고 나서 그는, 업무가 많아 한국의 현 재정 상태에 관한 장 대사의 최근 서한은 아직 읽지 못했다고 말했다.

장 대사는, 한국 인플레 추세에 대한 버터워드의 우려의 표시를 이미 한국 정부에 전달했으며, 이러한 사태에 대처하기 위한 우리 정부의 강력한 조치가 조만간 실시될 것이라고 했다. 그리고 나서 장 대사는, 기자들이 문밖에서 그의 성명을 들으려고 기다리고 있다고 말하면서, 미 하원의 우리 한국에 대한 비우호적인 자세를 국무성이 수정하도록 작용을 가하겠다는 확답을 자기가 받았다고 기자들에게 말해도 좋겠는지 물었다.

이에 대해 버터워드는, 그런 언급은 대통령과 국무장관에게 부당한 압력을 줄 것이기 때문에 피해야 한다고 힘주어 말했다. 그러면서 버터워드는, 그 문제에 관해서는 장 대사께서도 당장 저에게 우려를 표명하고는 있으나, 실은 장 대사 자신도 미국 입장을 동정적으로 이해하는 편이라고 기자들에게는 언명하는 것이, 신문도 신문대로 이해해주고, 실용적이기도 한 방법일 것이라고 제안했다.

장 대사는 방을 나서기 직전에, 자신이 이 대통령으로부터 국무장관을 방문하여, 한국에 대한 미 대통령과 국무장관의 호의를 한국 정부가 신뢰하고 있다는 사실과, 미국은 한국을 포기하지 않을 것이라는 이 대통령의 확신을 전달하라는 훈령을 받았다고 말했다.

이에 대해 버터워드는, 요즘 대단히 바쁘지만, 다음 주 초에 애치슨 국무장관과 장 대사의 면담을 한번 주선해 보겠다고 제안했다. 장 대사는 국무장관의 시간을 5분 이상 빼앗을 생각은 없다고 웃으면서 말했다.

그 뒤, 버터워드와 헤어져 기자회견을 한 장 대사는, 버터워드가 제시한 견해를 표시했으나, 거의 알아들을 수 없는 작은 목소리로 "국무성이 조만간 그 어떤 조치를 취할 것"이라고 말했다가, 금방 실수를 깨닫고는, 기자들의 주의를 이승만 대통령의 성명 쪽으로 다시 돌렸다.

2 미 국무성 한국과 직원 본드의 메모
1950년 4월 3일, 워싱턴, 3급 비밀

참석자: 딘 러스크(극동 담당 국무차관보), 장면(한국 대사), 닐스 본드

장면 대사는 오스트레일리아·뉴질랜드를 친선 방문하고, 서울로 돌아가기에 앞서 인사차 들렀다. 대사가 선거 때쯤 서울에 도착할 것이라고 말하자, 본드는 이승만 대통령이 최근에 선거를 11월로 연기한 것으로 안다고 말했다. 장 대사는 그러한 취지의 그 어떤 최종 결정도 자기는 아직 아는 바 없다고 말하고, 개인적으로는 선거 연기가 없기를 바란다고 했다.

이에 대해 러스크는, 이유야 어떻든 오래전부터 예정됐던 선거를 연기하는 것은 전횡적인 처사로 받아들여질 것이며, 대한민국이 받아들인 민주주의 원칙에도 어긋난다고 말했다. 특히 유엔 총회에서 대한민국 건국에 지지를 했던 국가들은 그것을 나쁘게 생각할 것이라고도 말했다.

장 대사도, 선거 연기가 불행한 효과를 줄 것이라는 데 동의하며, 국제 여론과 미국 여론이 그런 연기 조치에 찬성하지 않고 있다는 사실을 즉각 보고하겠다고 말했다. 또한 장 대사는, 인플레 문제에 대한 미국의 강력한 견해가 우방국으로서 우려의 표시라는 것을 잘 안다면서, 이 대통령의 주의를 이 의견에 돌리도록 최선을 다하겠다고 약속했다. 그 다음에 대사는, 일본 평화조약에 대해 질문하고 그 방면에 구체적인 진전이 있었는지를 물었다. 그는 일본 침략의 중요 희생자였던 한국에게는, 그것이 대단히 중요한 관심사라고 말했다.

이에 대해 러스크는, 실은 자기가 방금 일본 평화조약에 관한 회의에서 오는 길이라고 하며, 지금은 이 문제에 대한 견해를 정식으로 작성 중이어서 자기로서는 딱히 할 말은 없으며, 가까운 시일 안에 다른 관련 국가들과 토의하게 될 것이라고 말했다.

장 대사는 방을 나서기 전에 러스크에게, 극동에서의 미 방위선은 한국을 포함하여야 한다는 한국 정부의 희망을 거듭 전달해야겠다고 말했다. 러스크는 자기로서는 이 문제를 운운할 입장에 있지는 않다고 말하고, 그러나 장 대사께서는 신문 지면에 난 것을 너무 믿지 말고, 좀 더 신중하기를 바란다고 덧붙였다. 계속해서 러스크는, 소위 '방위선'이라는 것은 일본 점령국으로서 미국의 책임이나, 그

이전에 미국 영토였던 필리핀에 대한 미국의 특별한 관심 등, 미국이 확실한 군사적 약속을 한 서태평양 지역들을 기계적으로 열거한 데 지나지 않는다는 것을 강조했다.

장 대사도 그 문제에 대한 미국의 입장은 잘 알고 있으며, 장 대사 스스로도 그렇게 난처한 문제에 대한 공식적인 성명 같은 것은 피해 왔다고 말하고, 그러나 그는 한국 국민과 한국 정부가 미국의 '극동 방위계획'에서 명백히 제외된 데 대해서는 중요성을 부여하고 있다는 것을 국무성에 알리고 싶다고 덧붙였다.

러스크는 미국이 한국에서 과거에도 그랬고 지금도 그러하듯이, 상당한 물질적 원조와 정치적 지지를 해 오고 있는 사실에 비추어, 미국이 대한민국을 그들의 적에게 포기했다는 추론은 전혀 근거가 없는 것임을 강조했다. 그러자 장 대사는, 지금 자기는 자신의 의혹을 표시하는 것이 아니라, 불행히도 현재 한국에 널리 유포되어 있는 견해를 전달하는 것뿐이라고 말했다.

본드는, 공산주의 팽창에서 한국을 지키는 가장 유효한 방법은, 남한에 강력하고 자립적인 한국 정부를 수립하는 일이며, 미국의 한국에 대한 정책은 그런 목적을 계속 지향해 갈 것이라고 말했다.

극동 문제 관계 부처 회담에 관한 미 국무성 극동국 해클러의 메모

1950년 4월 27일, 워싱턴, 1급 비밀

무초 대사는 그간의 한국에서 미 군정의 경과와 1948년 한국인들이 자신의 정부를 수립한 뒤의 정황부터 간단히 언급했다. 지난 40년 동안 일본 지배와, 지난 3년 동안 미 군정 통치 뒤에 들어선 한국 정부는 이제 겨우 21개월밖에 되지 않았다. 1948년 한국 정부가 처음 출범할 때부터 많은 사람들이 가장 염려했던 문제는, 민주적인 정부를 가졌던 경험이 없는 한국인들이 과연 제대로 자신들의 정부를 세우고 끌어갈 능력이 있겠느냐는 것이었다. 하지만 최근 한국 국회에서의 움직임으로 보아 의원들의 책임감이 날로 커져 가고 있는 점은 우리들의 마음을 든든하게 한다고 무초 대사는 말했다. 앞으로 금방 새로 치르게 될 제2대 국회의원 선거에 대한 최근 국무총리 발표와, 이 선거를 유엔 한국위원단이 또 감시할 것까지 요구한 것은 순조로운 사태 발전이다.

또 한국군의 효과적인 훈련도 고무적인 일이라고 무초 대사는 보고했다. 한국군은 북으로부터의 침략적인 행위에 대처하고 있으며, 북한으로부터 끊임없이 침투해 들어오는 파업 선동자와 특수요원을 성공적으로 단속하고 있다고도 말했다.

무초 대사는, 한국은 경제, 군사 부문의 원조를 필요로 하고 있으며, 이들은 자신들의 정부를 이끌어 갈 의지와 능력을 충분히 갖추고 있다고 보기 때문에, 미국은 당장 새 나라를 건설 중인 한국에 부족한 것들을 도와줘야 한다고 말했다. 그는 미국이 지난 2년간 군정 기간에도 막대한 원조를 투입했으므로 앞으로는 소규모 추가 원조로도 한국은 능히 자립할 수 있겠다고 말했다.

무초 대사는, 한국은 아시아에서 미국의 관심을 나타내는 상징적 존재이며, 미국은 한국인들이 자유와 독립을 유지하도록 돕는 것이 중요하다고 말했다.

극동국局 직원 머천트의 질문에 대한 답변으로 무초 대사는, 한국에는 모호한 요인이 너무 많이 얽혀 있어 미국의 군사, 경제 원조가 얼마나 오랫동안 필요한가를 추정하기는 불가능하다고 말하고, 다만 만약 조속한 시일 안에 한국이 통일되면, 한국은 당연히 현재 수준의 수입품도 필요 없을 것이고 군사 시설도 대규모로는 필요치 않을 것이라고 했다.

무초 대사는, 많은 미국인, 특히 경제원조처(ECA)에 종사하는 미국인들이 해외 근무 경험이 없어 극동 지역 사람들이 사는 수준을 모르기 때문에 이 지역에 대한 필요량을 과대평가하고 있다고도 말했다. 특히 무초 대사는, 현금 한국인에게 가장 중요한 것은, 이 지역에 대한 미국의 관심을 늘림으로써, 정신적인 사기를 높이는 것이라고 말했다. 노동성 모모의 질문에 대한 답변에서 무초 대사는, 한국에는 미국인이 생각하는 그런 노동조합은 아직 없다고 대답했다. "남로당은 정치적 파당이지, 노동조합은 아니다"라고도 말했다.

곧이어 무초 대사는, 2백만 한국인이 북에서 남으로 내려왔으며 남에서 북으로 간 사람은 자기가 알기로는 아직은 없다고 말했다. 소련은 자기 관할하의 경찰국가에 반대하는 사람들과 단체를 북한으로부터 모조리 추방했으며, 그 결과 엄격한 경찰의 통제 밑에 불만 인사들을 제거하여, 북한은 온 사회가 오직 침묵 상태 일색이어서, 현재의 한국 정부가 북한인들에게 얼마나 인기가 있는지는 평가하기가 어렵다고 말했다. 40년간의 일본 예속 상태에서 벗어난 지금, 한국인들은 외부로부터의 더 이상의 개입에는 저항할 결심을 하고 있는 것 같다고도 말했다.

무초 대사는 앞으로 실시할 선거에서 2백 의석에 2천 명의 후보자가 입후보하여 많은 관심을 나타낸 것은 고무적이라고 했다. 많은 무소속 입후보자가 출마하고 있다는 사실도 국회가 중요한 기구로 간주되고 있는 증좌이다. 무초 대사는, 이승만 대통령은 일제 통치 45년간 한국 독립운동의 지도적 인물이었으며, 대부분 한국인들은 그를 지지하고, 그가 한국인을 위해 일하려는 순수한 의욕의 소지자임을 믿고 있다고 말했다. 지난 45년간 일본 통치하에 많은 영향력 있는 한국인들은 하와이, 미국, 만주, 상해 등으로 망명했었다. 그렇게 서로 다른 환경에서 살았던 이들이 지금에 와서 과연 함께 나랏일을 할 수 있겠느냐는 것이 큰 문제였다. 허나 지난 2년간 모든 조짐으로 보아 해외에서 돌아온 한국 지도자들부터가 서로 잘 협력하고 있다고 말했다.

무초 대사는, 모든 한국인들이 통일을 바라고 있으며, 통일의 욕망은 그들의 모든 생각 속에 녹아들어 있다고 하면서, 현재 남북 간의 유일한 공식 통로는 2주일에 한 번씩 있는 우편물 전달뿐이라고 말했다.

드럼라이트 주한 대리대사의 메모

1950년 5월 9일, 서울, 2급 비밀

제목: 코넬리 상원의원의 대對한국 발언에 대한 이승만 대통령의 코멘트

참석자: 이승만 대통령, 드럼라이트

오늘 아침 이 대통령과 대화 중, 대통령은 최근의 코넬리 상원의원의 대한국 발언을 거론했다. 대단히 신랄하고 비아냥거리는 어조로 이 대통령은, 한국에서 수천 마일이나 떨어진 곳에 있는 사람이, 저 혼자서만 잘난 척하며, 한국과 3천만 우리 국민이, 미국에 전략적으로, 그리고 그 밖에도 별로 중요성이 없다고 말하기는 엿 먹기로 쉬운 일이라고, 첫 입을 열었다. 이 대통령은, 코넬리 의원의 발언이 공산주의자에게 한국에 와서 한국을 가져가라는 공개 초청과 같은 것이라고 비아냥거렸다. 그는 상원 외교위원회 위원장 코넬리 이름까지는 거명하지 않고, 제정신 있는 사람이 어떻게 그런 불합리한 발언을 하겠는가 하고 의아해했다.

이 대통령은, 코넬리 의원의 발언이 큰 해독을 끼쳤으며, 코넬리 의원이 국무성과 밀접한 관계를 맺고 있음에 비추어, 그 발언을 미국 정책과 쉽게 분리할 수는 없다는 견해를 암시적으로 드러냈다.

드럼라이트는 이승만 대통령에게, 코넬리 발언 뒤에 있었던 국무장관의 성명을 상기시켰다. 그는 또 미국은 대한민국에 군사, 경제, 도덕적 원조를 계속하고 있다는 트루먼 대통령의 언명을 상기시키며, ECA가 금번 회계년에 1억 달러 이상을 투입하고 있고, 한국에 가장 많은 지원을 해 주고 있음을 상기시켰다.

드럼라이트는, 미국이 대한민국에 군사 원조와 자문을 계속하고 있다고 하며, 아마 터키를 제외하면 한국에 가장 큰 규모의 군사고문단을 두고 있다고도 말했다.

이 대화 도중, 이승만 대통령은 또 미국이 북한 공군의 위협에 대처할 공군 지원을 한국에 제공하지 못했다고 혹독한 말로 논평했다. 북한이 침략할 경우 미국이 한국을 도울 것이라는 이승만 대통령의 신념은, 코넬리 의원의 발언과 한국의 공군지원 요청에 대해 미국이 뚜렷한 행동을 취하지 않고 있다는 사실, 상호방위원조계획(MDAP)에 미국이 아직 적절한 군사 물자와 장비를 제공하지 않고 있는 사실 등등에 의해 조금 흔들리고 있는 것 같다.

이러한 일들은, 한국이 미 극동전략방위구역 밖에 있다는 끈질긴 언설들과 결부되어 한국 관리들과 일반 국민에게도 결정적으로 불안한 영향을 주고 있다.

미 국무성 한국과 직원 본드의 메모

1950년 5월 10일, 워싱턴, 2급 비밀

제목: 대한국 군사 원조

참석자: 무초 대사, 닐스 본드, 아더 에먼스, 렘니처 소장(육군), 머도프 대령(해군),

에드워드 중장(공군), 갤브레이드(MDA)

무초 대사는 토의 첫머리에 지금까지 대한국 경제 원조의 규모를 이야기하고, 이어서 현재 한국의 방어 상황에서 북한과의 격차를 메워 남한에 있는 미국의 이익을 보다 적절히 보호할 필요성에 대해 언급했다. 특히 현재 남북 간의 격차로서 북한의 공군 공격에 대한 아무런 방어 수단이 없고, 또한 충분한 연안 경비 시설이 없다는 사실이 지적됐다.

렘니처 장군은, 남한이 극동에서 미국의 전반적인 전략적 입장에 아무런 특별한 가치가 없는 지역으로 간주되고 있는 한, 현시점에서 한국에 대한 군사 원조 문제는 본질적으로 정치적인 문제라고 지적했으며, 이 점에 대해서는 대사도 동의했다. 렘니처 장군은, 따라서 이런 군사 원조에 사용하는 자금은 주로 국무성 소관이라고 말했다. 갤브레이드는, 국가안보회의(NSC) 지시에는 한국에 대한 공군 지원 규정이 없다는 것이 국무성 상호방위원조(MDA) 측의 의견이라고 지적했다.

무초 대사는 완전한 규모의 공군은 필요치 않으나, 남한은 사기士氣 문제로도 몇 대 정도 전투기는 보유하고 있어야 한다고 말했다.

에드워드 장군은, NSC 지시에는 연락기밖에 없으니, 한국에 전투기를 제공하려면 그 지시를 수정해야 한다고, 거듭 지적했다. 그러고는 무초 대사의 질문에 대답하여, 현재의 지시 수준을 지상군에게 보급 지원하는 'C-47' 같은 제한된 숫자의 수송기를 제공하는 문제라면 가능할 수 있겠다고 말했다.

무초 대사는, 이승만 대통령이 'F-51'과 같은 잉여 전투기가 일본의 극동 공군에 의해 그냥 썩히고 있다는 것을 알게 되면, 자기들이 처해 있는 어려운 입장을 강조하면서, 몇 대의 이런 비행기를 절실하게 필요로 하고 있는 한국인들은 심히 이해하기 곤란해 할 것이라고 말했다.

이에 대해 렘니처 장군은, 만약 국무성이 한국 공군 전투부대를 창설하려고 한다면, 국무성 자신이 정책 주도권을 명백히 해야 할 것이며, 그런 쪽으로 NSC 지시가 적절히 수정된다면 국방성도 그 계획을 지원할 수 있을 것이라는 의견을 피력했다. 그러나 그는, 이 문제는 정치적인 것이기 때문에 국방성이 그 같은 정책 수정을 해야 한다고까지는 생각하지 않는다고도 덧붙였다.

본드는 NSC 지시에 따라 미국이 지원하는 한국 지상군을 총 6만 5천 명의 수준으로 끌어올리도록 계획되어 있으며, 이와 함께 추가로 요청한 원조액 980만 달러 중 해안 경비대가 590만 달러를 차지하고 있다고 말했다. 에드워드 장군은 국무성이 정책적인 정당성을 부여하면 미 공군은 한국 공군 계획을 검토한다는 데 동의했다.

6 상호방위원조계획(MDAP) 위원장 서리 올 리가 러스크에게 보낸 메모

1950년 5월 10일, 워싱턴, 2급 비밀

제목: 한국에 대한 군사 원조 증가안案

본인은 무초 대사의 요청에 따라 렘니처 장군, 에드워드 장군 및 국방성 관리들과 가진 회의에 대해 언급하겠다.

무초 대사는 한국에 완전한 규모의 공군을 창설하는 것을 주장하지는 않았으나, 20~30대의 전투기(F-51기가 특별히 언급됐음)로 이루어질 전투부대를 공급할 것을 강력히 주장했다. 대사의 권고안을 받아들인다면, NSC의 결정을 수정하고, 그와 같은 부대를 공급, 유지하는 데 드는 비용을 획득해야 할 것이다. 대사의 권고안을 승인하기 위해 NSC 결정이 수정된다는 가정 아래 다음과 같은 의문에 대한 해답이 내려져야 한다고 본 당국은 보고 있다.

첫째, 그러한 장비를 공급하기 위해 필요한 작전 시설, 시설의 유지, 훈련을 제공하는 협정들이 채택될 수 있는가? 오늘 아침 회의에서 에드워드 장군의 평가에 따르면 이것은 의심스러운 것으로 보인다.

둘째, 전투기를 작전 가능하도록 하기 위한 훈련, 유지, 부품 및 용역에 대한 경비는 어디서 마련할 것인가? 이 문제는 1950년 회계와 앞으로의 회계에 관련된다. 1950년 회계에서 그런 자금이 조달될 수 있다 하더라도 1951년 회계 자금에는 F-51 부대를 지원하기 위해 우리 측 계획 아래 요청된 자금이 없다.

셋째, 에드워드 장군에 따르면, F-51의 부품 공급은 곧 어렵게 될 것이며 따라서 또 하나의 어려운 문제가 발생한다. 국방성은 지금도 한국에 대한 군사 원조를 군사적으로는 정당화할 수 없다고 주장하고 있기 때문이다.

결국 한국에 전투기를 추가 지원하자는 계획을 제안하는 데 있어 정당화될 수 있는 길은 전적으로 정치적인 것이 될 수밖에 없다. 이런 점으로 보아, 한국군 및 연안 경비 장비를 지원하는 문제는 순수하게 군사적인 것이 아닌 다른 이유에서만 정당성을 찾을 수 있다.

상호방위원조법(MDAA) 아래 한국에 전투기를 공급하는 데 있어서 고려해야 할 첫 번째 단계는 그와 같은 조치에 따른 정치적 이득이 불리한 요인보다 우세하다는 분명한 계산을 하는 일이라고 믿는다. 위에서 언급된 바와 같이 1951년 회계에 한국에 대해 요청된 군사 원조 자금 중에는 이 전투기의 지원, 유지비가 포함되어 있지 않다는 사실에 주의를 기울여야 할 것이다.

7 무초 대사가 러스크 극동 담당 국무차관보에게 보낸 서한

1950년 5월 22일, 서울

국무장관 귀하,

미국 정부의 일반 성명과 특히 국무성의 발표 중에 본인의 우려를 자아내는 일면이 있어 귀하의 주목을 환기시키고자 한다.

대통령, 국무장관 및 다른 고위 관리들의 공개 성명에서 미국의 특별한 관심과 이해의 대상이 되는 나라를 열거하면서, 한국 이름은 자주 빠지고 있다. 이러한 사실을 한국은 주목하고 있으며, 미국이 한국을 지원할 확고한 생각이 없고 가까운 시기에 한국을 포기하려는 것으로 해석하여, 한국 정부와 한국 국민은 두려워하고 민감한 반응을 보이고 있다. 한국 정부와 특히 이승만 대통령은 최근 『US 뉴스 & 월드 리포트』지에 발표한 코넬리 상원의원의 성명에도 잇달아 그런 사실이 나타나고 있음을 우려하고, 또한 '바기오'회의(오스트레일리아, 인도, 필리핀, 태국 등의 대표가 사회, 경제, 문화 협력을 위해 5월 26일 필리핀 바기오에서 가졌던 회의)의 초청 명단에서 한국이 누락된 점에도 주목하고 있다. 한국은 그들의 적과 아주 가깝게 대치하고 있고, 실제로 매일 무력 충돌이 있기 때문에 책임 있는 한국 지도자들은 자신들이 극도로 고립된 기미가 보이면 당연히 걱정하고, 미국 정부나 관리들이 자신들의 위험에 무관심한 징조가 보이면 매우 민감한 반응을 보인다. 본인이 염려하는 최근의 예로, 국무장관의 런던 논평에 대한 AP 기사와 USIS의 런던 기사를 들 수 있다. AP통신은 애치슨 국무장관이 "침략으로부터 자유를 지키는 어떤 투쟁에서도 인도차이나, 그리스, 터키, 이란, 독일을 계속 지원하겠다"고 말한 것으로 보도했다. 기사는 더 길고 더 상세한데도 한국에 대한 언급이 빠져 있어 더욱 주목할 만한 것이었다. 본인은 미국 정책에 관한 성명과 연설문을 작성하는 사람들이 이런 문제에 좀 더 섬세하게 주의를 기울임으로써 미국이 자유에 대해 계속 관심을 갖는 아시아 국가의 명단에 한국이 항상 포함되도록 강조하고 싶다. 한국에 대한 언급이 번번이 누락됨으로써 한국인들은 공산 침략으로부터 독립을 지키는 유능하고 용맹스러운 투쟁을 하고 있는 자신들이 그 언젠가는 포기될 것이라고 믿게 될 것이다.

극동 과장 앨리슨의 메모

1950년 6월 19일, 서울, 2급 비밀

참석자: 이승만 대통령, 덜레스, 무초 대사, 앨리슨

이 대통령은 오늘 아침 예정에 없던 덜레스와의 특별 회견을 요청했는데, 그 의도는, 북한 공산주의자들에 대해 보다 적극적인 행동을 취해야 한다는 그의 견해를 덜레스에게 전하려는 것이었다.

이 대통령은 미국의 원조 계획에 대한 확실한 언질을 바라고, 다른 아시아 국가가 지역 동맹의 형태로 단결하고 있는 속에서 한국만이 고립되어 있는 것을 걱정하고 있는 것 같았다.

이 대통령은 중국 공산주의자들이 중국에서 지위를 굳히기 전에 38선에 의한 한국 분단 상태는 해소돼야 한다고 말했다. 그는 또 대만 문제에 깊은 우려를 표시하고 대만이 공산주의자에게 넘어가면 한국은 남북으로 공산분자의 위협을 받게 될 것이라고 말했다. 그는 그가 말하는 적극적인 조치란, 꼭 무력 행동을 의미하는 것은 아니라며 그 어떤 조치가 취해지지 않으면 냉전에 패배할 것이라고 주장했다.

덜레스는 공식 협정 또는 동맹, 조약들이 공동의 적에 공동으로 대처하기 위해 반드시 필수적인 것은 아니며, 중요한 것은 한국 정부가 행동으로써 자유세계의 일원임을 입증하는 것이며, 그렇게 함으로써 공산 세계의 힘에 대항한다는 점을 평가받아, 자유세계의 지원을 기대할 수 있다고 말했다.

덜레스는, 소련은 지금 총을 쓰는 새로운 전쟁에 말려들기를 원치 않으며, 각국에서 반란·파괴·파업 등을 야기할 것이라고 미국의 정통한 정보 담당자들은 보고 있다고 말했다. 그는 원폭 전쟁이 될 가능성이 있는 3차 대전의 위험을 앞두고 어떤 나라도 다른 나라를 보장해 줄 수는 없으며, 전쟁이 터지면 서울과 마찬가지로 뉴욕에도 최초의 공격이 가해질 것이라고 지적했다. 그러나 보다 가능성이 많은 간접 침략의 경우, 자국 내에서 스스로 공산주의 성장 조건을 없앨 적극적인 행동을 취하는 국가라야만 미국이 원조할 수 있을 것이라고 말했다. 대의代議 정치에 충실하고 진정한 자제自制 노력을 하며 경제 안정을 위해 열심히 일하여 국민의 지지를 받는 정부는 필요한 추가 원조를 얻을 수 있다고 말했다.

이 대통령의 대만에 대한 우려에 대해 덜레스는, 그 문제는 미국도 마찬가지로 우려하고 있다고 말하고, 대만 경제 원조는 계속된다고 밝혔다. 덜레스는 대만이 공산주의자에게 떨어지면 장개석 정부가 한국에 망명을 원할 가능성이 있겠느냐고 묻자, 이 대통령은 그러한 소문이 있고 임기응변할 문제이나, 그는 우방국이 원하는 것을 해주고자 하지만, 각 나라들은 제각기 자립해야 하며, 우방국을 그런 식으로 이용해서는 안 된다고 대답했다. 델레스의 질문에 직접 대답하지는 않았으나 이 대통령은 장개석 정부가 한국 망명을 요청해도 전혀 찬성하지는 않을 것이 분명했다.

덜레스는 한국 정부가 지금대로 계속 나가면 미국으로부터 지속적인 원조를 획득하기 위해 공식 협정에 의존할 필요는 없을 것이라고 말하고, 그러나 중요한 것은 한국 정부가 자유 대의 정부의 원칙에 진정으로 합치되고 있음을 보여 줄 일차적 책임을 갖고 있다고 결론지었다.

 ## 9 주소련 대사가 국무장관에게 보낸 전문電文

1950년 6월 25일 하오 3시, 모스크바, 1급 비밀

서울 소식이 정확하다면, 한국에 대한 북한의 침략적인 군사 행동은 명백한 소련의 도전이다. 이는 소련 공산 제국주의에 대항하는 자유 세계에서, 미국 지도력에 대한 직접적인 위협이기 때문에 미국은 확고하고도 신속하게 대응해야 한다.

대한민국은 미국 정책과 미국이 지도하는 유엔 행동의 산물이다. 대한민국의 붕괴는 일본, 동남아 및 다른 지역에서의 미국에 대한 중대하고도 명백한 반격이다.

우리는 세계에 대해 대한민국의 독립 유지를 지원해 달라는 요청에 따라 군사 원조와 유엔 안보리 조치를 포함한 모든 가용可用 수단을 동원해 지원할 준비가 되어 있음을 지체 없이 밝혀야 한다.

본 대사관은 한국이 이미 그런 요청을 했거나 곧 해 올 것으로 생

각한다. 한국이 희망하는 지원을 제공하겠다는 미국 의사의 발표는
한국의 공식 발의를 기다릴 필요도 없고 기다려서도 안 된다.

제섭 순회巡廻 대사의 메모
1950년 6월 25일, 워싱턴, 1급 비밀

제목: 한국 사태

참석자: 대통령, 국무장관, 국방장관, 해군장관, 육군장관, 공군장관, 웨브, 러스크,
히커슨, 제섭(이상 국무성), 합참의장, 육군 참모총장, 해군 참모총장, 공군 참모총장
이상 14명

식사 전에 브래들리 합참의장은 맥아더 장군이 작성한 메모를 읽었
다. 맥아더 장군은, 대만을 중공에 내주지 말아야 할 이유에 대한 그
의 견해를 강조했다. 그렇게 식사 후 곧장 토론이 시작됐다. 대통령은
우선 국무장관에게 토론을 시작하도록 요청했다. 애치슨 국무장관은
대통령이 당장 고려해야 할 몇 가지 문제부터 요약해서 설명했다.

우선 급한 문제는, 현재 승인된 분량 이상의 무기와 장비, 탄약을
한국에 제공할 권한을 맥아더 장군에게 부여할 것인가 하는 것이었
다. 애치슨은 부여해야 한다고 건의했다. 이어서 그는, 유엔 안보리
에서 채택한 결의안을 말하고, 미국이 한국에 대한 추가 원조 분량
과 안보리 결의안의 보완 사항에 대해 이 자리에서 협의해야 할 것
이라고 말했다.

브래들리 합참의장은, 소련은 아직 전쟁 준비가 안 되어 있다고 말했다. 한국 사태는 저지선을 긋기 좋게 되어 있다고도 말하고, 애치슨이 제안한 조치에 동의했다. 제트기는 비록 북한 탱크를 격파하지는 못하지만, 남한 상공을 비행함으로써 한국군 사기를 크게 고무시킬 것이라고 말했다. 그는 필리핀 수비크만에 있는 함대를 출동시키면 발포를 하지 않아도 남하하는 북한군의 기를 꺾어 놓을 것이라고 말했다. 콜린스 육군 참모총장은, 맥아더 장군이 박격포와 대포 및 탄약을 선편으로 보냈으며, 이것들은 10일 이내에 한국에 도착할 것이라고 말했다. 셔먼 해군 참모총장은 "현재의 한국 사태는 우리가 싸우기 좋은 기회를 제공하고 있다", "한국은 일본에 대한 전략적인 위협이다"라고 말했다. 그는 또 필리핀의 수비크 함대가 한국에 닿는 데 이틀이 걸린다며, 미국 본토에서도 최소 항공모함 한 척을 보내 주었으면 했다.

대통령은 소련 극동 함대 세력에 대해 물었고, 셔먼 제독은 상세하게 대답했다. 반덴버그 공군 참모총장은 북한군의 침략을 저지시켜야 한다고 말하고, 그는 북한 공군만 개입하면 미국 공군이 북한 탱크를 격퇴할 수 있을 것이라고 말했다. 그러나 소련 제트기가 참전하면 그들은 훨씬 가까운 거리에서 작전하게 될 것이라고 말했다. 대통령은 우리가 극동에 있는 소련 공군 기지를 격퇴할 수 있겠는지 물었고, 반덴버그 총장은 시간이 좀 걸릴 것이라고 대답했다.

페이스 육군장관은 지상군을 한국에 투입하는 문제에 의문을 제기했다. 그는 맥아더 장군이 신속히 어떤 조치를 취해야 한다고 강조했다. 매튜스 해군장관은 신속한 행동의 필요성을 강조하고, 핀레터 공군장관은 민간 철수를 보호하기 위해 최대한 필요한 조치를 취해야 한다고 말하고, 소련군이 참전하지 않으면 현재 극동 미군은 충분하다고 말했다. 그는 맥아더 장군이 단순한 철수 작전에 그치지 않고 그 이상의 권한을 가져야 한다고도 말했다. 이에 대해, 존슨 국방장관은 맥아더 장군이 너무 많은 재량권을 갖지 않도록 훈령은 상세하게 내려져야 한다고 말하고, 대통령 권한이 사실상 맥아더 장군에 위임돼서는 안 된다고 지적했다. 그는 지상군을 한국에 투입하는 데 반대했다.

대통령은 다음과 같은 명령이 내려져야 한다는 결정을 확인했다.

첫째, 맥아더 장군은 건의된 보급품을 한국에 보낸다.

둘째, 맥아더 장군은 조사단을 한국에 파견한다.

셋째, 지정된 함대를 일본에 출동시킨다.

넷째, 공군은 극동의 모든 소련 공군 기지를 일소할 준비를 갖춘다.

다섯째, 소련이 다음 행동을 취할 방도에 대해 엄밀히 조사한다. 국무성과 국방성은 완벽한 조사를 실시한다.

대통령은, 유엔을 대신해서 일하고 있다고 강조하고, 유엔의 명령이 있을 때까지 다음 조치를 기다려야 한다고 말했다. 그는 대통령이 27일 친히 국회에 보낼 성명서를 국무성이 준비하라고 지시하고, 이 성명에는 취해진 조치를 정확히 기입토록 희망하며, 이 업무를 가장 우수한 관리에게 맡기라고 부탁했다.

대통령은, 아직 맥아더를 주한 유엔군 사령관으로 임명할 준비가 안 돼 있다고 말하고, 지금 우리 행동은 유엔과 한국에만 국한시켜야 한다고 말했다. 그는 미국 공군은 계속 민간 철수를 엄호하되, 필요하다면 북한 탱크를 파괴하라고 말하고, 바주카포와 무반동포를 더 보내야 하는가 물었다. 브래들리 합참의장은 무반동포는 여유가 없고 탄약도 부족하다고 말했다.

대통령은 다시, 다음에 소련이 취할 태도를 검토할 필요성을 강조했다. 그는 또 27일, 그가 공식적으로 국회에서 발설할 때까지는 아무도 언론 기관에 발표하지 말라고 강조해서 못을 박고, 이 문제가 누설되는 것은 절대적인 치명상이므로 각자 조심해 주길 바라며, 언론 기관에 대해 일체 배경 설명도 해 주어서는 안 된다고 말했다.

애치슨 장관은, 자기와 존슨 국방장관이 내일 하원 세출위원회에 나가야 한다고 말하고, 한국 사태에 대해 그 어떤 설명이든지 해야 할 입장이라고 걱정 섞어 말하자, 대통령은 이 문제에 대해서는 어느 장관이라도 '노코멘트'해야 할 것이라고 거듭 못을 박았다.

셔먼 제독은 함대를 캘리포니아에서 하와이 진주만으로 이동시킬 권한이 있느냐고 물었다. 대통령은 "있다"고 했다. 대통령은 미국 공군은 필요하면 북한 탱크에 대해 행동을 취해야 할 것이라고도 말했다.

 ## 11 무초 대사가 국무장관에게 보낸 전문電文

1950년 6월 26일 밤, 서울, 2급 비밀

이승만 대통령이 밤 10시 본인에게 전화를 걸어 자기에게 오라고 했다. 마침 대사관에 와 있던 신성모 국무총리 서리도 함께 갔다. 내가

218

대통령 관저에 닿았을 때는 전 총리 이범석 씨도 와 있었다. 다음은 이 자리에서의 대화 메모이다.

대통령은 대단히 긴장해 있었다. 그의 안면은 줄곧 경련을 하고, 말은 한 소리 되하고 되하고 끝을 맺지 못하였으며, 앞뒤 연결도 잘 안 되었다. 그는 의정부 상황을 이야기했다. 그는 많은 탱크가 의정부에서 서울로 진격해 오고 있으나 한국군의 힘으로는 저지할 수가 없다고 말했다. 그는 내각이 오늘 밤 정부를 대전으로 옮기기로 결정했다고 말했다. 이 결정은 개인의 안전을 고려한 것이 아니라, 정부는 존속해야 하며, 대통령이 공산군에 잡히면 한국의 존립에 중대한 타격이 되기 때문이라고 여러 번 같은 소리를 되풀이했다. 그는 군사 전문가 여럿을 불러 적절한 조치를 취하라고 신 총리에게 강경하게 지시했다. 그는, 총리가 어느 다른 사람이 당장 닥쳐 있는 이 군사적인 위국을 잘 처리할 수 있겠다고 보이면, 주저하지 말고 지체 없이 사퇴해야 한다고 말했다. 대통령은 "우리는 미국에 1천만 달러의 원조를 희망했다. 우리는 화신산업의 박흥식 씨가 1백만 달러어치의 무기를 구입하겠다고 제의했지만, 이미 늦었다"는 둥 횡설수설하였다.

신 총리는 오직 "예 각하!", "그렇게 하겠습니다, 각하!"라고만 말했다. 그러나 그는 당장 대통령의 즉흥적인 명령과 결정이 내심 불쾌했음이 분명했다. 그는 마침내 의정부의 최신 전황을 알아보기 위해 전화를 걸어야겠다고 나가 버렸다.

나는 무기와 병력이 탱크 저지선에 투입될 수 있을 것이라고 말하면서, 정부는 서울에 있어야 한다고 대통령을 설득하려고 했다. 나는 정부가 서울을 떠나면 많은 전투가 일패도지로 패전하게 되고, 그렇게 사태가 한번 혼란에 빠지면 다시 수습하기 어려워질 것이라고 말했다. 하지만 내 말은 대통령에게 아무런 기별도 가 닿지 못했다. 대통령은 거듭 정부가 적의 포로로 떨어질 모험만은 피해야 할 것이라고 말했다.

대통령의 결심을 변경시킬 수 없다는 것을 직감한 나는, 아무튼 나는 서울에 남아 있겠다고 말하면서, 일어서서 그만 물러가겠다고 밖으로 나오자, 신성모 총리는 나에게 다가서며, 대통령은 명색이 총리인 자기에게 일언반구 상의도 없이 혼자 천도를 결정했다고 불만을 토로했다.

제섭 순회 대사의 메모
1950년 6월 26일, 1급 비밀

제목 : 한국 사태

참석자: 대통령, 국무장관, 국방장관, 육군장관, 공군장관, 해군장관, 합참의장,
해군 참모총장, 육군 참모총장, 공군 참모총장, 러스크, 제섭(국무성 관계관들)

반덴버그 공군 참모총장이 북한의 첫 야크기 한 대가 격추되었다고 보고했다. 대통령은 그것이 마지막이 아니기를 바란다고 말했다. 이어, 반덴버그 장군은 미 공군에 대해 작전을 방해하거나 한국군에 비우호적인 행동을 하는 어떤 항공기에 대해서도 공격 행위를 가하

라고 지시한 작전 명령을 낭독했다. 그러나 그는 미 공군은 직접적인 업무수행 지역 이외에서는 전투를 삼가고 있다고 말했다.

애치슨 국무장관은 한국에서의 모든 작전 제한 요소를 자상하게 유념은 하더라도, 한국군을 최대한 지원하여, 북한의 탱크, 대포, 오열분자들을 공격, 한국으로 하여금 상황을 호전시킬 기회를 주도록 하는 전권을 해군과 공군에 부여해야 한다고 제의했다. 대통령은 이를 승낙했다.

페이스 육군장관은 38선 이남에서의 작전만을 의미하느냐고 물었다. 애치슨 장관은 그렇다고 말했다. 반덴버그 장군은 그렇다면 38선 상공도 비행해서는 안 되느냐고 물었다. 애치슨 장관은 그렇다, 비행하면 안 된다고 말했다. 대통령도, 그렇다, 38선 이북에서는 어떤 작전 행동도 해서는 안 된다, 아직 안 된다, 라고 못을 박았다.

셔먼 제독은 7함대의 지휘권은 맥아더 장군이 장악할 것이라고 말했다. 그저께 하달한 명령으로 7함대는 일본에 출동하여 맥아더 사령부 휘하에 들어 있다고 말했다. 이 문제는 아무런 반대 의견도 없었다.

애치슨 장관은, 안보리가 내일 하오에 소집되며, 국무성은 다시 거기서 채택할 결의안을 준비해 놓았다고 말했다. 결의안은 전면적 지지를 받을 것이며 이미 스웨덴이 지지를 표명한 바 있다고 말했다. 히커슨은 유엔 회원국들이 북한 공격을 격퇴하도록 한국에 원조를 제공할 것을 권고한 안보리 결의문 초안을 낭독했다. 대통령은 좋다고, 모든 회원국이 이에 따르기를 바란다고 말했다.

브래들리 합참의장은 워싱턴 대사관에 주재하는 영국 공군의 테

더 장군이 자기를 찾아와 미국의 강경한 자세를 지지하고 극동 지역에 배치된 영국군 현황에 대해 상세히 들려주었다고 말했다. 러스크는, 소련이 안보리에 참석하여 거부권을 행사할 가능성이 크다면서, 그럴 경우 우리는 유엔 헌장대로 따르겠다고 말했다. 대통령은, 좋다고, 아무쪼록 소련이 거부권을 행사하면 좋겠다고 말했다. 이어 대통령은, 대만에서의 행동을 위해 기지를 확보할 필요가 있다고 말했다. 러스크는, 공산주의자들의 다음 목표는 대만이 될 것이라고 조지 케넌이 말했다고 지적했다. 존슨 국방장관은 다음 목표는 이란일 것이라고 말했다. 그는 이란에서의 예상되는 행동에 대해 영국과 협의하는 것이 바람직하다고 말했다. 애치슨 장관은 영국, 프랑스와 협의하겠다고 말했다. 콜린스 장군은, 한국 사태는 아주아주 나쁘다고 말하고, 우리 공군은 얼마나 도움이 되는지 예견할 수 없고, 한국군은 제대로 전투력을 갖고 있지 못하다고 말했다. 이에 대해 애치슨 장관은 실패하더라도 노력을 계속하는 것이 중요하다고 말했다.

대통령은, 6년 동안 이 같은 사태를 막아 보려고 최선을 다했으나 드디어 상황이 벌어졌다고 말하고, 우리는 우리가 할 수 있는 일을 하지 않으면 안 된다고 말했다. 그는 우리 미국을 위해서, 우리는 한국 사태에서 할 수 있는 일은 다 해야 한다고 강조했다.

유엔 안보리가 채택한 결의문

1950년 6월 27일, 유엔 문서

안전보장이사회는, 북한군의 대한민국에 대한 무력 공격은 평화의 파괴라고 결의, 적대 행위의 즉각 중지를 요구하며, 북한 당국에게 무장군을 38선 이북으로 철수시킬 것을 요구했으나, 북한 당국은 적대 행위를 중지하거나 무장군을 38선 이북으로 철수하지 않았다. 이에 유엔 안보리는 국제 평화와 안정의 회복을 위해 군사적인 긴급 조치가 필요하다는 사실을 인지하고, 평화와 안정을 회복하기 위한 즉각적이고 효과적인 조치를 취해 달라는 대한민국의 유엔에 대한 호소를 받아들여, 유엔 회원국들이 무장 공격을 격퇴하고, 이 지역에서의 국제 평화와 안정을 회복하기 위한 필요한 원조를 대한민국에게 제공하도록 권고한다.

커크 주소련 미국 대사가 애치슨 국무장관에게

1950년 6월 29일(전문電文), 모스크바, 3급 비밀

하오 5시, 프리어스를 대동하고 소련 외무장관 그로미코를 만났다. 그로미코는 보스테프와 라브로프와 함께 있었다. 조용한 분위기 속에서 그로미코는 6월 27일 우리 대통령 성명에 대한 회답을 하겠다고 말하고, 다음과 같은 성명서를 러시아어로 읽었다.

6월 27일, 귀하가 전달한 미국 정부의 성명에 관하여 소련 정부는 본인에게 다음과 같이 성명하도록 명령했다.

1. 소련 정부의 조사에 따르면 한국에서 일어나고 있는 사태는 남한 군대가 북한의 경계선을 공격함으로써 도발되었다. 따라서 이 사태에 대한 책임은 남한 당국과 남한을 배후에서 지원하는 자에게 있다.

2. 알려진 바와 같이 소련 정부는 미국보다도 먼저 북한에서 군대를 철수시킴으로써 타국의 내부 문제에 간섭하지 않는다는 전통적인 방침을 확인했다. 소련 정부는 지금도 한국의 내부 문제에 대한 외국의 간섭을 불허하는 방침을 고수하고 있다.

3. 소련이 유엔 안보리 회의 참석을 거부했다는 것은 사실과 다르다. 참석하고 싶으나 미국의 태도로 상임이사국인 중공이 안보리에 참석할 수 없고, 따라서 이 기구가 합법적 효력을 갖는 결정을 할 수 없기 때문에 소련은 안보리에 참석할 수가 없다. 보스테프가 이를 영어로 번역했다. 본인은 소련이 곧 이것을 발표하리라고 생각한다.

15 백악관 회의에 관한 제섭 순회 대사의 초록抄錄
1950년 7월 3일, 워싱턴, 1급 비밀

애치슨 국무장관: 이 회의의 목적은 대통령이 가까운 시일 안에 양원兩院 합동 회의에서 한국 상황에 대해 전면적인 보고를 하기에 앞서 국무성이 대통령과 보좌관들에게 그 건의안을 제시하려는 것이다. 대통령의 의회 보고는, 의회가 한국에서 취해진 교전 행위를

승인하는 합동 결의안을 제안해 주도록 하려는 데 있다. 대통령이 그런 결의안을 요청해서는 안 되고, 의원들 스스로 그런 결의안을 내는 것이 제대로 된 순서이다. (국무장관은 곧장 결의안 초안을 배부하고 큰 소리로 읽었다.)

트루먼 대통령: 이 제의에 대해 루카스 상원의원은 어떻게 생각하오?

루카스 상원의원: 솔직히 말해 조금 의아하다. 대통령은 의회와 협의하지 않고도 대통령으로서 할 일을 아주 적절히 수행했다. 물론 그 결의안 자체는 잘되어 있고, 의회에서 통과되리라 본다. 도리어 나는 대통령이 이 메시지를 노변담화식으로 국민들에게 직접 하는 것이 좋아 보인다.

대통령: 그 점에 대해서 최종 결정을 못했기 때문에 이 자리를 마련했다.

루카스: 대통령이 의회에 나가 이 같은 메시지를 전달한다는 것은 대통령이 의회에 선전 포고를 요청하는 것처럼 보일지도 모른다.

대통령: 바로 그것이 문제의 핵심이다. 나는 대통령으로서 행동하려는 것이 아니고 극동군 총사령관으로서 행동하려는 것이다.

루카스: 대통령의 의회 연설은 의회에 선전 포고를 요청하는 것이 될 터이니, 노변담화로 국민들에게 직접 하는 것이 좋겠다.

대통령: 이것은 국무성에서 나온 제안이고, 또 국방장관과 루카스 의원의 생각이 같은데, 스나이더 장관은 어떻게 생각하는가?

스나이더: 루카스 의원이 적절히 지적했다. 메시지 내용은 훌륭하다.

대통령: 내가 의회를 회피하면서 초헌법적 권력을 행사하려 하지 않는다는 것을 보이기 위해 세심하게 신경을 쓸 필요는 있다.

존슨 국방장관: 이 초안에는 몇 가지 어려운 문제가 있다. 예컨대 중공에 대해 언급한 부분 등이다. 의회에 보고할 시기는 아니고, 정치적 결단을 내려야 할 문제라고 생각한다.

대통령: 그럴 목적으로 의회를 소집하고자 한 것은 아니다.

존슨: 대통령은 좀 더 기다려야 할 것이다.

브레넌: 대통령은 의회에 보고하기 전에 국민들에게 알려서는 안 된다. 나는 소련과의 외교 교섭을 포함한 이 메시지의 마지막 부분을 문제 삼고 싶다. 그런 언급은 소련을 이 사태에 전면 부각시키려 하지 않는다는 정책과 모순된다고 생각한다. 소련의 음모에 관해 더 적게 말하면 할수록 더 좋다고 생각한다. 미국은 북한과 유엔 기치하의 행동만을 문제 삼아야 한다.

도널드 우정장관: 대통령이 한 번 의회에 이런 보고를 하면, 앞으로 수시로 의회에 불려 나가게 될 것이다. 따라서 대통령은 새로운 정보를 가졌거나 의회에 입법 요청을 할 것이 없는 한 의회에 나가서는 안 된다.

루카스: 훼리 의원 같은 사람은 대통령이 미리 의회와 협의하지 않았기 때문에 불평하고 있다. (결의안에 대해서는 혼자서 중얼중얼함.)

대통령: 결의안 문제는 의회의 소관사항이므로 나는 그걸 제의하지는 않겠다. 그런 걸 이 자리서 걱정할 필요는 없다. (그러곤 그 역시 혼자서 중얼중얼함.)

매튜스 국무차관보: 국민들에게 무엇인가를 말하는 것은 중요한 것이며 의회를 회피해서도 안 된다.

루카스: 많은 의원들은 대통령이 의회와 거리를 두고 토론을 피해야

한다고 내게 말했다. 결의안을 의회 토론에 부치면 적어도 일주일은 끌게 될 것이다.

핀레터: 스나이더 장관의 말에 동감한다. 대통령이 직접 노변담화식으로 한다면 국민들은 일체감을 느낄 것이다. 대통령은 유일한 기본 목적이 평화를 유지하는 것임을 강조해야 한다.

해리먼: 대통령의 영도력하에 대통령과 의회는 긴밀한 관계는 유지할 필요가 있다고 강조하고 싶다.

러스크 국무차관보: 의회의 명확한 지지는 해외에 좋은 영향을 미칠 것이다. 훼리 의원의 논평이 외국에 알려질 경우, 외국은 미국의 일체감에 대해 의구심을 품을 것이다.

제섭 대사: 이 상황에서 대통령이 사실을 재천명한다는 것이 해외 여론의 형성에 특히 중요하리라는 걸 강조하고 싶다. 대통령이 말하는 그 자체가 뉴스이다.

브래들리 장군: 의회에 보고하는 것은 아주 좋은 생각이지만, 지금 당면한 문제로써 의회에서 지루한 토론을 벌이는 것은 피하는 것이 좋겠다.

대통령: 적당한 시기에 의회에 보고는 하겠지만, 지금 당장 의회 소집을 요구하고 싶지는 않다. 금주 동안(7월 9일까지) 결정을 보류하겠다. 7월 10일에 가서 의회 지도자들과도 협의하고 4대 강국들과도 더 협의할 생각이다. (그러고는 또 혼자서만 중얼중얼함.)

루카스: 의회가 문제를 시끄럽게 하리라고는 생각하지 않는다.

대통령 : 이것은 한국의 사태 발전에 달려 있다. 이에 대해 여기 참석한 사람들이 동의한다면 7월 10일 의회 지도자들과 협의할 때까

지 나는 기다리겠다.

일동: 동의한다.

2

소련과 북한 간에 오고 간 기밀 정보

1945년 8월, 소련군은 북한 지역에 진주하자 곧장 눈 깜짝할 사이에 고압적으로 이 지역을 장악한다. 이것은 서쪽 동구권도 마찬가지였다. 그렇게 스탈린의 지령으로 소련군은 그해 8월 24일, 북한의 남한과의 자연스러운 인적人的 물적物的 교류부터 우선 차단하고 막아 낸다. 즉, 서울~원산 간의 경원선 철도를 38도선상에서 차단, 우리 남행 열차를 전곡까지밖에 운행을 못하게 한다. 바로 이것이 그 뒤 오늘까지 70여 년 간 이어진 남북분단의 첫 효시가 됐다. 그리고 이튿날 25일에는 신막新幕에 역시 3백여 명의 소련군이 내려와서 서울~신의주 간의 경의선도 똑같이 막는다. 그리고 그 열흘 뒤, 9월 6일에는 남한과의 전화·전보 등 통신도 완전히 차단하며 우편물 교환까지 막아 버리고 만다. 소련군의 이러한 조치는 미군의 남한 상륙 이전에 전광석화, 순발력 있게 이뤄졌다. 그러니까 소련은, 그때 이렇게 처음부터 미국과 우리 한반도를 남북으로 두 동강으로 나누어서, 북한을 자국의 패권주의 틀 속에 편입하려는 분명한 의도를 지니고 있었던 것이 확실하다.

그렇다면 미국은? 이때 미국은 어떠했을까? 지금에 와서 돌아보면 참으로 기이하게도 바로 그렇게 소련군에 의해 38도선상에서 남북 간의 교류가 완전히 가로막히던 그 똑같은 9월 6일에야 미군은 서울로 진주해 온다. 그렇게 미군도 비로소 소련군이 38도선상에서 남북의 왕래를 가로막는 조치를 취했다는 사실을 뒤늦게 비로소 알았을 터이지만, 일단 이것은 두 나라 간에 '전후戰後 처리'라는 큰 테두리로 합의됐던 사항이어서 불법은 아니라고 판단, 그냥 그대로 넘어갔을 것이다.

그러나 이 합의 사항도 그 내실을 자세히 들여다보면, 북한 지역에서는 북한에 먼저 진주한 소련군이 그 지역 일본군의 항복을 받아내고, 그리고 남쪽은 미군이 현지 주둔 일본군의 항복 절차를 주관한다는 것이었지, 지난 5천 년, 반만년을 한 강토에서 살아왔던 남북 간의 한 민족의 자연스러운 왕래까지 일거에 막아 내라는 것은 아니었을 터이다. 다시 말해 소련군이 먼저 저렇게 선수先手를 썼으니 망정이지, 미군이 소련군보다 먼저 남한에 진주했었다면 즉각적으로 저런 조치부터 취했었을까. 그거야, 직접 겪어 보고서야 알 일이었을 터이지만, 설마 그러지는 않았을 것이다. 미국은 원체 땅덩이가 큰 나라여서 그런 유의 영토적 야심은 처음부터 없었을 것으로 보지만, 그 미국도 미국대로 장사해 먹는 나라라, 그만큼한 크기의 시장市場을 염두에 둘 수는 있었을 것이라고?! 그런 소리도 일단 말이 안 되는 것은 아니겠으나, 요컨대 이 국면에서의 이 일은, 같은 무렵에 동유럽권의 몇 나라를 어거지로 제 손아귀에 넣던 스탈린의 행태를 보더라도 더욱더 명확해진다. 하긴 당시의 소련도, 단순히 영토 그 자체에 뜻이 있었던 것은 아니었을 터이다.

앞으로 전 세계의 공산주의화, 이 원대한 목표를 생각한다면, 이 무렵의 소련은 그 손길이 닿는 족족, 공산권이라는 경계를 쳐서 즉시즉시 기정사실을 만들며 '철의 장막'을 두르는 것이었을 터이다. 그렇게 모처럼 손길이 닿았던 북한 땅에도 금방 그런 손을 쓰게 됐을 터이다.

그러니 뒤늦게 진주해 온 당시의 주한미군으로서는, 이미 먼저 북한에 와 닿은 소련군에 의해 38선을 사이에 두고 남북 차단을 기정사실화해 버린 상황을 접하며 뒤늦게 어쩔 것인가. 그저 먼 산 쳐다보듯 할밖에 없었을 것이다. 한반도에서의 소련의 전후처리가, 미국·소련 간의 아시아 쪽 전후 처리 약속에 과히 어긋나지는 않았으니까, 다시 말해 불법은 아니었으니까. 하지만 지난 70여 년 간 우리 남북 분단이 이렇게 이런 모습으로 시작되었다는 것은, 당사자인 우리로서는 지금 이 시각에 다시 돌아보아도 실로 너무너무 어이없고 황당하지 아니한가.

그런데 그렇게 소련군이 북한에 진주한 뒤 1949년에 이르기까지 소련의 스탈린은, 북한 땅을 근거지로 하여 언젠가는 남한까지 공산화하리라는 먼 목표는 갖고 있었지만, 그때 당장, 혹은 몇 년 안으로 한반도에서 무력을 행사하려는 계획은 전혀 고려하지 않고 있었다. 바로 제2차 세계대전이 일어나기 직전 독일 히틀러와의 관계가 그러했듯이, 스탈린은, 바로 그때 미국과 서울 쪽 남한을 자칫 건드려서 당장 38도선상에서 골치 아픈 일이 일어날까 보아 전전긍긍, 오로지 현상 유지에만 모든 노력을 기울이고 있었던 것이다. 그런 쪽으로 모스크바와 평양 사이에 오고 갔던 비밀문서 몇 가지부터 우선 더듬어 보자.

■1 북한 주재 소련 대표부의 스탈린을 향한 긴급 요청
1947년 5월 12일, 평양

1946년 7월 26일, 소련 정부의 결의에 따라 귀하(스탈린)께서는 동년 12월 18일 암호 전보로, 산업 및 철도 수송망의 재건과 발전을 위해 북조선 인민위원회에 대한 원조로 소련인 전문가 82명을 파견해 줄 것을 귀하 스스로 우리에게 제의해 주었다.

그러나 오늘에 이르기까지 북조선에는 단 한 사람도 소련의 전문가를 보내오지 않았다. 우리는 몇 차례에 걸쳐 대외무역성 앞으로 채근을 해 보았으나, 소련 기술자의 파견 문제는 외무성의 관할 사항이라며 그쪽에서 해결해 줄 것이라는 대답이었다. 하지만 외무성은 또 외무성대로, 그 일이라면 국방성 소관이라고 표명, 그러나 국방성도 국방성대로, 이 일은 저들 관할이 아니어서 모른다고만 하고 있다. 대강 이런 형편이어서, 북조선에서 일할 소련인 기술자의 파견에 관한 문제는 전혀 실마리조차 못 잡고 있는 상태다.

북조선에서의 이런 복잡한 상황은, 촌각을 다투어 소련인 기술자가 파견되어 오기만을 기다리고 있다. 일본이 항복한 뒤, 북조선에서 일하고 있던 일본인 기술자들 모두가 일본으로 귀환해 버렸다. 그 결과 북조선의 산업과 철도 수송망은, 기술자들의 엄청난 부족에 직면, 극도로 열악한 상태를 드러내고 있다. 이렇게 심각한 기술자들의 부족으로 북조선의 산업과 철도 수송망은 1947년 1·4분기의 계획을 완수할 수 없었다. 하여, 북조선 인민위원회는 몇 차례에 걸쳐 우리들에게 기술자들의 원조를 요청해 왔다. 하지만 이제까지 우리들은 단 한 번도 그들에게 원조를 해 줄 수가 없었다.

소련 혹은 다른 나라 기술자들의 원조 없이는 북조선의 산업과 철도 수송망은 제대로 기능할 수가 없다. 우리들은 북조선 인민위원회가 산업과 철도 수송망을 제대로 정비할 것을 원조할 뿐만 아니라, 우리나라가 조선에서의 지위를 강화하고 앞으로도 제대로 영향력을 행사하기 위해서도 어서 하루빨리 소련의 기술자를 북조선에 파견할 필요가 있다.

남과 북조선이 통일되어 조선 임시정부가 성립되기까지도 소련의 기술자가 북조선에 도착하지 못하면, 조선 임시정부는 외국의 원조를 안 받아들일 수 없겠으니, 그때는 어쩔 수 없이 미국의 기술자들을 조선에 불러들이게 되어, 우리 국가 이익에 반해, 조선에 있어서의 미국 영향력이 커지게 될 것이다. 따라서 소련인 기술자의 북조선 파견을 서두르도록 귀하의 지시를 앙청하나이다.

이에 스탈린은 암호 전보로 짧게 다음과 같이 지령을 내렸다.

'조선인 노동자들이 순조롭게 일할 수 있도록 소련인 기술자 다섯 명이나 여덟 명을 보내 주겠으니 그리 알라. 그리고 우리는 조선 문제에 깊이 개입할 필요가 없다. 이 점, 깊이 유의하도록!!!'

2 모스크바를 방문했던 김일성 일행과 스탈린의 대화

1949년 3월 5일, 모스크바

김일성: 남조선에는 아직도 미군이 주둔하고 있고, 우리 북조선에 대한 책동을 기도하고 있습니다. 우리는 육군을 보유하고 있지만, 바다 쪽 방어 수단은 전혀 못 갖고 있어, 소련의 지원이 필요합니다.

스탈린: 대체 남조선에 주류하고 있다는 미군 인원은 얼마나 되나?

김일성: 2만 명 미만입니다.

평양 주재 소련 대사: 대강 1만 5천 명에서 2만 명 수준입니다.

스탈린: 남조선에는 국군은 있는가?

김일성: 약 6만 명 규모의 군대가 있습니다.

스탈린: 그 숫자에는 경찰도 포함되어 있는가?

김일성: 위의 숫자는 상비군뿐입니다.

스탈린: (비아냥거리듯) 당신들은 그것들을 두려워하고 있는가?

김일성: 아니, 두려워하고 있는 건 아니고, 바다 쪽에 대비한 부대가 있었으면 합니다.

스탈린: 북과 남, 어느 편 군대가 더 강한가?

박헌영: 그야, 북쪽이 더 강합니다.

스탈린: 조선에는 일본인들이 남겨 놓은 조선소는 있는가? 이를테면 청진이나 그 밖의 다른 곳에.

김일성: 조선소는 없습니다.

소련 대사: 있기는 있는데, 크지 않은 것이 문제입니다.

스탈린: 그런 쪽의 원조도 해 줄 수는 있으나, 보다 더 군용기가 필요

할 것인데. 그리고 남조선 군에는 이쪽 스파이 요원이 침투하고 있는가?

박헌영: 침투하고는 있지만, 아직 모습은 안 나타내고 있습니다.

스탈린: 아직 모습을 나타낼 필요는 없지, 그건 잘하는 일이군. 남측도 필경 북쪽 부대 안에 스파이를 들여보내고 있을 터이니, 아무쪼록 신중하게 지시하시오. 그건 그렇고, 38선에서는 대체 무슨 일이 일어나고 있는가? 남측이 침입해서 몇 군데 거점을 차지하고 있었는데, 뒤에 이들 거점을 도로 탈환했다는 것은 사실인가?

김일성: 남측이 우리 군에 스파이를 들여보낼 가능성에 대해서는 엄히 경계하고 있고, 필요한 조치를 강구하고 있습니다. 강원도 쪽에서는 작은 충돌도 없지는 않았습니다. 그때 적 경찰대에는 충분한 무기가 없어, 우리 정규군이 출동하자 곧장 퇴각했습니다.

스탈린: 쫓아냈는가, 아니면 그들 스스로 퇴각했는가?

김일성: 전투 결과, 남측은 경계선까지 퇴각했습니다.

 ## 스탈린이 평양 주재 소련 대사에게 보낸 지시

1949년 8월 3일(전문電文)

우리 측 첩보 기관으로부터의 보고에 의하면, 남조선 정부 안의 극히 영향력 있는 사람 하나가 북조선 침공을 주장하고 있다고 하는데, 그대들은 꼼짝 말고 있을 것. 그럼에도 모종의 군사 행동이 시작되는 경우에는, 우리 소련은 그 상황에 전혀 개입하지를 말고 엄히

거리를 둘 것. 그렇게 될 경우 우리 모스크바는 우리 해군 기지와 북조선 주재 공군 대표부까지 폐쇄하기로 정해져 있음. 만에 하나, 그런 상황이 닥치더라도 우리는 오로지 우리의 평화 지향志向만을 선전, 남한의 침공으로 일어날 수 있을 전쟁에 우리들이 말려들지 않도록 하라. 만에 하나 그런 상황이 올 때는, 우리 군사 시설을 철거하는 것도 정책적으로 고려하고 있으니 그리 알라.

4 평양 주재 임시 대리대사의 김일성 비서와의 대화
1949년 9월 3일(내용 보고)

발신: 평양 주재 소련 대표, 수신: 스탈린

김일성의 개인 비서 문일文日이 말한 바에 의하면, 남측은 근일 중으로 38선 북측의 옹진반도 일부를 점령하기 위해, 해주시의 시멘트 공장을 포격한다는 믿을 만한 정보를 입수했다는 것임. 이와 관련해서 문일의 말에 의하면, 김일성이 국제적 상황이 용납하는 데 따라서는 남쪽으로 진격했으면 하는 생각이라며, 김일성은 남조선을 2주일, 길어본들 2개월이면 점령할 수 있다고 자신했다고 함.

이에 대해 본인은, 이것은 매우매우 중대하고도 심각한 문제여서 시간을 두고 주의 깊게 숙고할 필요가 있으니, 아무쪼록 급하게 서두르지 말고, 당장은 그 문제에 대한 어떤 결정도 내리지 않도록, 내가 간곡하게 김일성에게 권고한다는 것을, 문일 비서 당신이 김일성

본인에게 정확히 전해 달라고 못을 박았음. 필경, 김일성은 며칠 안으로 다시 이 문제를 우리에게 제기해 올 것으로 짐작됨.

정확히 확인된 바에 의하면, 북조선 측은 옹진반도에 주재해 있는 남조선 부대 지휘관들에게 내린 남조선 고위층의 명령 문건을 입수했다고 함. 그 명령에는 9월 2일 오전 8시, 해주에 있는 시멘트 공장을 파괴하는 포격부터 개시하도록 되어 있다고 함. 이 명령으로 확실히 밝혀진 것은, 남조선 측이 이 공장 건물을 우리 군대용으로 보고 있다는 것임. 그 명령 속에서 언급되고 있는 날짜는 이미 지났지만, 아직은 포격을 행해 오지 않고 있음. 북측은, 공장이 포격될 때에 대비해 필요한 조치를 해 두고 있음.

남측이 38선 이북의 옹진반도 일부의 점령을 꾀하고 있다는 사실은, 남측으로부터의 투항자 증언으로도 이미 알고 있었던 정보임.

8월 15일 이후, 38선에서는 아무런 일도 일어나지는 않고 있음. 소규모의 충돌, 옹진반도 북조선 영내에 대한 남측의 포격, 38선을 넘나드는 흔한 민간인 월경 사건이 있었을 뿐임. 다만 남측은 38선의 방위 활동을 갑자기 강화하고 있는 것은 확실해 보임.

5 이에 대한 스탈린의 회답, 새 지시 전문
1949년 9월 10일, 평양

귀하는 김일성과 가능한 대로 속히 만나, 다음과 같은 추가 질문에 대한 확실한 회답을 받도록 하라.

1. 인원, 장비, 전투 능력 등, 남조선 군을 어떻게 평가하고 있는가?

2. 남조선 유격대 활동의 상태, 그리고 앞으로 어떠한 현실적 지원을 유격대로부터 기대하고 있는가?

3. 북측이 먼저 공격을 개시한다는 사실에 대해, 세론과 인민은 어떻게 반응할 것인가? 구체적으로 어떠한 현실적 지원이 남측 인민으로부터 북측 군대에 대해 주어질 가능성이 있는가?

4. 남조선에는 미군이 주둔하고 있는가? 북측이 공격해 들어갈 때 미국에 대해 어떤 수단을 강구할 수 있다고 김일성은 생각하는가?

5. 북측은 자신들에 대해 어떤 평가를 하고 있는가? 이를테면 군대의 상태, 그 충족률充足律, 그리고 전투 능력에서.

6. 그쪽 우리 동지들의 그 제안이 과연 현실적으로 적절한 것인가, 당장 그쪽 상황에 대한 자신들의 평가를 내놓아 보라.

6 다시 평양 주재 대리대사의 스탈린에 대한 보고

1949년 9월 15일(전문)

9월 12, 13일 이틀 동안 김일성 및 박헌영과 회담을 가졌음. 그 결과 귀하께서 전보로 언급한 문제의 핵심에 대한 저들의 의견은 대강 다음과 같았음.

ㄱ — 남조선 군에 대하여, 육군은 7개 사단, 그 밖에 수도 경비대, 사관학교, 사관 양성소(전체 23개 연대와 2개 독립대대)로 이뤄져 있고, 육군

과 항공 부대의 인원 구성은 8만에서 8만 5천 명 규모. 항공기 총수 36
기. 그 밖에 경찰대 약 5만 명(우리 소련군 고문들 정보로는 6만 명). 일반
적으로 김일성은 남조선 군의 전투 능력을 낮게 보고 있음. 북조선은
남조선 군의 전 부대에 스파이를 침투시키고 있는데, 전쟁이 터졌을
때 이들이 남조선 군대를 내부로부터 붕괴시킬 수 있을 것인가, 하는
것은 딱히 장담하기가 힘들어 보임.

ㄴ — 북조선 측 데이터에 의하면, 북은 남조선 안에 대강 1천 명에서 2천
명에 이르는 빨치산 부대를 갖고 있는데, 최근에 그 활동은 얼마간 강
화되어 있으나, 김일성은 그들에게서 볼 만한 지원을 기대하기는 어렵
다고 생각하고 있는 것 같음. 하지만 박헌영 같은 남측 인사들은 다른
의견을 고집하고 있는 것 같음. 그들은 본격적인 전쟁이 터질 경우, 북
한군이 빨치산에게 지원을 크게 받을 것이라고 보고 있음.

ㄷ — 북측이 전쟁을 일으킬 경우, 남조선 현지의 세론과 인민이 어떤 반
응을 보일 것인가 하는 문제에 대해서는, 김일성에게서 약간 동요하
는 기색이 있었음. 9월 12일의 회담에서, 그가 명확히 표명한 것은, 만
일 북측이 먼저 군사 행동을 취하였을 때는, 그것이 남조선 인민 간에
서 우선은 부정적인 인상으로 받아들여질 것이고, 정치적인 관점에서
도 불리할 것이라는 것이었음. 이 점에 관해서는 그해(1949년) 봄에 있
었던 모택동 등과 조선 대표 김일과의 회담에서도 모택동은, 북측이
지금 당장 군사 행동을 일으킬 때는 아니라고 표명했다고 함. 그 이유
로는 첫째, 정치적으로 유익하지가 않고, 둘째, 중국은 당장 저들 일로
바빠 북조선에 대한 제대로 된 지원을 하기가 어렵겠다고 하여, 그때
도 김일성은 중국 국내의 중요한 작전이 완료되기까지 기다리기로 했
다고 함. 허가이(소련 출신 조선인으로 노동당 중앙위 서기, 이때는 통역으

로 이틀째 회담에 출석, 뒤에는 숙청, 자살)의 영향 밑에 9월 13일, 이틀째 회의에서는 김일성이 첫날과는 달리, 남조선 인민은 북측의 군사 행동을 환영할 것이며, 그리고 우리가 먼저 공격해 들어가더라도 정치적으로 불리할 리는 없다고 하였음. 회담 종반에 들어 김일성이 표명한 것은, 혹여 내전을 길게 끌면 정치적으로 불리한 상황이 닥칠지도 모르겠다고 하였음. 따라서 김일성은 당장은 본격적인 내전이 아니라 옹진 반도와 그 동쪽 개성까지 남조선 영토 일부를 점령하겠다는 제안을 하였음.

ㄹ — 공식 데이터에 의하면, 남조선에는 5백 명의 미국인 군사 고문 및 교관이 존재하고 있다고 함. 그 밖에 정확한 확인 작업이 필요하지만, 스파이를 통한 정보에 의하면, 남조선에는 9백 명의 미 군사 고문 및 교관이 존재하며, 1천5백 명의 미국인 경비병과 장교가 있다고도 함. 조선에서 내전이 발생한다면, 김일성과 박헌영이 보는 바에 의하면, 미국인들은 남측을 지원하기 위해 일본인과 중국인을 파견할 수가 있고, 해상 및 공중 지원은 직접 저들 방법으로 하면서 미국인 군사 교관들을 곧장 작전 행동의 조직화에 참여시킬 것으로 보고 있음.

ㅁ — 북조선의 병력은 항공 부대와 해안 경비대를 포함, 9만 7천5백 명임. 김일성은 북측 군대는 남측 군대와 대비할 때 기술, 장비(탱크, 대포, 항공기), 규율 및 병사와 장교의 교육, 그리고 사기, 정치적 태도에 있어 탁월하다고 생각하고 있음.

보고 끝머리에서는 북조선 지도자들의 자신만만한 것과는 다른, 보고자 개인 의견과 정세 평가를 다음과 같이 덧붙이고 있었다.

김일성이 그려 낸 국지적 작전은 필경 북측과 남측 내전이라는 결과를 가져오게 될 것임. 북측에도 남측에도, 지도자급에서는 내전을 지지하는 자가 많지가 않음. 따라서 국지적 작전을 벌이려고 드는 데 대해, 이 작전이 금방 내전으로 발전되리라는 것을 일깨워 줄 필요가 있음. 지금 이 시점에서 북측이 내전을 일으키려는 것이 과연 타당할까. 우리는 타당하지 않다고 보고 있음.

북조선 군에는 지금 남측에 대해 효과적으로 신속한 작전을 수행해낼 만한 충분한 힘이 갖추어져 있지 않음. 빨치산이나 남조선 인민으로부터 지원이 있으리라는 것을 십분 감안하더라도, 신속한 작전의 성공을 기대해서는 안 될 것임. 게다가 내전의 장기화는, 북측에게 군사적으로도 정치적으로도 유익하지가 않음. 첫째, 전쟁의 장기화는 미국인들로 하여금 이승만에게 적절한 원조를 해 줄 가능성을 가져오게 되며, 중국에서 실패한 뒤, 미국인은, 필경은 중국에서보다 이상으로 조선 문제에 단호하게 개입해 올 것이고, 이승만을 보호하기 위해서 온 힘을 쏟아 부을 것은 명약관화임. 게다가 내전이 장기화되면 전쟁으로 인한 고통과 어려움이 인민들 사이에 퍼지면서, 전쟁을 일으킨 측에 대한 강한 증오감마저 불러오게 될 것임. 이 밖에도, 조선에서 내전 장기화는, 반反소련의 선전과 함께 더욱더 전쟁 히스테리를 부추기는 쪽으로 미국인들이 활용하게 될 것임. 따라서 북측이 당장 내전을 일으키는 것은 적절치가 못함. 작금의 국내 및 국제 정세하에서는, 북한이 남쪽으로 공격해 내려간다는 결정은 북측이 눈 깜짝할 사이에 전쟁을 끝낼 수 있다는 것이 보장될 때만 가능한데, 그렇게 될 조건이 존재하지 않음. 하지만 설령 그런 국

지적 전쟁이 성공리에 끝나, 내전까지는 이르지 않는다 하더라도, 북측은 전략적으로는 승리할지 모르나, 정치적으로는 많은 면에서 어려워질 것임. 이러한 작전은, 북측이 같은 동족 간의 전쟁을 일으켰다는 치명적인 비난에서 벗어나기가 힘들어질 것임. 또한 이러한 작전은, 미국 및 온 세계가 남측의 이익을 위해서 깊이 간여하는 데도 이용될 것임.

이상과 같은 상황하에서 김일성이 생각해 낸 국지적 작전을 행하는 일은 적절하지 못해 보임.

이와 함께 평양 주재 소련 대사는 스탈린 앞으로 현하 남북조선 정치, 경제 상황에 대해 자세히 언급한 두터운 문서까지 첨부했다.

▮7 소연방 공산당 정치국, 조선 문제에 관한 결의 채택
1949년 9월 24일, 모스크바

핵심 내용은, 북조선 측이 남조선에 대해 군사 작전을 펴는 것을 금지시킨다는 것으로, 평양 주재 소련 대사로 하여금 이 문제를 두고 김일성 및 박헌영과 회담을 하도록 위임하는 다음과 같은 지령이었음.

'조선 인민군이 남조선을 공격하겠다고 하는 김일성의 8월 12일자 제안은 군사적 및 정치적 관점으로 정확하게 평가할 필요가 있다. 현시점에서 북조선은 남조선에 비하여 필요불가결한 군사력의 우위優位에 있지 않다. 따라서 우선 군사적 관점에서 남으로의 진출은 허용할 수 없다. 정치적 관점에서도 아직 그럴 때가 아니다. 남조선 다수 인민대중을 활발한 투쟁으로 일으켜 세워, 남조선 전역에서 빨치산 활동이 전개되어, 남측에 해방구가 생겨나고, 남조선 전 인민이 총궐기하도록 조직하는 일이 전혀 이뤄지지 않았다. 실제로 대대적인 인민 봉기가 일어나고 반동 체제의 주요 부분이 파괴 전복되는 상황하에서만, 남으로의 진격은 고려해 볼 문제이다. 다시 강조하거니와, 현시점에서 가장 급한 과제는, 첫째, 유격 활동의 전개, 해방구 설치, 반동 체제의 전복, 그리고 남조선 전역에서 전 인민적 규모의 무장봉기를 준비하는 일에 최대한의 힘을 기울여야 한다. 그 다음 둘째로, 조신 인민군의 더 한층 전면적 강화를 기해야 한다.'

이 초안草案 마지막에는 스탈린이 문장 하나를 더 보태었다.

'만일 남조선 측이 군사 행동을 개시할 경우에 대비해서 귀하(평양 주재 대사)는 그쪽 상황 진행에도 즉각즉각 대처하도록 준비하고 있어야 함'이라고.

이 대목이야말로 바로 스탈린은, 끝끝내 평양 측이 남측을 격파할 수 있다는 유의 환상을 갖는 것을 엄히 경계했던 것이다. 이렇듯 스탈린이 이때 가장 겁을 냈던 것은, 김일성이 38선 경계에서 자주 있었던 소소한 충돌의 일환으로 반격을 한다는 핑계로 남북 간의 전면전에까지 돌입하지나 않을까 하는 점이었다. 다시 말해 이때만 해도 스탈린은, 김일성의 남한에 대한 공격을 엄히 막았던 것이다.

소련 정치국 결의에 대한 북조선 측 반응

1949년 10월 4일

평양 주재 대사는 북조선이 남조선 공격을 기도하는 데 소련의 공식 입장을 김일성과 박헌영에게 재차 설명, 그들의 반응을 다시 모스크바에 다음과 같이 보고했다.

김일성은 "알겠다, 받아들이겠다"고 말했고, 박헌영도 "소련 측의 생각이 옳다. 남조선에서 유격전이 대대적으로 일어나야 한다"고 표명했다. 이어서 김일성과 박헌영은, 남조선에서 유격 활동이 재편성 중이며, 날로 더욱더 활발해지고 있고, 그걸 지원하기 위해 최근에도 북에서 8백 명 가까운 인원이 남조선에 투입되었다고 하였다.

북한의 남한에 대한 도발을 우려, 스탈린의 현지 대사에 대한 경고

1949년 10월 30일

귀하가 내 허락 없이 북조선 정부에 남측에 대한 도발 행동을 권고하는 것 같은 일은, 엄히 금지되어 있을 터이다. 뿐만 아니라, 필요한 경우에는 38선 부근에서 계획되어 있는 모든 행위와 그 근처에서 일어난 일에 대해서도 지체 없이 보고를 하도록 지시되어 있는 것은 잘 알고 있을 터이다.

귀하는 이러한 지시를 수행하지 않고 있다. 귀하는 제3경비여단의 대규모 공격 준비에 대해서도 보고하지 않았고, 이러한 준비에 우리 군사고문단이 참가하는 것을 허락했다. 귀하는 10월 14일에 시작되었던 전투에 관해서도 전혀 보고를 하지 않았다. 그 전투에 관해서는 나흘 뒤에야 다른 자료에 의해서 알게 되었다. 이 문제에 관한 귀하로부터의 보고는 10월 20일이 되어서야 받아 보았으며, 그나마 국방 총성으로부터의 특별한 요구가 있은 뒤였다.

귀하의 행동이 잘못되어 있다는 것, 그리고 상급 기관의 지령을 수행하지 않은 일에 대해 계고戒告하며, 귀하에게 지령의 엄밀한 집행을 요구한다.

'이에 대해 평양 주재 소련 대사는 공문서로 자신을 정당화하려고 시도하였다. 그러나……'

'스탈린의 재차 경고, 조선 반도에서 어떠한 군사 계획도 소련 지도부는 갖고 있지 않음을 강조.'

귀하가 제출한 설명은 전혀 불충분하다. 귀하의 설명이 증명하고 있는 것은, 귀하가 모스크바로부터 받은 지령을 수행하지 않고 있다는 사실이다. 귀하는 38선의 상황을 복잡하게 하지 않기 위한 '중앙'으로부터의 지시를, 엄하게 틀림없이 실행하는 대신에, 이 문제의 심의審議에만 전념, 실제로는 지시를 수행하지 않고 있다. 귀하에게 재차 경고한다.

김일성과 박헌영의 스탈린 면담 요구, 보고
1950년 1월 17일

그러나 북조선 지도부는 끈질기게 남조선 진격을 계속 집요하게 고집하였다. 이 문제는 1월 17일, 박헌영이 주최했던, 평양에 체류 중인 소련·중국 대표자들과의 만찬 자리에서도 주主 화제로 거론되었다. 평양 주재 소련 대사는 그날 저녁 정경을 외교 문서로 다음과 같이 자세히 보고하였다.

만찬 자리에서 김일성과 옆자리에 앉았던 중국 통상대표부의 뷘은, 열을 내어 중국어로 이야기를 나누고 있었다. 그중의 내가 알아들을 수 있었던 몇 마디로 미루어, 두 사람은 중국에서의 공산당 승리와 조선 정세에 관한 것인 듯하였다. 만찬이 끝난 뒤에는 김일성이, 당시 중국 주재 북측 대사인 이주연李周淵에게 중국에 돌아가서 그가 해야 할 일에 대해 조선어로 지시를 내렸는데, 이따금씩 러시아 말도 섞여 있었다. 그렇게 이주연이 중국에서 성의껏 행동하면, 모택동이 틀림없이 자기들을 지원해 줄 것이라고 운운하였다.

그 뒤, 다시 김일성은, 조금 흥분된 모습으로 우리 대사관 참사인 이그나체프와 페리센코를 붙들고, 중국이 자신들의 해방을 완료한 만큼 다음은 남조선 인민을 해방할 차례라고 이야기하기 시작했다. 이때 그가 한 말은 다음과 같았다.

"남조선의 인민들은 나를 믿으며, 우리의 군사적 지원을 기다리고 있다. 유격전만으로는 해결이 불가능하다. 남조선 인민은 우리들이 훌륭한 군대를 보유하고 있는 것을 알고 있다. 내가 요즘에 노심초사하며 잠도 제대로 못 자면서 골똘하게 생각하고 있는 것은 우리나라 통일을 어떻게 이뤄 낼 것이냐 하는 것이다. 만일 남조선 인민의 해방과 나라의 통일이 지지부진할 때는, 나는 조선 인민으로부터의 신뢰를 잃게 될지도 모른다"라고.

이어서 김일성은 "저번에 자신이 모스크바에 갔을 때, 동지 스탈린은 남조선으로의 진출을 그만두라고 하고, 이승만 군대가 북으로 침공해 들어올 때만 남조선 측에 반격을 가해도 좋다고 하였는데, 한데 남조선 군대는 아직까지 침공을 안 해 오고 있다. 이러니 바로 남조선 인민의 해방과 나라의 통일은 늦어지기만 하고 있다. 그리하여 당장 자신이 바라는 것은, 다시 동지 스탈린을 만나, 남조선 인민의 해방을 위해 인민군이 남쪽으로 진격하게끔 지시와 허락을 받고 싶다는 것이다"라고 하고, 다시 김일성은 "당장 남쪽으로 진격해 내려가고 싶지만, 이렇게 못하고 있는 것은, 자기는 공산주의자이며, 동지 스탈린에게 충실한 규율을 지킬 줄 아는 사람이기 때문이며, 자기에게 있어 스탈린은 바로 법률이기 때문"이라고 하였다. 이어서 김일성은 "지금 당장 자신이 스탈린을 만나기가 힘들다면, 모택동이 모스크바에서 돌아오는 대로, 그이라도 만나도록 노력하겠다"고 운운하였다. 이렇게 김일성이 강조하는 것은, 모택동이 중국에서의 전쟁을 끝내면 조선을 지원하겠다고 약속을 했다는 점이었다. (이때 김일성이 염두에 두고 있는 것은 자신의 대리 자격으로 김일이 1949년 6월에 모택동과 회담했을 때의 모 주석의 몇 마디 언급이었다.) 대사관 참사관인 이그나체프와 페리센코가 이런 이야기에서 슬슬 피해 그냥 편

한 이야기로 돌아오려고 들자, 김일성은 다시 대사인 내게 다가와, 한구석으로 데리고 가서 은밀하게 털어놓고 이야기했다. 즉, 혹여 스탈린을 다시 만나 남조선 정세와 이승만 군대에 대한 기습 공격, 그리고 당장은 인민군이 이승만 군대보다 명확히 우세하다는 것을 두고 의논을 할 수는 없겠는지, 하는 것이었다. 스탈린과의 만남이 당장 어렵다면 모택동이라도 만나겠다, 모스크바에서 돌아온 모 주석은 모든 문제에 대한 스탈린의 지시를 받았을 터이니까, 라고 하고, 잇대어 김일성은 "인민군은 사흘이면 옹진반도의 점령이 가능하고, 본격적인 조선 진격을 허락한다면 닷새 안으로 서울을 점령해 보이겠다"라며, 제발제발 스탈린을 만나게 해 달라고 거의 애걸애걸했다.

대사인 나는 "당신이 동지 스탈린을 만나고 싶다는 뜻을 정식으로 제기하면 접견은 어렵지 않을 것"이라고 말하고, "다만 당장 옹진반도 진공은 나도 찬성할 수는 없다"고 따끔하게 한마디 하고는, 조금 바쁜 일이 있다며 한발 앞서 자리를 피했다.

김일성은 그렇게 만찬 뒤에도 약간 취해 있었지만, 이런 그의 발언들은 미리부터 의도적으로 우리 몇몇의 반응부터 탐지해 보자는 맨숭맨숭한 뜻이 숨어 있어 보였다. 아무튼 이날 저녁 김일성이 끈질기게 강조했던 핵심 사항은, 남조선으로의 진격 허락을 집요하게 요구했고, 이것을 스탈린에게 직접 호소해 보겠다는 강한 욕구였다.

스탈린, 김일성 회담

1950년 3월 30일부터 4월 25일까지, 모스크바

결국 김일성과 그 수행원 일행은 1950년 3월 말부터 4월 25일에 걸쳐 모스크바에 체류했다. 방문 중에 김일성은 3회에 걸쳐 스탈린과 만났다. 두 사람의 자세한 대담 기록은 아직은 없다. 소련의 공문서 보관소에서도 찾아지지가 않았다. 다만 저명한 역사학자였던 고 보르코고노프 장군의 개인 소장품에서 자료 사본과, 스탈린과 김일성의 공식 회담 기록 및 크렘린 회담에 참가했던 인사들 몇몇과의 인터뷰를 근거로 다음과 같은 내용이었던 것으로 짐작할 뿐이다.

우선, 스탈린은 "국제 정세는 변화하고 있어, 조선의 통일을 위하여 더한층 직접적인 행동을 취할 수 있는 가능성이 열렸다"라고, 김일성 일행에게 듣기 좋은 의견부터 피력하였다. 국제 관계 측면에서는 중국공산당이 중국 대륙을 석권, 이제는 조선 문제에 보다 더 관심을 기울일 수가 있게 되었다. 긴급 사태가 일어날 경우, 중화인민공화국은 직접 군대를 파견, 지원할 수 있다. 심리적으로도 중국 공산주의자의 승리는 중요하다. 중국은 아시아 혁명가들의 힘과 능력을 과시하였고, 아시아 반동들과 서유럽, 미국 반동들과의 유대도 약화되었음을 드러냈다. 미국 측은 중국에서는 아예 중국공산당과 싸워 보지도 못하였다.

중국은 소련과 동맹 조약까지 체결하고 있어, 미국 측은 아시아 공산주의자들을 자극할 엄두를 내기조차 힘들게 되어 있다. 실제로 미국에서는 소련도 이제 핵보유국이 되어 있는 데서, 조선 문제에도

248

개입할 필요가 없다는 분위기가 날로 퍼지고 있다. 하지만 한편으로 스탈린은 "워싱턴이 조선에서 전쟁에 절대로 개입해 들어오지는 못할 것이라는 것이 우리로서 확실해져야 할 것임"을 힘주어 지적했다. 또 한 가지 중요한 조건은, 조선에 있어서의 해방 투쟁에 대한 중국 측의 지지이다.

이에 대해 김일성은, 소련과 중국이 동맹을 맺은 이 마당에 미국이 감히 조선의 전쟁에 개입해 들어올 모험을 감행하지는 못할 것이라는 의견을 피력하였다. 특히 김일성의 말에 따르면, 모택동은 중국 혁명 달성 뒤에는 군대 파견을 포함한 조선 지원을 몇 차례에 걸쳐 약속하였다. 하지만 조선은, 자기 나라의 통일은 마땅히 스스로의 힘으로 달성하겠다는 것이고 성공을 자신하고 있다고 하였다.

다시 스탈린은 북조선 군사력을 양적으로나 질적으로 대폭 증강하는 데 대한 문제를 제기하며, 공격의 상세한 계획도 꼭 필요하다고 말하고, 작전은 3단계로 나누어야 한다고 했다. 즉 우선은 38선 부근에 부대를 집결시킨다. 그 뒤 북조선은 평화 통일을 위한 새로운 제의를 한다. 서울은 당연히 이를 거부할 것이다. 옹진반도를 따라 첫 공격을 행한다는 발상은 좋다, 이것은 어느 편이 맨 처음 군사 행동을 시작했는가 하는 사실을 숨기는 데 도움이 되기 때문이다. 남으로부터 반격이 있은 뒤에는 싸움을 넓힐 기회가 자연스럽게 생긴다. 전쟁은 반드시 속도 빠른 전격전이 되어야 하고. 적으로 하여금 북측으로 들어올 기회를 주어서는 안 된다.

스탈린은 김일성에게, 소련의 직접 참전을 기대해서는 안 된다고 경고하였다. 아시아 정세에 달통해 있는 모택동에게 의지하라고 하였다. 김일성은, 공격은 남조선 안의 유격전을 돕게 되고, 유격전 활동이 더욱더 격렬해지면, 남조선 당국에 대한 봉기에 20만 명의 당원들이 참가하게 될 것이라고 자신 있게 보증하였다. 북조선 군을 1950년 여름까지는 총동원시킬 것을 양자 간에 결정하였다. 이때 북조선 군 총참모부는 소련군 고문들의 도움을 받으며 더욱 상세한 공격 계획을 꾸려 내게 될 것이다.

이리하여 끝내 6월 25일 새벽, 북한군은 38선 전역에서 전선을 돌파하고 이틀 뒤인 6월 27일, 트루먼 미국 대통령의 미 해군·공군의 한국 출격 명령(지상군의 출격 명령은 30일). 6월 28일, 북한군의 서울 점령, 계속 남하. 7월 1일, 미 지상군 선발대 부산항 도착. 7월 7일, 유엔군의 한국 파견 결의로 이어지며, 상황은 급격하게 변해 간다.

그리하여 7월 6일, 북한군의 평택 진출을 보고하면서 일본 동경의 미 극동군 사령부는, 북한군이 기략機略이 풍부하고 전술에 능한 군대라고 평가하고 북한군 1개 사단에는 15명의 소련군 고문관이 배속되어 있고, 한국군 장군 한 명이 서울 북방에서 확인한 바에 의하면, 북한군 탱크에는 소련 군인이 탑승하고 있다고도 하였다.

이 전쟁 첫 단계에서 스탈린은, 스스로 자진해서 전쟁 진행의 세부 세부까지 하나하나 지시를 내리며 모스크바에 앉아 원격 조종을 하였으나, 앞에서 보듯이 미국의 반응도 즉각 강경 대응으로 나서며 전쟁 성격이 생각 밖의 국면으로 급변해지자, 스탈린과 김일성은 금방 거의 사색이 되어 갔다.

3

《자, 어떻습니까. 1950년대 그 무렵 미 국무성 측의 우리 한국 상황에 대한 비밀문서들과, 소련 측 스탈린의 당시 조선인민공화국과 오고갔던 관련 문서들을 이렇게 근 60년이 지난 지금 이 시점에 와서 한자리에 놓고 마주 비교해 볼 때, 우선 그 느낌이 어떻습니까요. 무언지 일목요연하게 와 닿는 것이 있지 않습니까요. 당시 미국이라는 나라와 소련이라는 나라의 근본적인 차이부터가 한눈에 보이는 것 같지 않습니까요.》

하고, 문득 또 두 달 전 그 목소리가 자그맣게 돌아 올랐다.

《우선 눈에 뜨이는 것이 미 국무성 쪽 자료는, 토의 안건이며 대화며 하나하나의 기록이 그지없이 주도면밀하여, 바로 그 자리의 분위기까지도 환하게 손에 잡히듯이 다가듭니다. 그때그때 토의 내용이나, 토의에 참가했던 사람들도, 하나같이 자신들이 당장 어떤 문제를 갖고 논의를 하는지 문제의 핵심을 속속들이 꿰고 있는 것 같습니다요. 더구나 놀라운 것은, 설령 그 한자리에 국가 원수인 대통령이 같이 참여했더라도, 어느 누구 하나 추호나마 기가 꺾인다거나 어렵게 여긴다거나 하지를 않고, 전혀 기탄없이 제각기 저 할 소리는 죄다 하고 있다는 사실입니다. 전혀 거리낌 없고 만판 자유롭고 활달할 수 있다는 것, 이것이 참으로 실제로 가능하다는 것이 놀랍기만 합니다요. 심지어 안건의 성격에 따라서는, 대통령 쪽이 더 조신을 하고, 한자리 여럿의 눈치까지 슬슬 살펴야 할 정도로 별 볼일 없는 사람으로 떨어져 있다는 것이, 이런 일이 실제로 눈앞에서 벌어지고 있다는 것, 민주주의, 민주주의 하지만, 저것이 참으로 민주주의 본판의 모습임을 강한 인상으로 와 닿게 합디다요.

이에 비하면, 소련 쪽 자료는 어떻습니까요. 도대체 안건 하나하나가 제대로 구체성을 갖고 있지를 못하고, 주로 군림하는 스탈린의 모습만 고압적으로 드러나고 있을 뿐입니다. 하나같이 오로지 스탈린의 눈치만 보면서 그의 의중부터 간파하려는 데만 온 신경을 모으는 데 길들여져 있을 뿐입니다요. 토의 안건이며 뭐며, 매사가 수직垂直관계로, 애당초에 스탈린이 저어 윗자리에 앉아 좌지우지하는 데만 모두가 흠뻑 길들여져 있어 보입니다요. 저러니, 나라니 체제니, 말짱 허깨비가 아니었겠느냐, 싶어지기부터 합니다.

다시 실제 정황으로 들어가서, 미 국무성 자료와 소련의 그 빈약한 자료대로도 자세히 더듬어 보며 새삼 확실해지는 것은 무엇이냐, 미국이나 소련이나 서로 약속이라도 한 듯이, 처음에는 한반도에서 전쟁 발발은 거의 상정想定하지 않고 있었다는 사실입니다. 우선 그 무렵 미국은, 서태평양 지역에서 소련 공산주의 세력의 확장 움직임에 대해, 미국 방위선을 설정하는 데 있어 일본까지는 포함시키면서, 그 너머 대륙 쪽에 붙어 있던 우리 한반도, 특히 남한, 대한민국은 저들 방위선 안에 끼워 넣기조차 않았습니다요. 그 점이 우선 우리로서는 놀랍고, 이 미국 측 국무성 비밀문서로도 확실해집니다.

하지만 바로 그때에도, 불과 2년 전에 새로 건국된 대한민국의 이승만 초대 대통령은, 이미 미국이라는 나라의 기본 성격을 속속들이 꿰뚫어 보고 있어, 정작 한국 내에서 실제로 남북 간에 일이 벌어지면 미국의 트루먼 대통령부터 단호하게 대처해 올 것임을 굳게 믿고는 있었소이다. 그 점, 이승만 대통령의 당시 미국이라는 나라의 정치 행태나, 그 밖의 당시의 내외 정세에 대한 깊은 안목도 놀랍긴 합니다만, 실제로 나 조만식이 이 별로 온 뒤에 자세히 챙겨 본 바에 의하더라도, 미국이라는 나라의 저런 점은, 바로 정치적으로 자유민주주의 나라의 본령을 보여 주는 대목임을 새삼 확인하게 되더이다.

다시 말해, 1950년 초 그 당시에, 조선 반도에서의 공산주의 팽창, 그리고 그때로서는, 끝내 앞으로 불가피해질 것으로 보이는 미·소 간의 제3차 세계대전에 대비해서, 미국 주도로 일본의 재무장을 강행해야 하느냐 마느냐의 문제만을 놓고도, 미국 내에서는 벌써 여러 가지 서로 다른 의견들이 난무했더군요. 가령 덜레스 같은 강경론자는 미국 주도의 일본 재무장을 극력 주장하였고, 조지 케넌 같은 소련 문제 전문가는 그 의견에 반대, 미국은 1945년 종전 시의 소련과의 합의 사항은 계속 존중해야 한다며, 심지어 일본의 중립화까지 주장했더이다. 그이뿐 아니라, 그때 영국 주재 미 대사였던, 저 케네디 대통령의 부친이던 조지프 케네디 같은 사람은, 아예 한반도 포기까지 들먹이고, 역시 뒤의, 후버 대통령 같은 사람도 소련과의 전쟁은 무의미하다고 주장했었습니다. 그들 거개가 '한반도에서는 저들 공산주의자들에게 이길 수 없다. 소련·중공 쪽의 육군 병력을 보더라도, 우리는 애당초에 모스크바까지 진격할 수도 없을 것이다. 그러니 중국, 한반도로부터는 아예 손을 빼는 것이 상책이다'라고 했습니다. 그러니까 이때 벌써 앞으로 지구촌 세계 경영을 둘러싸고, 자본주의 미국과 공산주의 소련은 이 정도로 위국危局 상태로 뻗어 가고 있었고, 어떤 형식으로든 양국 간의 직접 대결은 피할 수 없는 마당으로 한 발 한 발 들어서던 때였습니다.

당시 미국 내 실제 정치 상황이 대강 이러했음에도 새로 선 대한민국 대통령 이승만은, 그 무렵 미국 상원의 외교위원회 위원장이던 코넬리 상원의원의 몇 마디 발언을 두고도, 자기 할 소리를 거침없이 배짱 좋게 하고 있었던 것은 앞에서도 볼 수가 있었습니다요(앞의 미 국무성 비밀문서 4. 참조).

그렇게 의연하게 그리고 자신만만하게, 미국 정계 한구석에서 설령 무슨 소리가 나오든 간에, 종당에는 트루먼 대통령을 비롯한 미국 정부가 새로 선 대한민국이 공산주의자들에게 먹히면서 망하는 꼴은 결단코 그냥 손 놓고 좌시坐視하지는 않을 것임을, 그이는 강하게 믿어 의심치 않습니다.

하긴 그 점도 곰곰 생각해 보면, 당시의 그이 입장에서는 그럴 만하기도 했다는 점도 아슴아슴 이해가 안 되는 것은 아닙디다요.

실제로 그 당시 미국, 특히 그때 남한에 주둔해 있던 미 군정 하지 중장이나, 1948년 새 대한민국이 들어선 뒤로는 미 대사관 무초 대사부터가 이승만이라는 사람을 다루는 데 있어서는, 여간만 힘들어했던 것이 아니었던 모양입니다. 그렇게 그때 미국으로서도 이승만이라는 사람은 만만하게 볼 수는 없었다는 것이지요.

그리하여 미국도, 벌써 그때부터 이승만 대통령에게 중요한 영향력을 행사하려 할 때에는, 거의가 미국에 사는 이승만의 오랜 친구 한국인이거나, 역시 미국 거주 미국인으로서 이승만의 친구들로 주로 이뤄진 특정인들을 통하는 수밖에 없었다는 것입니다. 로버트 올리버와 해럴드 노블 같은 두 사람부터가 대표적으로 그러했는데, 두 사람 다 이승만이 미국에 살았을 때의 오랜 구면들로서 그이들은 한국인 장관들이나 미 대사관 사람들보다 더 자유롭게 당시의 경무대에 무사 출입할 수가 있었다더군요. 특히 노블은 한국 현지에서 선교 활동을 하던 미국 선교사 집안 출신으로, 그때에는 미군 정보 부대에 몸담고 있어, 더러는 이승만과 미국 대사 무초 간에 크고 작은 의견 충돌이라도 있었을 때에는 그 두 사람 어간에서 중재 역할을 하기도 했다고 하더군요.

더욱이 그 당시 이승만 측근 중에서 가장 힘을 썼던 미국인은 굿펠로 대령이라는 군인이었는데, 그이는 미국 중앙 정보국(CIA)의 전신이었던 미 전략사무국 부국장으로, 그 기관의 국장이었던 도너번과 함께 벌써 각종 정보나 이면공작, 음지의 전쟁 쪽으로 전문가였다고 합니다.

다시 말해 그때부터 이미 이승만은, 단순하게 미 대사관이나 국무성에만 의존하고 있지는 않았다는 것이지요. 그렇게 그는, 그 당시에 벌써 한·미 관계의 공식적인 '틀'을 벗어나서, 오랜 기간 동안 한국 독립 투쟁을 하던 과정부터 용의주도하게 이뤄 냈던 미국인 친구들, 이를테면 맥아더 장군 또는 미 공화당 상하 의원들뿐만 아니라 미 정보 분야의 군軍 인사들에게까지 줄을 대고 있어, 공식적으로 알려진 미국 정책을 훨씬 넘어서는 시야視野까지도 지니고 있었다는 것입니다.

실제로 1949년 6월에 미국 전투 부대는 남에서 떠났으나, 그 뒤, 미군 고문들은 남한의 격돌 지대 전역에서 이승만 정부를 받쳐 주었습니다. 그중에서도 특히 두드러진 사람 중의 하나가 제임스 하우스

먼 소령이었는데, 그는 그 뒤에도 30년간 미국과 한국 군부 및 각국 정보부대 간의 중재자 일을 하는 공작원이었다고 합니다.

그리하여 1949년 말에는 주한 미 군사고문 단장이었던 로버트 소장은, 유격대원들을 가능한 한 빨리 깨끗이 해치우는 일이 가장 당면한 일이라면서 한국군과 함께 일을 할 미군 장교들을 더 많이 특파해줄 것을 국방성에 요청하기도 했던 모양입니다.

그 무렵에는 심지어 미 국무장관 애치슨도, 유격대와 같은 내부 위협에 대한 이승만 정권의 진압 능력을, 미국이 그들을 계속 지원해줄 것인가의 가부를 결정하기 위한 리트머스 시험지로 보고 있었다고 합니다. 즉, 만일 이 일이 제대로 된다면, 미국의 이승만 정부에 대한 대북 견제 정책 후원도 잘될 것이지만, 만에 하나 그렇지가 못하면 이승만 정권도 또 하나의 국민당, 장개석의 꼴락서니로 떨어질 것이라고…….

아닌 게 아니라 굿펠로 대령은 1948년 말에 이승만 대통령에게 보낸 편지에서도, 자신은 애치슨과 한국에 관해서도 많은 이야기를 나눈다고 운운하면서, '유격대를 조속히 일소해야 한다. 많은 미국인들이 공산주의 위협을 당신들이 어떻게 다루는가를 주목하고 있다. 나약한 정책은 워싱턴의 지지를 상실할 것이다. 위협을 잘 처리해라. 그러면 한국은 매우 존중받을 것이다'라고 하고 있었습니다.

뒤에 로버트 소장은 1949년 11월에서 1950년 3월 사이에 남한에서의 유격대 운동을 그 뿌리까지 도려낸 완전한 소탕작전으로 대략 6천 명의 유격대원들이 살해되었다고 하고 있었습니다. 이렇게 1950년 6월에 이르면 남한에서 유격대 관련 건수는 철저하게 줄어

들어 6월 초에는 최저 신기록을 세우게 됩니다.

바로 이승만이라는 사람이 이 일을 해내는 겁니다. 그러기도 하려니와, 실제로 1947년부터는 벌써 미국도 새로운 세계 전략으로 '트루먼 독트린'이라는 것을 내세우며, '반소, 반공 정책'을 강력하게 추진하기 시작하고 있었고, 소련도 소련대로 이미 북한을 저희들 패권주의 세계 전략의 틀 안에 꼼짝 못하게 끼워 넣고는, 남한에서는 오직 저희들 휘하 좌익 세력이 사생결단하듯이 '반미, 반제' 투쟁만을 더욱더 적극적으로 전개할 것만을 기대하고 있었던 것입니다.

더구나 그렇게 1950년에 들어서면, 미국의 공식적인 극동 정책 움직임도 앞에서 보는 것과는 전혀 다른 국면도 벌써 드러내고 있었습니다. 즉 그해 초에는 브래들리 통합참모본부 의장이 오키나와와 일본 내의 미군 기지를 강화하라는 지시를 내리고, 1월 26일에는 '한미 군사동맹'이 맺어질 뿐만 아니라, 2월 16일부터 18일 사이에는 동경에서 맥아더·이승만 회담이 열리며, 소위 '북한 토벌과 해방에 관한 11개조'도 체결되기에 이릅니다. 그리고 남한에서는 6월 16일에 비상계엄령이 내려지고, 이미 앞에서도 본 듯이(앞의 미 국무성 비밀문서 8. 참조) 17일에는 미 국무성 고문 덜레스가 일본을 경유, 남한에 와서 이승만 및 한국군 수뇌와 만나 밀담을 나눕니다. 그뿐이겠습니까. 6월 21일에는 동경에서 존슨 미 국방장관, 브래들리 통합참모본부 의장 및 맥아더, 덜레스의 4자 비밀 회담이 열립디다.

한데 그런 그때도, 실제로 겉으로 드러나 있던 미국 극동 정책의 대국大局은 어떠했습니까요. 새로 선 대한민국은, 여전히 미국의 극동 지역 방위선 바깥에 자리해 있었습니다요. 그 당시 이것은, 대한민국이 미국 극동 방위선 바깥에 자리해 있다는 이 사실은, 미국 정부 안에서는 거의 공공연한 불문율이 되어 있었습지요.

그 점은, 바로 그해 1950년 5월 10일의 '한국에 대한 군사 원조' 문제를 두고 미 행정부 내의 관련 기관들 책임자 간의 논의(앞의 미 국무성 비밀문서 5.와 6. 참조)로도 극명하게 드러나고 있었습니다요. 그래서 당시의 장면張勉 주미 대사가 그해 2월 20일과 4월 3일, 두 번씩이나 국무성을 방문, 그 문제에 대한 우리 정부나 국민의 우려와 불안을 조심스럽게 제기했던 점(앞의 미 국무성 비밀문서 1.과 2. 참조)도 새삼 주목됩니다만, 이와는 전혀 다른 움직임도 분명히 있는, 미국이라는 나라의 복잡한 국면을 이승만 대통령은 이미 속속들이 꿰고 있었다고 보아야 할 것입니다. 아니, 어찌 이승만 대통령뿐이었겠습니까. 당시의 장면 주미 대사도 매한가지였을 겁니다. 그때 이 문제로 미 국무성을 찾아갔던 장면 대사의 그 지극히 조심스러웠던 몸가짐이나 한마디 한마디 언급도 꽤나 세련되어 있었고, 그리고 그자리의 분위기까지도 새삼 곱씹어 보아야 할 정도로 돋보입니다.

실제로 이 무렵의 이승만 대통령이나 장면 박사의 입장은, 그야말로 사느냐 죽느냐의 막바지에 처해 있었소이다. 이 점으로 말한다면 당시 우리나라에 진주해 와 있던 미군도 거의 같은 입장이었구요.

그런 일단一端을 극히 단편적으로 살펴보드래도, 이보다 2년 전, 1948년 5월 8일에 이미 북한에 들어가 있던 남로당 당수 박헌영이 남한의 '단독 선거 반대 총파업'을 대대적으로 조직해 냈을 때, 미군이 이에 어떻게 대처했느냐 하는 것으로도 잘 드러납니다. 이때 총파업에는 남한 전역에서 10여만 명의 노동자, 농민, 학생들이 참여

합니다. 이보다 1년 전, 1947년의 소위 '3·22 총파업'에 비하면 참가 인원은 훨씬 줄었는데, 그건 1947년 8월 이후, 미 군정청의 엄중한 단속으로 공산당 쪽이 조직 노동자를 충분히 동원할 수가 없었기 때문이었습니다.

'5·10선거' 바로 이틀 전의 이 '5·8 총파업'에 대해서도, 미 점령군은 특별 경계령까지 포고하며, 군경과 우익 청년단을 총동원하여 총파업 참가자 및 남한 단독 선거 반대자들에게 삼엄한 감시와 가차 없는 탄압을 강화합니다. 심지어 5월 10일 선거에 대비해서는 미국 정부는 순양함 한 척을 인천에, 구축함 한 척을 부산에 파견하며, 뿐만 아니라 미 지상 부대로 하여금 경계에 임하게 하였고, 미 공군은 남한 각지를 비행하며 공중 정찰을 하기까지 했습니다. 그리하여 선거 당일 5월 10일에는, 지역 조직 단위의 삼엄한 경계 감시하에 투표가 진행됩니다. 하여 이날의 상황은, 이 총선거 행사를 주관했던 당시 미 군정청 스스로의 공식 발표에 의하더라도 5월 7일부터 10일까지 4일 동안에 검거 투옥된 자가 무려 5,425명, 사망한 자가 350명에 달하였다고 하니, 어떻습니까, 놀랍지 않습니까요. 특히 그때 제주도에서는 소위 '4·3사건'으로, 아예 투표라는 것조차 불가능하였습니다.

그러니까 1948년의 남한만의 단독 정부가 처음 탄생되는 데 필요 불가결했던 절차상의 이 첫 선거는, 남한의 좌익 세력은 물론이고, 백범 김구가 이끌던 '한국독립당', 김규식이 이끌던 '민족자주연맹' 등, 그보다 불과 20일 전의 4월 19일에 평양에서 열렸던 남북정치협상회의에 참가했던 남한의 모든 정당, 사회단체들의 반대하에서 행해졌습니다.

그러니 여북하면 이 선거를 주도했던 유엔의 '임시한국위원회'조차 이 선거는 '자유로운 분위기의 선거는 아니었다'라고 솔직하게 인정하지 않을 수가 없었습니다요.

이렇게 지극히 어렵게 치러진 선거 결과는, 이승만이 이끄는 '독립촉성국민회'가 53석, 김성수 세력의 '한국민주당'이 29석, '대동청년단'이 14석, '민족청년단'이 6석, 그 밖의 우익 단체가 11석, 무소속이 88석이었소이다. 그러니까 남한 국회의원 총수 2백 명 가운데 이승만 세력은 4분의 1을 확보했을 뿐입니다.

이리하여 미 점령군 당국은, 스무 날 뒤인 5월 30일에 새로 당선된 2백 명으로 첫 남한 국회를 개원, 일단 국회의장에 이승만을, 부의장에 신익희와 김동원을 뽑고, 헌법기초위원회부터 구성합니다. 그리고 7월 17일에 대한민국의 첫 헌법을 국회에서 통과시킵니다.

한데 이런 속에서도 김구·김규식 등은 '미·소 양군 철수 뒤 남북한 총선거 실시'를 내걸고, 바로 4월 19일의 평양 연석회의에 참가했던 정당, 사회단체들을 총망라하여 '구국救國 전선'을 결성할 것을 결정합니다. 그리고 김구는 그해 6월 25일의 기자회견에서 단독정부 수립을 배척하고, 미 점령군의 철수와 자주독립, 통일에의 길을 모색할 것을 거듭 강조, 29일에는 '미·소 양군 철수를 요망하는 서한'을 유엔 한국위원회에 보내는 등, 끝까지 안간힘을 써 보지만, 이미 이승만이 주도했던 남한 단독정부 수립을 막아 내지는 못합니다. 이리하여 결국은 미국 및 이승만 세력은 1948년 8월 15일에 대한민국의 독립을 선언하고, 미 군정청으로부터 이승만 정권에의 정권 이양이 발표됩니다.

자, 이렇게 강어거지로 어렵게 세워진 대한민국의 첫 정부 이승만 정권은, 별수 없이 미 군정청 시대보다도 더욱더 엄혹해지고 혹독해집니다. 이승만 그이로서는 바로 자신뿐만 아니라, 남한 땅덩이가 통째로 공산화되느냐, 아니냐의 문제였겠으니, 어쩔 것입니까. 세상의 어거지란 어거지는 죄다 동원할 정도로, 그는 그야말로 반 미친 사람처럼 극단으로 극한으로만 내몰립니다. 북한 평양에 앉아서, 이 남한을 좌지우지하려고 드는 남로당의 박헌영에게 이대로 앉아서 당할 수는 없다는 것이었을 겁니다. 미 군정 입장에서도 그랬을 터이지만, 이승만이 보기에도 박헌영의 뒤에는 바로 소련의 스탈린이 버티고 있다는 것이었을 터이지요.

그러니 이승만 정권이 들어서면서 이 정부가 처음부터 가장 당면하게 손을 쓴 것은, 뭐니 뭐니 해도 첫째도 둘째도 남로당부터 때려잡자는 것이었을밖에 없고, 헌법에서 보장된 모든 국민의 기본적 권리부터 마구잡이로 침해하지 않을 수가 없게 됩니다. 다시 말해, 그 당시로서는, 남로당원과 선량한 민중이라는 물과 불을 제대로 가려낼 수가 없었겠으니, 그 정치적 상황은 미 군정청 시대보다 몇 배, 몇십 배 더욱더 엄혹하고 혹독해집니다. 헌법에 의한 시민권의 보장이라는 것은, 엄두조차 낼 수가 없었습니다. 사상 통제, 좌익 정당·사회단체의 비합법화와 그에 대신한 여러 단체(주로 정치 테러단)의 합법화에 의해, 헌법에 의한 시민권의 보장이라는 것은 아예 공문화空文化되고 맙니다. 약 5만 명의 미군은 아직 그대로 주둔해 있었으며, 6만의 경찰관과 30만의 우익 청년단이 무장을 합니다.

그뿐이겠습니까. 이승만 정권은 미 군정청 시대에 써먹고 있었던 모든 치안 기구와 법률 체계까지 고스란히 이어받으며, 독재 정치를 자행하지 않을 수 없게 되는 겁니다. 즉, 미 군정청 시대의 경찰·검찰뿐 아니라, 저 먼 옛날 일본 통감부 시대의 '신문지법'·'보안법'을 비롯, 총독부 시대의 각종 법률, 미 점령군의 각종 포고布告, 군정청 법률까지 싸그리 써먹으며 더욱더 통제와 탄압을 강화해 갑니다.

그렇게 이승만 정권은 미 군정하의 각종 위국도 그대로 이어받습니다. 악성 인플레의 격화로 하늘 높은 줄 모르게 오르는 물가, 생산 시설의 폐쇄와 파괴, 각종 부정부패의 만연·횡행, 재정의 방대한 적자, 실업자의 범람, 저임금에 절량농가의 증가, 식량의 절대부족, 군경 및 정치 테러단의 발호跋扈, 사회 불안의 심화 등 위기 국면은 날로 더욱더 심해져 가기만 합니다.

이러한 정황에 기름을 붓고 불을 댕기듯 북한 평양에 앉아 원격 조종으로 지휘를 하는 남로당의 우두머리 박헌영과 이승엽은, 이승만의 탄압에 맞서 드디어 남한의 당 일부를 무장화합니다. 이미 전부터 남로당은 '2·7 투쟁' 때부터 일부 지역에서 당 중앙의 의사와는 관계없이 무장 투쟁을 할 수밖에 없었지만, 이승만 정부 발족 뒤에는 아예 각 지방 도道당부에 '군사부'를 두어, 당의 일반 조직과 야산野山 부대와의 조정을 기도하게 되고, 드디어 1948년 말에 이르면 행정적 조건에 따라 유격 지구까지 두게 됩니다. 지리산 유격전구, 호남 유격전구, 제주도 유격전구, 오대산 유격전구, 태백산 유격전구들이 그것입니다. 또한 남로당은 이 무렵부터 새로 편성되는 한국 국방군에 대한 공작에도 차츰 심혈을 기울이게 됩니다.

자, 이런 마당에 여직 북한에 남아 있던 소련군 고문들과 모스크바에 앉아 있는 스탈린은 남조선 쪽의 이런 움직임에 과연 어떻게 대처했을까요?

　우선 그 점은 1947년 5월 12일에 북한 주재 소련 대사가 평양에서 스탈린에게 보냈던 긴급 요청 서한과 그에 대한 독재자 스탈린의 매우매우 고압적인 짤막한 암호 전문 지령(앞의 소련과 북한 간에 오고 간 기밀 정보 1. 참조)을 보더라도 윤곽이 대강 드러납니다. 이 점으로도 새삼 우리 눈길을 끄는 것은, 당시 우리 한반도 문제에 대처하는 미국과 소련 정황의 근본적인 차이입니다. 앞에서 본 미 국무성 비밀문서에서도 주도면밀하게 드러나듯이, 미국 쪽의 한반도에 대한 정책 흐름은 세부 세부 국면 하나하나가 적나라할 정도로 약여한 데 비해서, 소련 쪽의 그것은 소련 제국이 무너진 뒤 30년이 되어 가지만 여전히 오리무중으로 드러나지 않고 있습니다. 게다가 한국전쟁을 둘러싼 당시의 소련·중공·북한의 3국 관계부터가 근본적으로 수직 관계여서, 소련의 스탈린이 김일성과 모택동에게 하나하나 위에서 지령을 내리는 관계였던 겁니다.

　더구나 여기서 우리가 주목해야 할 사실은, 1945년 가을에 스탈린이 가벼운 뇌경색 발작으로 한 번 쓰러졌던 일을 겪고 나서는 늘 시름시름 앓고 있기가 예사여서, 크렘린 사무실도 자주 비워 두고 정치국 최고 몇몇 간부들, 베리야, 말렌코프, 후르시초프 등도 주로 그의 시골 별장에 모여 몇몇이서만 쑥덕쑥덕 중요한 자기 나라 일뿐만 아니라 코민포름이라던가요, 온 세계 구석구석의 공산당 일을 결정하곤 했던 모양입니다. 하여, 1945년 가을부터는 조만간 그의 후계

자로 지목되었던 몰로토프도 이미 스탈린 눈에서 벗어나, 서방 제국 주의의 끄나풀이라며, 오랜 외무상 자리에서도 쫓겨나서 정치국 간부 회의에도 끼어들지를 못했다고 하더군요. 실제로 1952년만 하더라도 그 막중한 1년 동안에 소련공산당 정치국 회의라는 것이 열렸던 것은, 단 네 번에 불과했다고 합니다. 독재자 스탈린의 행태가 이러한 데에 가장 불만을 가졌던 사람이 바로 당시 중공의 모택동이었지만, 중국에 있는 그로서도 달리 방법은 없었겠지요.

그 스탈린의 말년이 과연 어느 정도였느냐 하는 것을 극명하게 잘 드러내는 한 일화가 있습니다. 그 당시 소련의 작가동맹 위원장은 소설가였는데 어느 날 저녁 그는, 동료 작가들과 만나 밤늦게까지 술을 마시고 만취가 되어 숙소로 돌아왔는데, 마침 스탈린으로부터 전화가 걸려 왔더랍니다. 그렇게 스탈린은, 지금 당신과 한잔 하고 싶으니 곧장 들어오라는 것이었답니다. 여느 때 같았으면 즉각 집을 나섰을 것이지만 그날 밤에는 원체 몸을 운신하기조차 어려울 정도로 과음해서, 혀 꼬부라진 소리로, 오늘은 도저히 더는 못 마시겠노라고 사양을 하였으나, 스탈린도 스탈린대로 요긴한 의논거리가 있으니 당장 들어오라고 고집을 피웠던 모양입니다. 그러자 그 소설가도 엉망으로 술에 취했던 판이라, "글쎄, 오늘 저녁은 더 못 마시겠다니까요, 시팔" 하고는 철컥 전화 수화기를 놓았더랍니다. 끝머리 소리는 진짜로 했는지 어쨌는지 이튿날 아침, 술이 깨어서는 그 소설가 스스로도 기억이 아물아물하였지만, 아무튼 그날 오후, 그는 권총 자살한 시체로 발견이 되었더랍니다. 독재자 스탈린 말년의 실제 모습은 바로 이런 정도로 극에 달해 있었던 모양입니다. 이 이상, 더 무슨 말이 필요할 것입니까.

1953년 3월 스탈린 사망 뒤에 곧장 외무상으로 복귀했던 몰로토프도 훨씬 뒤에는 그의 살아생전 회상기에서,

'스탈린 죽은 뒤에 한국전쟁을 끝내기로 했다. 애당초에 이 전쟁은 우리로서는 본의가 아니었다. 북조선이 우리에게 떠밀어 할 수 없이 일으켰던 전쟁이었다' 하고 간단히 한마디로 야멸치게 언급하고 말더랍니다. 그야말로 한국전쟁이라면 정나미부터 떨어진다는 듯이 말입니다. 당시의 소련으로서는 이런 수준의 전쟁이 바로 한국전쟁이었던 것이지요.

그러니까 1945년 가을에 한 번 중풍으로 쓰러졌던 뒤, 스탈린 말년은 그런 정도로 노쇠해 있었으면서도, 그럴수록 그의 권력 집착은 더욱더 악착스러웠으며, 당시 모든 소련 정책을 주관했던 정치국 회의라는 것도 누구나가 오로지 시종일관, 최고 집권자였던 스탈린의 눈치 보기로만 떨어져 있었던 듯합니다.

그렇게 스탈린은, 소련군 진주 초에 한반도에 대해서는 엄히 불간섭 유지 정책으로 일관하다가, 1950년에 들어서는 김일성·박헌영의 성화에 못 견디듯이 갑자기 전쟁을 일으키는 쪽으로 돌아서서, 미군이며 유엔군, 그리고 끝내 중국 의용군까지 참전, 현 휴전선 근처에서 양측이 대치, 말 그대로 시산혈하屍山血河의 나날이 이어지자, 이듬해 1951년부터는 중국의 모택동이며 김일성이며 진정으로 휴전을 원하고 나섰을 때에도, 스탈린은 조만간 제3차 세계대전이 터질 것이므로 미군의 전투력을 저렇게 한반도에 묶어 놓아야 한다며, 고집스럽게 전쟁 계속을 독려하기도 했었던 모양입니다. 그러나 결국

은 그의 죽음으로 한국전쟁은 휴전 쪽으로 가닥을 잡아 갑니다만, 아무튼 이 전쟁이 시작될 무렵 미국 수뇌부가 이 전쟁에 임하던 낱낱의 움직임, 특히, 가령 트루먼 대통령이 미국 상하원 합동 회의에 나가서 한국 상황에 대해 전면적인 보고를 해야 할 것이냐, 라는 것을 두고서도, 저렇게나 시시콜콜할 정도로 대응했던 미국 움직임(앞의 미 국무성 비밀문서 15. 참조)과 비교할 때, 과연 어떻습니까요. 미국이라는 자본 제국과 소련이라는 일인 독재 제국의 구체적인 차이가 과연 무엇이었던가 하는 그 진면목도 새삼 들여다보게 되지 않습니까요.

결국은 바로 이 점만으로도, 나 조만식이, 지금으로부터 70년 전 그 옛날에, 내가 그토록 내 생명까지를 바쳐서 끝까지 반대했던 것이, 바로 저 스탈린이라는 자의 일인 독재였다, 그 독재로 우리를, 우리 강토를, 우리나라를 얽으려 드는 데 대한, 우리 민족을 대표한 저항이었고 반항이었다고 하면, 이제 좀 알아들을 만합니까요.

그리고 또 한 가지, 조만식 저의 생각으로는 그때 이승만 박사의 독재도 일단은 스탈린의 독재 못지않게 지독했습니다만, 다만 그때, 이승만 박사의 독재가 없었더라면, 그리고 그때 그 미군 고문관들, 특수요원들과의 뿌리 깊은 연계連繫가 없었더라면, 그들의 힘을 빌려 남한 유격대들을 그렇게 전몰시키지 않았더라면, 과연 오늘의 저 대한민국이 살아날 수 있었을까요. 이 점에 들어서는 저 조만식은 감히 주장합니다요. 바로 그때 대한민국을 지켜 냈던 오직 한 사람이 있었다면, 바로 초대 대통령 이승만 박사 그이였다고요.》

목소리가 멎자, 비로소 폭우 쏟아지는 소리가 돋아 올랐다. 그러니까 그동안은 목소리에 가려서 통히 들을 수가 없었는데, 바야흐로 천지는 온통 폭우소리, 소나기 퍼붓는 소리로만 꽉 찼다.

4

그러고 나서 두세 시간이나 흘렀을까. 혹여나 혹여나 하고 기다렸으나 천지는 오직 폭우 쏟아지는 소리뿐, 전혀 아무런 기척이 없는 속에 문득 조심스러운 기침소리 섞어 자그마한 목소리 하나가 또 돋아올랐다.

《…… 평양에 있던 남로당 중앙당 지도부는 본시 1949년 4월을 '남조선 해방의 날'로 결정하고, 각급 당 지도부에 지령을 내려서, 일단 서울에서 혁명의 봉화가 오르면 이를 신호 삼아 각 지역에서 폭동과 유격전을 전개하기로 했었습니다. 이와 동시에 인민군도 남으로 진격, 일거에 남북을 통일시키기로 하였었지요. 그러나 이 목표는 5월, 6월로 연기되다가, 끝내는 9월에 결행하기로 낙착됩니다.

그렇게 평양의 남로당 중앙 지도부는, 즉 다시 말해 박헌영은, 이 일을 서울 시당부가 맡아 시행하도록 지령, 하루빨리 '해방 혁명 사령부'부터 구성하도록 독려하였고, 결국 서울시 당 지도부는 서둘러 서울 변두리 전농동에 '해방 혁명'의 본거지를 잡습니다. 이곳이 강원도와 쉽게 연결되고, 청량리와 가깝다는 것, 당의 전농동 세포가 비교적 조직적으로 강하며 빈민이 많다는 점이 이유였다고 합디다. 그렇게 당시 동대문구 책임자였던 홍민표라는 사람에게 이 폭동 계획 전체를 위임합니다.

그러나 박헌영은 4월 해방과 5월 해방이 불발로 끝나자, 6월에 들어서는 북한에 있던 강동 정치학원 출신의 유격대원 4백여 명을 '서울 지도부 군사위원회'와 긴밀한 연락을 맺게 하고, 오대산 지역으로, 또 7월 6일에는 약 2백 명을, 그리고 8월에도 일부 대원을 남하 침투시킵니다. 8월 4일에는 역시 월북해 있던 제주도 '4·3사건'의 주역, 김달삼 부대를 일월산에 침투시키며 동해상으로 소련제 무기까지 다량 운반해 들여와 그 지역의 유격대에 공급해 줍니다.

그리고 보현산에는 새로 동해 여단을 만들어, 8월 12일에 이들을 경기도 지구에 침투시키고, 후속 유격대 40여 명을 증원, 용문산까지 진출시킵니다. 이것은 서울 지도부의 무장 폭동을 지원하라는 것이었지요.

이러던 중, 서울시 당 지도부에 이승만 정부 수사 기관이 덮쳐 몇몇 간부 당원이 체포되면서, 일거에 시 당 지도부는 거의 괴멸해 버립니다. 그리하여 8월 27일에 당의 중앙특별위원회는 홍민표를 서울시 당 수습위원장으로 임명, 기본 조직의 검열을 철저히 하라며 내부 숙청 지침까지 내립니다. 이때 당은 이미 남로당이 아니라, 6월 25일, 남·북로동당을 합당해 조선로동당이 되어 있었습니다만요.

하지만 당내 움직임을 비롯하여 아직 준비가 제대로 되어 있지를 않아 서울 쪽의 저들은 '해방 혁명' 계획을 또다시 미루어야 할 형편이었는데, 평양 쪽은, 9월 4일, 홍민표에게 '무장 폭동 사업'만을 전담케 합니다. 이러니 당 서울 지도부는 9월 중에는 무슨 수를 쓰더라도 폭력 혁명을 일으켜야 할 처지에 몰리고 말았습니다.

9월 7일, 또다시 홍민표에게 '어떠한 일이 있어도 9월 20일까지는 무장 폭동을 일으켜 서울을 강점하라'는 지령이 내려집니다. 그러니까 본시 서울시 당 지도부의 '8월 해방 계획'이라는 무력 혁명 계획은,

첫째, 8월 20일까지 이승만 정권을 뒤집어엎어 그 권력을 인수할 것, 둘째, 9월 1일에는 박헌영이 선거위원장으로 평양에서 서울로 내려옴, 그리고 셋째, 9월 20일에는 총선거를 실시, 넷째, 9월 21일에는 서울에 '조선민주주의 인민공화국 중앙정부'를 수립한다는 것이었지요.

그러니까 그때 평양에 앉아 있던 박헌영이라는 '중앙지도부'는 이 계획을 통째로 한 달 연기해서라도 강력하게 밀고 나간다는 것이었던 모양인데, 어떻습니까요. 어찌 이런 일이 애들 소꿉장난도 아니고, 이렇게도 간단할 수가 있겠는지요. 이런 일에 전혀 전문이 아닌 사람의 눈에도 도무지 황당하고 가당치 않다는 생각이 나질 않습니까요.

한데 아니나 다를까, 바로 이 추상같은 지령을 받은 홍민표라는 자는, 정작 9월 18일, 곧장 남한 경찰에 제 발로 스스로 자수自首, 그간의 모든 남로당 지하 조직과 9월 폭동 계획 전모까지 모조리 털어놓아 버렸으니, 그 한 사람의 존재는 일약 대한민국의 공안 경찰과 사찰 경찰에게 백만 대군을 안겨 주는 격이 되어 버립니다.

그 홍민표라는 사람은 과연 어떤 사람이었느냐. 경성 제2고보 재학 중인 1936년 2학년 때 소위 '독서회'를 조직, 다음 해에는 조선공산당에 입당을 합니다. 하지만 이 무렵에는 일제 경찰의 탄압으로 공산당 조직은 거의 무너져 가던 때였습니다. 1931, 32년에 박헌영·

김형선 등이 관련된 공산당 사건이 터졌었으나 이들은 몽땅 경찰에 잡혀 버려서, 그 뒤에는 이재유李載裕라는 사람을 중심으로 재건운 동을 폈지만 1937년에 그이마저 체포되어, 당의 재건, 조직 공작은 완전히 실패로 돌아가고 맙니다. 그러다가 1939년부터 다시 이른바 '경성 콩그룹'을 조직, 그 무렵 출옥해 있던 박헌영을 지도자로 하고 지하공작에 들어서지만 1941년 12월까지는 대부분 당원이 일제 경 찰에 체포되어 그 뒤로는 유야무야가 되어 버립니다.

그렇게 홍민표도 1940년까지 그 언저리에서 돌다가 이듬해 1941 년에 또 체포되지만, 1943년 형기 만료로 출옥, 1945년 8월 9일에 예비 검속되었다가 8·15 해방으로 풀려납니다.

해방을 맞은 그는 곧 조선공산당 재조직에 가담, 서울대 사범대학 에 입학했고 재학 중에 지방 당의 조직 사업에 간여하면서 1946년 '대구 10월 폭동' 성공을 계기로 당 간부로 발탁됩니다. 그렇게 그해 말에는 서울의 용산·마포·서대문구 당의 선전 책임자가 됩니다.

그 뒤, 1948년 3월에는 서울 용산구 당 우두머리로 '5·10 총선거' 방해와 파괴 공작에 나섰다가 같은 해 6월에는 동대문구 당 조직책 이 됩니다. 그 뒤, 1949년 3월에는 서울시 당 조직부로 복귀, 다음 달 4월에는 서울시 당 부책으로 올라서며 6월 9일에는 폭동 계획을 전 담하게까지 됩니다. 그렇게 1949년 8월 현재 서울 시당부 책임자 겸 특별위원회 책임자로 있었던 겁니다. 이렇게 공산당 핵심 분자이던 홍민표가 1949년 9월 18일, 하루 이틀 사이에 송두리째 백팔십도로 전향, 이승만 정부의 경찰에 자수해 오면서 바로 그날로 곧장 그는 서울시경의 사찰과 경위로 변신하여 남로당 잔당을 잡는 데 혼신으로 기여하게 됩니다요. 그리고 이 사건은, 다시 또 그 몇 년 뒤, 1955년, 북에서의 '박헌영 반란 음모 사건' 때는, 그에 대한 검찰 논고論告에서,

'적과의 모험적 싸움 일변도로만 내몰아 수많은 애국 인민과 영웅적 전위들을 도살시켰고, 1949년에는 남로당에 무지막지하게 폭동 야기를 지령함으로써 적에게 탄압의 구실을 주었다'라고 박헌영 죄상罪狀의 하나로 거론되기도 하였습니다요.

그러니까 그 일당들은, 그때도 그렇게 9월 혁명을 성취해서 서울에 박헌영을 수괴로 한 조선인민공화국 중앙정부를 세우면서 곧바로 통일정부의 주도권을 저들이 휘어잡자는 음흉한 계산이 없지는 않았드랬습니다. 그렇게 6·25전쟁도 저들 일파로서는 박헌영을 수령으로 한 중앙정부라는 꿈의 실현이 주목적이었던 것이올시다. 한데 만에 하나, 1949년 9월로 예정됐던 서울에서의 폭동이 저들 뜻대로 성사됐더라면 어떻게 됐을까요. 바로 그때, 경우에 따라서는 인민군 남행도 감행됐을 것입니다. 만일 그랬었다면 그 뒤 남북 관계 전체 국면은 어찌 되었을는지요. 저로서 이렇게 한번 가정해 보는 것은 다름이 아닙니다. 그때 북조선에 들어와 있던 박헌영 일당의 그 집요한 공작은, 심지어 당시 평양 정권 안에서 소련파의 대표 격으로 알려졌던 허가이에게까지 뻗어 있었다지 않습니까요. 허가이가 그때 그렇게 자살까지 하게 됐던 것도 바로 박헌영과의 모종 관계가 탄로나면서였다는 설까지 있었고, 함경도 쪽의 공산주의자 주영하의 숙청도 그런 연유였다더군요. 그러니까 그때 북에 들어와 있던 박헌영 일당의 그런 면의 집요함은 그 정도로 악착스러웠던 모양이

더군요. 그러고 보면 저로서 또 한 가지 새삼 떠오르는 것이 있습니다요. 바로 '남반부 정치위원회 총책'이라는 직함을 지니고 있던 성시백成始伯이라는 사람입니다.

그이는 저 최용건도 익히 잘 알던 사람이었는데, 바로 그이도 일찍이 스물다섯 살에 중국 상해로 건너가 서안西安, 중경重慶, 무안武安 등지를 떠돌아다니다가 중국공산당에도 입당해 있었으니, 제가 모를 턱이 없었습니다. 하지만 원체 사람이 그런 사람이어서 그이 쪽에서도 그랬을 터이지만, 저로서도 그닥 가까이 사귀고 싶은 사람은 아니었습니다. 피차에 안면은 트고 있었지만요, 서로 꿩 닭 보듯 하였다고 할까요. 어느 한쪽으로, 저 같은 사람은 아예 처음부터 엄두조차 낼 수 없을 정도로 족탈불급足脫不及의 능력을 지닌 사람으로는 보였지만, 저 최용건이라는 사람이나, 제가 존경해 마지않는 고당 조만식 선생님 같은 분으로서는, 썩 탐탁해 보이지 않는, 좀 더 솔직하게 여쭙자면 뭔지 처음부터 지저분해 보이는, 이를테면 저 같은 사람으로서는 대강 그런 유의 껄쩍지근한 사람이었습니다. 그이는 1946년 12월에 중국에서 바닷길로 부산에 닿습니다. 그러곤 곧장 서울을 거쳐 38선을 넘어 평양으로 들어와, 김두봉 등 우리 북쪽 요인들도 만나는데, 물론 저도 한때는 중국공산당 당원이었으니 자연스럽게 한자리에서 만나기도 했었습지요만, 그렇게 서너 번 만나면서도, 저라는 사람이 원체 또 그런 쪽이라, 그이 지껄이는 이야기나, 그이 하는 일에는 전혀 오불관언吾不關焉으로 지냈소이다.

한데 저도 훨씬 지나서야 우연히 풍편으로 들어서 알고 내심 조금 놀라기도 했습지요만, 그 뒤, 그이는 김일성 수상의 밀명을 받고 남

272

조선으로 내려가 그 어떤 공작 임무를 맡고 있다는 것이 아닙니까. 바로 그 공작 임무라는 것의 내용인즉, 대강 다음과 같은 것이었던 모양입니다.

첫째, 남로당을 감시하면서 그쪽 정보를 치밀하게 수집하라.

둘째, 대한민국의 정치, 문화, 경제, 사회, 군사 등에 관한 광범위하고도 상세한 정보를 수집하라.

셋째, 비합법 체제를 갖춘 남로당과는 별도로, 남조선에서 편하게 활동하기 좋도록 정보 조직을 중심으로 합법 조직 체제를 갖추도록 하라.

대강 이런 유의 임무를 맡은 성시백은, 본시 평양 인민위원회의 그런 쪽의 전문 기관이었던 정치보위부 제4처에서 은밀하게 남쪽으로 내려보내던 공식적인 대남 공작과는 전혀 별도의 사업 체계를 갖고 있었던 모양입니다. 다시 말하면 그렇게 정치보위부에서 남파되었던 간첩들은 거개가 남쪽 수사 당국에 줄줄이 체포되고 있었지만, 이 성시백의 선線을 통해서만은 쏠쏠한 재미를 보고 있었다는 것이지요. 우선 성시백이라는 사람부터가 일제하의 중경 임시정부 요인들의 대부분과 잘 아는 사이였고, 평양에서 보내 주는 풍부한 공작 자금의 강점을 충분히 활용, 대한민국 정부 안의 구석구석 움직임을 비롯, 군부와 언론·문화단체에까지 깊숙이 파고들어 있었던 모양입니다.

성시백의 이러한 장점들은 우리 북쪽으로 하여금 그의 남쪽에서의 활동을 적극 뒷받침해 주지 않을 수 없도록 하였으며, 실제로 김일성 수상은 박헌영과 이승엽이 주관하던 남로당 쪽 선線과는 달리,

남한 당국의 수사선線으로도 포착되지 않는 은밀하면서도 실속이 많은 이 선을 매우 애지중지했었던 모양입니다. 이렇게 대한민국의 각 분야에 걸친 다양한 기밀들은 성시백이 마련해 둔 서울 아지트의 송수신 시설을 통해 하나하나 평양의 김일성 수상에게 직접 보내졌다고 합니다. 심지어 서울의 언론 기관에까지도 깊이 손길을 뻗쳐 교묘하게 북쪽 주장도 남쪽 언론을 통해 펴 나갔으며, 남쪽의 군사 기밀도 탐지하여 직접 김일성 수상에게 보내졌다고 하니, 남로당 안에서의 박헌영이나 이승엽, 그 밖에도 그들 남조선 내 일당의 일거수일투족도 환히 꿰고 있지 않았겠습니까.

이렇게 1947년 6월부터 서울 서소문에 근거지를 두고 암약해 오던 성시백은 저들대로도 특수 공작 자금을 마련하기 위해 1948년 남북교역이 완전히 금지될 때까지 무려 56차에 걸쳐 북한에서는 명태, 카바이드 등을 가져오고, 남한에서는 중유, 의약품들을 중국 대륙을 통해 북으로 들여보내 쏠쏠 재미를 보아 돈도 물 쓰듯 했다는 것입니다.

그렇게 남북교역이 완전히 끊긴 1949년 6월에는, 중국 청도의 북로당 직영 업체였던 '조선상사'와 직접 밀무역을 했다고도 하는데, 밀무역의 남한 쪽 항구가 주로 전남 여수였다고 합다. 그때 이들에게 포섭되었던 이승만 정부의 해군 장교 몇몇도 있었답디다만, 그 장교들은 그 뒤에도 아무 탈 없이 어쩌면 지금까지도 아흔 살의 노구로 서울 어디쯤에선가 여전히 떵떵거리며 살고 있을는지도 모릅니다. 헌데 그렇게나 삼엄했던 그때 남북 양쪽을 명실공히 도깨비마냥 통째로 타고 앉아 재미를 누리던 그 성시백이라는 자도, 바로 홍민표 경위를 통해 끝내는 잡히고 맙니다.

그가 잡히던 과정도 참으로 그이답게 기괴했던 모양입니다. 처음에 검찰 지시로 1천만 원이라는 거금의 수사비까지 투입하며 체포에 착수하게 된 것부터가, 바로 홍 경위가 남로당 서울시 당 하부 조직과 여전히 접선을 계속하며 남로당 잔당들을 파괴하는 공작 과정에서 수상한 공작線 하나를 발견하면서부터였다는 것인데, 결국은 이 일도 홍 경위에게 맡겨졌을밖에요. 하여 홍 경위가 그 線을 며칠을 두고 면밀하게 더듬어 보니, 북한 정치보위부 소속의 침투 공작도 아니고, 그렇다고 남로당의 다른 조직과의 횡적인 접촉도 안 보이고, 정체불명이더라는 것입니다. 헝클어진 실뭉치에서 꼬투리를 잡아내자는 식으로 더듬어 올라가다가 본즉, 바로 중국에서 돌아왔다는 성시백이라는 자와 부딪치더라는 것인데요.

그러던 어느 날, 홍 경위는 시경 사찰과에서 과장과 성시백에 관해 이런저런 이야기를 나누던 중에, 과장이 자기 책상 서랍에서 사진한 장을 꺼내 넘겨주는데, 바로 광복군의 김홍일 장군과 나란히 찍은 성시백이더랍니다.

"여기 이자가 바로 문제의 그 성시백이오. 변장술에 대단히 능하다고 들었소. 잘해 보시오."

사진의 출처는 분명치 않지만, 해방 전에 중국에서 같이 찍은 것 같다고 간단히 한마디 덧붙이더랍니다. 바로 이때부터 그 성시백을 미행하게 하면서 일거일동을 챙기기 시작했으나 도무지 아무런 꼬투리도 잡히지가 않는 그저 평범한 시민이더라는 것이에요.

홍 경위는 곧장 치안국 중앙 분실로 가서 구속 중이던 남로당원

피의자들을 한 사람, 한 사람 점검해 보다가, 특이한 피의자 하나를 또 발견합니다. 그건 김명용金明用이라는 사람으로, 잡혀온 지 일주일이 넘도록 물 한 모금 안 마시고, 단식을 계속하고 있더라는 것인데요, 그의 처도 똑같이 묵비권을 행사하며 전혀 입을 열지 않아 기초 조서調書조차 작성하지 못하고 있다는 것이었습니다.

홍 경위는 우선 그 부부 앞에서 자신이 살아왔던 지난날들을 소상히 털어놓으면서 두 사람을 극진히 대접했던 모양입니다. 그러자 차츰 긴장이 풀리면서 그 부부도 야금야금 얼어붙었던 가슴을 풀어놓더라는 것입니다. 그리하여 종당에는 전혀 예기치 않았던 큰 대어 한 마리를 낚는 소득을 얻어 냅니다. 그 김명용이라는 자는 바로 성시백의 비서로 그 조직의 부책이더라는 것이 아닙니까.

드디어 그렇게 김명용의 처를 통해 성시백의 비밀 아지트까지 알아내기에 이릅니다. 홍 경위는 곧장 서울시경 안의 민완 형사 두엇을 대동하고 1950년 5월 15일 저녁에 충신동의 성시백 집에 닿아, 밤이 깊어지기를 기다립니다. 자정이 가까워지자, 형사대를 이끌고 그 집 담장을 넘어 급습을 합니다. 그렇게 안방 문을 열고 들어가 본즉, 방 안에는 웬 노인 하나만 혼자 달랑 앉아 있더랍니다. 그 노인을 시경 사찰과 분실로 연행해 와서 조사를 하려고 들자,

"나는 김승만이라는 사람이오. 무고한 시민을 이렇게 한밤중에 데려다가 다그치다니…… 세상에, 이럴 수가……."

노인도 이렇게 시치미를 떼고 의젓하게 한마디 하더랍니다. 이름을 김승만이라고, 이승만 이름과 똑같은 것도 이자답게 조금 웃기는 구석도 없지는 않았지만, 그러나 웃을 겨를도 없이 곧장 홍 경위가

사진 한 장을 꺼내 노인 앞으로 내밀며,

"여기, 김홍일 장군하고 찍은 이 사진이 바로 당신 아니오?"

하자, 노인은 힐끗 한 번 홍 경위를 쳐다보곤, 비로소 체념한 듯이

"당신이 바로 그 홍민표요?"

하고 그제야 노인으로 변장하고 있던 성시백 자신의 정체를 드러내더라는 것입니다.

결국 남북 관계는 이런 지경으로까지 가 있었습니다. 남북 피아간에 옳다, 그르다는 것을 순리로 따져 들 수가 없이, 오직 죽느냐 사느냐 하는 국면으로 극極으로만 내몰리다 못해, 권력을 향한 공작工作일변도로만 뻗어 가 양측 모두 사악할 대로 사악해지고 있어, 그런 쪽으로 깊이 따라가 보면, 어느새 박헌영이나 이승엽이나 이강국·임화 등등, 뒤에 북쪽의 재판에서 줄줄이 사형을 언도받아 처형됐던 남로당 간부들도, 본인들 자신조차 뭐가 뭔지 모르는 사이에 아닌 게 아니라 미국의 간첩으로 떨어져 있을 수도 있었겠습디다요. 그러니까 그간에 이 성시백이라는 자도, 바로 김일성 수상으로서도 어쩔 수 없이 저 냉혹한 끝머리 깊은 비선秘線 중의 마지막 비선을 통해 남로당계의 하루하루 구석구석 움직임까지 챙겼던 것은 아니었겠는지요.

심지어 그 뒤에도 김일성 수상은, 성시백의 비선 같은 것을 통해서 1952년 9월 초에 이승엽 주관하에 그 일당들과 함께 새 정부의 내각 인선을, 뒤에 그 일의 재판과정에서 밝혀졌던 대로 다음과 같이 정해졌던 것까지도 미리 소상하게 알고 있었던 것은 아니었겠는지요.

수상 박헌영, 부수상 주영하·장시우, 내무상 박승원, 외무상 이강

국, 무역상 김응빈, 선전상 조일명, 교육상 임화, 노동상 배철, 상업상 윤순달, 그리고 새 당의 제1비서는 이승엽 자신이 맡게 됐던 것으로요.

사실은 저 최용건이라는 사람도 그때 그 재판에서는 재판장 노릇을 하기도 했소이다만, 원체 그런 공작工作이라나, 음모라나 하는 쪽으로는 그 재판 당시에도 그런 쪽 전문 기관에서 그렇다니 그런가 보다, 라고 대강 알았을 뿐이지, 중앙 권력을 둘러싼 양측, 즉 다시 말해서 북로당 쪽과 남로당 쪽의 권력 장악을 향한 그런 문제에서는 처음부터 일정한 거리를 두고 있었던 성향의 사람이었습니다. 앞에서도 조금 비쳤듯이 제가 존경했던 고당 조만식 선생도 그런 면에서는 저와 대동소이했을 것으로 지금도 생각은 합니다만, 하지만 그 무렵 일찍이 1950년 겨울 전쟁 때에는 벌써 선생께서는 69세로, 그런 식으로 이승을 마감하셨지만, 저는 저대로 현 북한 정권에서 1976년까지 별 탈 없이 지내다가 77세까지 나름대로 제 수壽를 다 누렸습니다요.

하지만 지금에 와서 다시 더 멀리까지 돌아보니까, 바로 1945년 9월 3일, 그때 서울서 급히 올라왔던 경성제대 출신 공산주의자 현준혁이 평양시내 중심가에서 남북을 통틀어 첫 테러를 당해 숨지는데, 이 일이야말로 바로 이 땅에서의 '공작 정치'라는 것의 첫 효시였을 것이올시다. 그리고 그것이 바로 소련군 사령부의 짓이었다고 할 수는 없겠는지요. 왜냐하면 누가 보나 그때 해방 직후, 북에서 새 권력의 실세實勢였던 소련군 사령부부터가 범인을 잡을 엄두조차 애당초 안 냈었으니까요. 그 점을 새삼 곱씹어 보면 다시 착잡해집니다요.

6·25전쟁을 둘러싸고도 과연 이 전쟁을 일으킨 자가 어느 누구였느냐 하는 걸 딱 한 사람으로 압축해서 꼽으라면 저로서는 그렇습니다. 바로 박헌영이었습니다. 당시 부수상이었으며 외무상이었던, 그리고 한때는 남로당의 우두머리였던 박헌영이오.》

5

이어, 곧장 다시 고당 조만식의 나지막한 목소리가 돋아 올랐다.

《그 참 묘합니다요. 그대의 목소리를 이렇게 한참 듣자 하니까 그대 모습은 전혀 보이지 않음에도, 그대 최용건이라는 사람의 당당한 체모와 내가 살아생전에 그렇게나 지극히 좋아했던 그 푸근한 덕성德性, 어디서건 남에게 군림하지 않고 자연 그대로 늘 의젓했던 그대라는 사람의 그 분위기까지도, 따뜻하게 손에 잡히듯이 이렇게 다가드는군요. 그대라는 사람의 타고난 인품이 이렇게도 생생할 수가 있다니, 이 조만식 나나, 그대나, 이 별로, 그 별로, 제각기 건너와서, 그러니까 한때 우리가 몸담았던 지구촌 용어로는 저승으로 건너와서 다시 몇 십 년이 지났음에도, 어찌 그대라는 사람이 이렇게도 가깝게 약여할 수가 있겠는지 실로 놀랍기만 합니다요. 더구나 그대는, 조금 전에 길게 얘기하던 중에, 내 이름을 두 번씩이나 언급하면서 한 말씀, 암요, 그렇다마다요. 나도 그대 그 말씀엔 전폭적으로 공감합니다만, 그렇습니다. 그대 말대로 우리가 한때 몸담았던 저 우리네 산천과, 동포들 살아가는 것이 어쩌다가 저 지경으로까지 이르렀을까요. 남북 간에 오로지 있는 것은 여전히 공작工作, 모사謀事, 이중·삼중·사중의 겹치기 음모陰謀, 역모逆謀, 실리實利·실리·실리 추구, 침투, 변절, 다시 또 역변절 등등만이 여전히 주종을 이루고 있으니, 이거야 악마들 소굴이 따로 없는 듯 하나이다. 하지만 아무튼 남이나 북이나 피아간에는 여전히 저렇게 노상 으르렁대면서도, 평상을 사는 사람들은 그런대로 북쪽은 심히 무겁게, 그리고 또 남쪽은 심히 가볍다 못해 거의 날라리판으로 경망스럽게, 어찌 됐건 하루하루 살아가고는 있군요.

한데 조금 전에 그대는, 우리네 강산 남북이 이 지경으로까지 이르게 된 그 원초原初로서의 6·25전쟁을 일으킨 장본인으로 남북 통틀어 한 사람을 꼽는다면, 거두절미하고 박헌영이라고 하였는데, 그렇게 보는 그대의 생각도 나대로도 이해가 안 되는 것은 아닙니다. 바로 남북을 합친 서울 중앙 권력에 대한 박헌영의 그 끈질긴 야욕과 집념이, 끝내는 저 6·25전쟁으로까지 가 닿았다는 것이 아니겠습니까. 그 점으로라면, 최용건 그대도 박헌영의 그 재판에서 재판장 자리에 앉아 있었으니까 혹시 기억하고 있을 것도 같은데, 그때 그 재판의 마지막 최후 진술에서 박헌영이 한 말은, 그이로서 생거짓말은 아닌 것 같습니다. 적어도 박헌영의 마지막 몇 마디는 지금 이 시점에 와서도 곰곰 씹어 볼 만하지 않겠는지요. 그야, 그 몇 마디가 재판의 판결을 좌우할 만한 것은 전혀 아닐 것입니다만, 나 조만식이나 그대 최용건의 인간적 성향으로서는, 일단 법률 차원을 떠나서, 한 번쯤 응당 그때 박헌영의 사사私事 입장만이라도 한 번 챙겨 주는 것이 사람으로서의 도리가 아니겠는지요.

그 최후 진술에서 박헌영은 이렇게 말합니다.

"나는 이 재판의 심리 과정에서 알려진 '새 정부'와 '새 당'의 조직에 관한 것이라든지, 무장 폭동 음모에 직접 참가했다든지 하는 범행을 조직 지도한 사실이 없기에 이 부분에 대한 책임을 지는 것은 곤란합니다. 그리고 끝으로 말씀드리고 싶은 것은, 나의 공범자인 이승엽 등의 '새 정부' 조직 음모라든지, 무장 폭동 음모에 나는 직접 관여하지 않았고, 그 사실도 알지 못했지만, 내 밑에서 범죄 활동을 해 온 자들이란 점에 있어서 나에게 책임은 있다고 생각합니다"라고요.

이 일련의 재판 과정에서, 재판장 자리에 앉아 있던 최용건 그대도 조금은 그랬으리라 믿습니다만, 내가 가장 놀랐던 것은, 그 재판 과정입니다. 그러니까 1953년 '7·27 휴전 협정'이 체결된 직후 8월 초에 접어들어 초스피드로 열렸던 불과 며칠 동안의 재판에서 줄줄이 사형이 언도되며 재판이 마쳐지고, 다시 그 뒤 2년 4개월이나 지나서 1955년 12월 3일이 돼서야 최고 재판소에 박헌영의 기소起訴가 행해지는데, 그렇게 늦어진 이유가 또 무엇이냐 하는 점입니다. 그렇게 최고인민회의 상임위원회는, '피고인 박헌영의 조국 반역 사건'을 심리하기 위한 최고 재판소 구성을 12월 14일자 정령政令으로 발표합니다. 그리고 바로 잇대어 이튿날 15일 오전 10시에 열린 박헌영에 대한 재판도 변호인 없이 공판 심리審理, 검사의 논고, 박헌영의 최후 진술 순서로 그야말로 전광석화로 진행되어, 같은 날 오후 8시에는 '사형, 전 재산몰수'가 언도됩니다.

참으로 놀랍지 않습니까. 그간의 수십 년간의 이 나라 공산주의 운

동의 명실상부한 거두였으며 1946년 북으로 넘어간 뒤에는 조선인
민공화국 부수상 겸 외무상까지 지냈던 사람의 재판으로서는 참으
로 너무너무 황당하고 어처구니없지 않습니까요. 어찌 이럴 수가 있
다는 말입니까. 특히 그를 그렇게 판결한 죄상罪狀으로서는,

첫째, 1925년 11월 중순, 일제 경찰에 체포되자, 금방 변절하여 조
선공산당과 조선공산청년동맹의 지하 비밀조직을 죄다 털어놓아 간
부들이 몽땅 체포되게 하였으며, 1939년에는 대전 형무소에서 아예
사상적으로도 전향, 출옥 뒤에는 미국 정보기관의 요원이었던 언더
우드의 지령을 받아 '경성 콩그룹'에 접근해서 그 지도권을 장악하
였고,

둘째, 1945년 11월 초순에는 서울 반도호텔에서 미 점령군 사령
관 하지와 언더우드에게 중요한 공산당 활동에 대해서는 사전에 통
고할 것, 미 군정하에서 폭동·파업 등의 투쟁을 하지 않을 것을 약속
하였으며,

셋째, 북의 당과 정부를 장악하라는 하지의 지령에 따라 1946년
10월 북에 잠입을 하였고,

넷째, 북에서의 간첩 활동을 위하여 1948년 9월에 이승엽을 입북
시켰으며,

다섯째, 끝까지 남아 있던 남반부 당 서울 지도부의 책임자 김삼룡
의 체포와 학살에 깊이 간여하였다 등등이었는데, 이 하나하나의 죄
상을 그 당시의 남북 백성들 중, 과연 어느 누가 그 판결대로 곧이곧
대로 믿을 수가 있었겠습니까요. 그때나 그때로부터 반세기라는 세
월도 더 지난 작금이나 남북을 막론하고 그저 하루하루 평상을 살아

가는 일반 백성들이야, 그런 쪽의 재판을 하는 쪽이나 재판을 받는 쪽이나, 끝내는 권력 장악을 둘러싼 저들 끼리만의 사악한 욕심에서 비롯된 행태들로, 단지 멀리멀리 남의 일 쳐다보듯 하고 있었던 것은 아니었겠지요. 그 밖에도 또 한 가지 참으로 내가 경천동지하게 놀랐던 일은 다름이 아니었습니다.

그렇게 6·25가 터지기 2개월 전까지도 서울 시내에 깊이깊이 숨어 남로당 지하 조직을 이끌었던 실제 지도자 김삼룡을, 1950년 3월 27일에 체포하는 데 있어 주역主役들이었던 백형복·안영달·조용복 세 사람이, 그로부터 한 달 남짓 지난 5월 8일에 가족들까지 몽땅 대동하고 북의 이승엽을 찾아 월북을 단행한 그 청천벽력 같은 충격적인 사건 말입니다. 더구나 백형복으로 말할 것 같으면, 그때 엄연히 서울 치안국 사찰과 중앙분실장이라는 어마어마한 자리에 있었고, 바로 이 자리는 대한민국 경찰의 대공 사찰 지휘탑으로 극비 서류들을 다루는 기관이었는데, 그 서류까지 몽땅 챙겨 갖고 월북을 했다니, 도대체 이 나라의 남이고 북이고 송두리째 미치지 않고서야, 백주 대낮에 어떻게 저런 일이 있을 수 있었겠습니까요.

한데 그보다도 더욱더 기절초풍하게 놀랄 일이 또 있습디다요. 그로부터 다시 3년이 지나, 북한 최고 재판소에서 행해진 그 남로당 일당 '반란 음모 사건' 재판에는, 바로 백형복이 피고석에 앉아 있었으며, 그에 대한 마지막 판결인즉, '1950년 5월 8일에는, 이 자리의 공동 피고 이승엽과의 연계連繫 밑에 간첩 활동을 할 때 대한민국 첩보 기관의 지령을 직접 받아 안영달·조용복과 함께 의거 입북을 가장하고 공화국 북반부에 잠입하였다'라고 되어 있으니, 이야말로 까무

러칠 일이 아니고 무엇이겠습니까.

실제로 이승만 정권의 치안국 사찰과 중앙분실장이었던 백형복은 평양 공판公判에서 다음과 같이 진술을 합니다.

"이승엽의 대남 연락선 책임자였던 안영달이 경상남도 경찰에 체포되어 조사를 받으면서, '나는 김삼룡과 함께 일하는 중앙 간부이다. 김삼룡을 체포해 줄 터이니 나를 석방시켜 달라'고 하였다. 이에 경상남도 경찰부에서는 그 안영달을 대동하고 서울에 와서 나에게 그러저러한 사실을 알려 주었다. 나는 그가 묵고 있는 여관으로 가서 안영달을 만나 요릿집에 가서 저녁 식사도 같이 하면서 그의 속을 떠보았다. 안은 나에게 조용복을 만나게 해 준다면, 김삼룡을 체포하도록 해 주겠다고 말했다. 나는 정식으로 경상남도 경찰국 수사과장으로부터 안을 인계받아, 이미 전향하여 '특무'가 된 박일원과 함께 '남로당 총비판서' 하나를 써 보라고 하였더니, 그는 총 60쪽에 달하는 방대한 분량을 썼다. 안영달이 그렇게 쓴 '총비판서'라는 것을 읽어 보니 새로운 자료가 많이 나왔다. 안영달과 조용복의 연계를 알아내기 위해 안을 조의 집에 들여보내고 문밖에서 귀를 곤두세워 들으니, '내일 낮에 오십시오'라는 조의 아내 목소리만 들렸다. 다음 날 다시 안을 조의 집에 보냈으나, 조는 그보다 조금 전에 벌써 종로 경찰서에 검거된 뒤였다. 곧장 나는 상부에, 우리를 믿고 조를 석방시키라고 요청, 그를 석방시켰다. 그 뒤, 조용복을 안에게만 맡겨 둘 수가 없었으므로, 우리가 직접 조를 포섭하기로 결정하고 안과 함께 1950년 1월 초순 어느 날, 밤중에 조의 집을 다시 찾아갔다. 비로소 나는 그에게 내 신분을 밝히고, 아무쪼록 협조해 달라고 한즉,

조는 처음에는 응하지 않았다. 이때 안이 곁에서 '당 비서(이승엽)도 양다리 걸치고 있는데 고작 우리 따위가 뭘 그렇게 고집하시오'라고 한마디 하니까, 비로소 맥이 풀리며 고개를 푹 숙였다. 다시 내가 위협을 하니까 비로소 응낙을 했다. 그 뒤, 조용복의 공작으로 김삼룡과 안영달이 연결되어, 안은 김삼룡의 아지트를 정하여 주었다. 그때부터 나는 김삼룡의 모든 행동과 공작 상황을 그의 바로 옆방에서 들을 수 있었고, 더러는 그의 얼굴도 볼 수 있었다. 대강 이런 판세임에도, 김삼룡은 그해 1950년 2월에, 안영달이 당을 수습하고, 조용복은 북과의 연락을 맡으라는 지시를 내린다. 이때에 이르러 안영달은 더 이상 둘 필요가 없다, 김삼룡의 기반은 다 없어졌으며 지금 그를 체포한다면, 그 대신으로 이승엽이 오거나 박헌영이 내려올 길밖에 없을 것이니 곧장 체포하자고 제의해 온다. 그러나 나는 이를 반대해 그대로 검거하지 않고 있다가 드디어 1950년 3월 27일 서울시 분실 쪽에서 김삼룡 체포에 착수했음을 알고 우리가 선수를 빼앗길까 보아 내가 직접 안영달과 형사들을 지휘하여 김삼룡 체포에 나섰다.″

어떻습니까. 이쯤 되면, 남북 관계라는 것은 더 이상 어쩔 길이 없는 기괴하고도 깊디깊은 미로거나 악마 소굴로 접어들어 피아간에 이젠 전쟁밖에는 다른 길이 없었던 것이 아니었을까요. 8·15 해방을 맞은 뒤 5년간에, 어찌 남북 관계가 이 지경에까지 이르게 되었는지요. 저 조만식이라는 사람이, 살아생전 저로서는 일찍이 제 목숨을 앗아간 그 적敵에 해당하는 공산당 동네에 이렇게도 소상하게 관심을 갖게 된 것도 다름이 아니었습니다. 이 별로 와서도 꾸준히 그런 쪽으로 관심을 가졌던 것은, 바로 그로부터 70년이 지난 이 마당에도 첩첩으로 굳어진 이 남북 관계를 푸는 길은, 어쨌거나 남북 피차에 어떤 식으로든 대화를 트는 길밖에는 없다는 저대로의 확신에 따른 것이지요. 그렇게 지금도 우선은, 나름대로 인연이 닿아 있는 그대 최용건과, 우리 두 사람 간에라도 이 정도나마, 이 저승에서라도 서로 이야기를 나누어 보자는 것이 아니겠습니까. 그리고 이야기의 통로通路인즉, 우선은 상대의 입장부터 깊이 이해하고 존중해 주는 것이어야 할 터이니까요.

그렇다면 그런 저의 입장에서, 도대체 김삼룡은 어떤 사람이었을까요.

그는 1930년대에 조선공산당 재건운동의 최대 서클인 '콩그룹'의 조직자였으며, 1939년에 대전 형무소에서 6년간의 감옥살이를 마치고 출옥한 박헌영을 '콩그룹'의 지도자로 맞아들인 사람입니다. 하지만 1939년부터 1941년에 걸친 소위 '콩그룹' 사건 때 박헌영은 광주로 은신했으나, 김삼룡은 파괴된 조직을 수습하던 중에 일제 관헌에 체포되었고, 그이 말고는 전원이 석방되었으나, 김삼룡만은 전향을 거부한다는 이유로 1945년 8월 15일, 해방될 때까지 대전 형무소에 투옥되어 있었습니다. 해방이 되자 그는 박헌영·이관술·이현상 등과 함께 조선공산당 재건준비위원회를 조직하고, 그렇게 조선공산당의 정치국원, 조직국원 겸 서울시 당 책임자가 됩니다. 그런 그는 당 정치국원 중, 오로지 유일하게 노동자 출신이었습니다. 당시 조선공산당 실권을 장악하고 있었던 것은 책임비서인 박헌영이 아니라, 사실은 김삼룡이었습니다. 더구나 박헌영이 1946년 10월에 월북한 뒤로는 김삼룡이 조선공산당의 실질상 책임비서였지요. 그 뒤, 우여곡절 끝에 남한의 3당 합당으로 남로당이 결성되고서도, 김삼룡은 사실상 남로당의 책임비서였습니다. 그러나 1948년 9월경까지 남로당 중앙 간부 대부분이 월북하고 나서는, 그는 이승만 정권으로부터 전국에 수배되어 있었음에도 의연히 남한 땅에 그대로 머물러 좌익 운동을 이끕니다. 그리고 1949년에 남북 노동당이 합친 뒤에도, 그는 중앙당 비서의 직함으로 남쪽 당의 책임자로 활동을 해 왔고, 박헌영이 가장 신뢰했던 인물이었으며, 김일성도 김삼룡만은 믿고 있었다고 합니다. 이렇게 체포된 김삼룡은 일단 남창동에 있는 치안국 사찰과 중앙분실로 연행됩니다. 바로 이 자리서, 그때 시경 사찰과에 근무하고 있던 홍민표 경위와의 첫 심문이 이뤄집니다.

"이렇게 만나게 되어 미안합니다." 하며 홍 경위의 두 눈에서 눈물이 주르르 흐르는데, 이에 답하듯 김삼룡도 말없이 얼굴에 두 줄기 눈물이 흐르더랍니다. 다시 홍 경위가 "이젠 서로 입장이 다르게 되었으니 이해해 주어야겠습니다" 하자, "알았소" 하고 대답한 것이, 그가 체포된 뒤, 비로소 처음으로 그의 입에서 나온 첫 목소리였다고 합니다.

'자, 이제부터는 나는 수사관의 입장으로 돌아가서 너를 적으로 대하겠다'라고 선포하며, 이미 중앙당 내부 계보는 죄다 파악하고 있었으므로, 대남 유격대와 남로당의 비상 연락선을 알아내려는 데에 수사를 집중했으나 그는 끄떡도 안 하더라는 겁니다. 수사 당국에서는 마지막 방법으로 효제동에 있던 세 살 난 아들과 처를 시켜, 전향해서 함께 살자고 다시 권유해 보기도 했으나, 처음에는 조금 동요하는 빛을 보이더니 금방 본래의 자세로 돌아가, 입을 꽉 다물어 버리더랍니다.

김삼룡과는 달리 같은 무렵에 잡힌 일본 와세다 대학 출신의 이주하는 검거된 뒤, 심경의 변화를 일으켜 자신이 알고 있는 모든 정보를 순순히 죄다 털어놓더랍니다. 바로 김삼룡이라는 사람에 대해서만은, 조만식 나도 싸아하게 일말의 가슴 아픔을 안 느낄 수가 없습니다. 오직 그이 하나만은 제가 보기에도 참으로 진짜배기 공산주의자였습니다요. 하여, 지금 최용건 그대와 이런 수준으로라도 이야기를 나누듯이, 김삼룡 그이와도 한 번쯤 이야기를 나눌 수는 없을까도 싶지만, 아서라, 그이는 지금 이 시각에 나 조만식과 마주 앉더라도, 아니, 그가 건너가 있는 그 벌에서 목소리로라도 나와 이야기를 나누는 것조차, 부질없는 짓 그만두겠다고 살살 고개를 가로저을 것도 같습니다요. 안 그렇습니까. 그리고 잇달아 이 시점에서 저로서는 더 더 가슴 아파지는 것은, 1948년 말에서 1950년 봄에 걸쳐 우리 산과 들에서 그렇게 죽어 갔던 6천 명에 이르는 순결한 젊은이들입니다. 그이들의 하나같이 갸륵한 뜻이, 궁극적으로는 박헌영을 통해 스탈린에 이르러 있었다는 것, 그 사실의 냉엄한 실체를 그이들 하나하나는 까맣게 모르고 있었다는 것, 아니, 설령 알았드래도, 그때는 그것이 이 세상의 진리로 알고 있었다는 것, 그 점이 이렇게도 가슴 아프고 억울할 수가 없습니다요.

한데 인생 끝머리에는 그렇게 서울시경의 사찰과 경위로 변신을 하여 왕년의 동료들이었던 남로당 잔당들을 잡는 데 혼신으로 기여했던 그 홍민표라는 자 말입니다. 그자는 6·25전쟁이 터진 뒤에는 어느새 대한민국 경찰 현직에서도 물러나, 부산 피난지에서 자그마한 신문사를 경영하고 있던 중, 그런 어느 날은 당시의 특무부대장이었던 김창룡에게 북의 간첩 혐의로 잡히기도 했던 모양인데, 그때 혐의 내용인즉, 홍콩에서 아편을 밀수입했더랍니다. 이 자금으로 북한의 모모 대남 공작을 하자는 것으로 보였던 것이지요. 이 혐의도 결국은 그 본인이 홍민표라는 것이 드러나면서 유야무야로 흐지부지되었다는 것인데, 왕년의 열혈 남로당원이었던 그자가, 그렇게 전향하고 나서 불과 2~3년 뒤에는 하필이면 골라골라 아편 밀수꾼으로 떨어져 있었다는 것도, 이 조만식이라는 사람이 보기에는 무척 웃기는 이야기 같습디다요. 꼭히 김삼룡의 마지막 모습과 마주 비교하려는 것은 아니지만, 가만가만히 차곡차곡 생각해 볼 문제는 있는 것 같습디다요.

그건 그렇고, 최용건 그대는 6·25전쟁을 일으킨 원흉을 어느 한 사람으로 압축한다면, 박헌영을 꼽았는데, 나 조만식의 생각은 다릅니다. 바로 스탈린이었소. 제2차 세계대전 뒤에 벌여 놓은 그 공산권이라는 '틀', 그렇게 내려먹인 우리 한반도 분단, 그리고 그런 와중에 생겨났던 박헌영의 사욕邪慾, 그 배후의 원흉은 역시 스탈린이었소. 그 다음, 이것을 막아 낸 자를 어느 한 사람으로 압축하라면, 나는 서슴지 않고 이승만을 꼽겠소. 그이는 일찍이 1930년대부터 스탈린이라는 자의 본질을 꿰뚫어 보아 내고, 호시탐탐 기다리며, 미국 땅에서 우리나라 독립운동을 하면서도, 언젠가는 그 스탈린과 대항하는 쪽으로 미국 안에서도 모든 공력을 들여 정계며, 관계며, 군이며, 그 밖에도 언론·종교계에까지 일찍부터 인맥을 이뤄 갔었소. 그 뒤,

1949년에 중국 땅에서 장개석을 몰아내고 모택동이 공산당 정권을 세운 뒤에도, 그이는 전혀 끄떡도 않고 자기 소신을 굽히지 않았었소. 그렇게 그이는 초대 대통령이 된 뒤에도 거의 극한까지 내몰리면서도 몇몇 미군 고문관들까지 활용해 가면서 박헌영과 맞섰던 것이오. 그리하여 그것은 당대에 있어서 바로 미·소 대결의 핵심 현장現場이었소이다. 미국도, 당시의 미·소 대결의 현장이었던 이 남한 땅에서는 이승만을 도와 박헌영 세력을 무찌르며 소련권의 확장을 막아 냈소.

그로부터 다시 60년이 지나고 보니까 스탈린의 소련은 송두리째 무너지고, 공산 중국도 저렇게 저 지경으로 엄청나게 변하고 있지를 않습니까요. 범세계적으로 이 일을 이뤄 낸 그 첫 단초端初가 바로 6·25전쟁이었고, 바로 오늘의 저 대한민국이 아니겠는지요.

이렇게 2015년 오늘에 와서 지난 40년 동안에 엄청나게 변해 오고 있는 현 중국의 베이징 대학에서 '한반도문제포럼' 주임을 맡고 있는 진징이金景一 교수는 오늘의 우리 남북 관계를 두고 다음과 같은 의견을 내놓고도 있습디다.

"1948년 8월과 9월에 남북한에 잇달아 제각기 정부가 들어서고, 1948년 12월과 1949년 6월에 소련과 미국이 한반도에서 저들 군대를 철군시키면서 문제가 발생합니다. 그것이 뭣이냐, 피차간에 한반도 문제를 두고 전혀 대화 시스템을 남겨 두지 않았습니다. 소련군은 8·15 해방 뒤 8월 24일에 평양에 진주하고, 그 보름 뒤에 미군은 서울에 진주하는데, 그때까지만 해도 미·소 양국 간에는 그런대로 최소한의 대화 시스템이 있었습니다. 이 대화 시스템이란, 곧 갈등 조정과 분쟁 방지의 기본 틀이 아니겠습니까. 이렇게 미·소 양군이 철군해 버리자 이때부터 남북 당국은 서로 받아들일 수 없는 위장된 평화 공세를 벌이기만 했지, 피차에 진솔한 대화를 할 생각도, 그런 방법도 전혀 엄두를 내지 않았습니다. 이러니 애오라지 상황은 전쟁을 향해 치달았을밖에 다른 길은 없었던 거지요.

결국은 그 뒤, 한국전쟁으로 인해 세계적인 냉전 구도가 고착되기에 이릅니다. 그 전쟁은 그렇게 한반도로 하여금 세계 역사상, 지금까지 있어 본 일이 없는 냉전 기지로 만들었습니다. 이 전쟁은 북한은 물론이고 남한 정치에도 강고한 권위 체계가 들어서는 것을 도와주었습니다.

그렇게 65년 전에 있었던 그 전쟁은 전 세계적인 냉전 구도가 송두리째 와해된 지금까지도 남북 관계를 여전히 전쟁 상태 속에 묶어두고 동북아정세와 세계정세에 영향을 미치고 있습니다. 그렇게 한국전쟁은 지금도 진행형으로 이어지고 있습니다.

분단, 이산가족의 고통, 이런 것들은 전 세계에서 이곳 말고는 찾아볼 수 없습니다. 이러니 한국전쟁만한 비극은 현재 사람들이 살고 있는 이 지구상에 이곳 말고는 찾아볼 수 없습니다. 따라서 전쟁의 방지야말로 무엇보다 중요합니다.

집단 안보 시스템을 구축하는 것도 바로 그 일환이 아니겠습니까. 바로 그것은 대화의 시스템이고 갈등 조정의 길입니다. 이를 통한 상호 억지력 확보야말로 중요합니다. 그렇게 현재 가동되고 있는 6자 회담이야말로 집단 안보 체제로 가는 길목에서 평화를 우선 담보해내고 있는 것입니다. 65년 전 그때도 6자 회담 같은 틀이 있었다면 전쟁을 막아낼 수 있었을 겁니다.

그리하여 대안은 간단합니다. 우선은 평화 체제로 가는 길입니다. 6자 회담의 목적 또한 북의 핵 폐기를 거쳐 궁극적으로는 한반도 평화 체제 정착으로 가는 길이 아니겠습니까. 정전 협정의 당사자는 북한과 미국, 중국이지만 한국전쟁의 최대 피해자는 바로 남북한 구성원입니다. 북한으로서는 미국과의 관계 개선이나 전략적 차원에서 북·미 대화가 중요할 수도 있습니다. 그러나 북핵 진전에 가장 직접적인 영향을 미치는 것은 역시 남북 간의 화해 여부입니다. 따라서 가장 중요한 점은 평화 체제를 이끄는 주체가 남북한임을 새삼 명심해야 합니다. 남북이 실질적으로 평화를 이루면 평화 협정 자체가 불필요해질지도 모릅니다."

어떻습니까. 북핵 폐기 뒤에 한반도에서의 평화 체제 구축은 누구니 누구니 해도 남북이 주도해야 되고, 그러자면 양측 간에 진정한 '대화의 틀'이 필수적이고 그 밑자락에 바로 집단 안보 체제로서의 6자 회담이 떠받들고 있어야 한다는 이 주장, 참으로 현 남북 상황의 핵심을 날카롭게 찌른 탁견卓見이 아니겠는지요.

실제로 지난번과 오늘에 걸쳐 비록 이 저승에서이긴 할망정 최용건 그대와 조만식 내가, 이 정도로나마 서로 이야기를 나누어 보는 것도, 바로 저 중국인 교수의 논지에 비추어 보면, 2015년 오늘에 서서 남북 간 대화의 하나이기도 하겠다는 점으로 저 조만식으로서는 일말의 보람도 느낍니다.

그뿐이겠습니까. 지난 2000년에 그렇게 남북의 정치적 장벽을 충격적으로 뚫어 낸 저 김대중이라는 사람을 비롯, 현재 남쪽에서 여러 국면으로 북과의 접촉을 꾀하는 모든 움직임도 거개가 진정으로 북을 도와주자는 것이온데, 이를 두고 '퍼준다'느니 북한체제를 '도와준다'느니 하는 소리들은 저 조만식이 여기에서 보기에도 전혀 말도 안 되는 헛소리들 같습니다요.

아무튼 저 중국 학자의 저런 논지가 아니더라도 남북 간의 정치를 비롯해 각종 기업, 학문, 문화, 종교, 어려운 처지에 있는 북한을 돕기 위한 여러 시민단체, 그 모두가 죄다 그렇게 남북 간의 새로운 미래를 열어 가는 새로운 '틀'이 아니겠습니까.

하지만 또 다른 한편으로 남쪽 세상의 어느 한쪽에는 전혀 다른 차가운 현실 논리 위주의 시각이 있다는 것도 유념하지 않을 수 없을 것이외다. 바로 이것은 현 남쪽의 국방대학 허 모 교수의 주장 같은 것인데, 그이가 보는 다음과 같은 견해도 한번 들어 봅시다요.

그이가 보는 바에 의하면 북한 체제가 아예 붕괴될지도 모른다는 '체제붕괴론'이 그간에 두 번 있었다는 겁니다. 첫 번째는 1989년부터 1990년대 초에 걸쳐 동유럽 여러 나라의 공산 체제가 무너지고 끝내 소련 공산 제국조차 송두리째 해체되어 버릴 때였고, 그 두 번째는 1996년 이후 2, 3년간 끈질기게 그런 설이 나돌았는데, 당시 북한은 1994년에 김일성이 급작스럽게 사망한 직후 극심한 정치 리더십의 혼미를 겪는 가운데 특히 1995년 소위 백 년 만의 큰 물난리로 식량난을 겪을 때였다고 합니다.

그 다음 해 1997년에는 이른바 주체사상의 대부로 알려졌던 황장엽이 일본을 통해 남쪽으로 망명, 북한 체제 '붕괴론'에 더욱 힘을 실어 주었습니다. 그러나 이 두 번에 걸친 위국을 북한은 그 체제 특유의 유사 종교 집단과도 같은 강한 결속력이 방파제 구실을 해 주면서 강인한 내구성으로 체제 수호의 버팀목이 되어 주었습니다.

더구나 1998년에는 남쪽에서 김대중 정부가 들어선 뒤 10년 어간에 북한에 지원된 쌀만 해도 10킬로그램 포대로 2천6백만 포대가 넘는 천문학적인 수량이었다고 합니다.

저 조만식은 물론 이런 원조가 북한에게 쏟아 부어진 데 대해서는 백 번 천 번 잘했다고 치하하고 고마워하고 있습니다만, 요즘의 남쪽 일각에서는 '퍼주었다'느니 뭐니 하는 소리까지 나오고 있는 것은 저도 잘 압니다.

헌데 그 허 교수가 보는 바에 의하면 세 번째로 북한 체제 '붕괴론'이 슬슬 고개를 들고 있다는 겁니다. 그리고 이번 세 번째 것은 지난번 두 차례 때처럼 어떤 특정한 계기나 사건을 두고 생겨난 것이 아니라, 이번의 그런 쪽의 거론은 그동안 쌓이고 쌓여 누적되어 온 문제들로 인하여 북한 체제의 골수 깊숙이 치유되기 불가능한 골병이 들어 있다는 진단으로, 지난날의 두 번에 걸친 그것들보다 훨씬 더 심각한 모양입니다. 그러니까 그간에 개혁, 개방 없이 10여 년 더 끌어 오는 동안에 북한 경제는 더 속 깊이 멍들었고 이에 따른 사회주의 체제의 이완이나 현 지배 체제에 대한 반감도 1990년대보다 엄청 커졌다는 겁니다.

그렇다면 북한에 급변 사태가 터질 위험시기는 과연 언제인가? 그 허 교수가 보기에는 그런 날은 그야말로 벼락처럼 올 수도 있다는 것이며, 특히 2012년부터 2020년 기간을 주목하고 있습니다. 이 시기는 한마디로 말해서 급변 사태라는 '위험'과 그로 인한 민족통합

(곧 남북통일이 되겠지요)이라는 기회가 공존하되, 북한 체제 붕괴의 가능성은 2020년으로 갈수록 증대되지만 그에 따른 통일의 기회는 2020년을 기점으로 급격히 멀어질 것이라는 겁니다. 왜냐하면 2020년 이후에는 중국의 힘이 막강해져서, 만일 북한이 내부적으로 붕괴되더라도 서독이 동독을 흡수통일 하였듯이 남한이 북한을 그대로 흡수하기는 쉽지 않을 것이라는 겁니다. 게다가 대체로 2012년을 기점으로 중국으로부터 개혁, 개방의 높아진 파도와 민주화 열풍의 정보가 이때까지의 폐쇄 장벽을 넘어 북한으로 물밀듯 흘러 들 것으로 보인다는 겁니다. 하여, 위에서 보는 바와 같은 내외로부터의 다양한 변수들에 의해 북한은 지금 이 시각도 진행 중인 '체제 해체'의 과정에 더욱 가속이 붙을 것으로 본다는 겁니다.

그렇다면 이렇게 급작스럽게 벼락처럼 북한 급변 사태가 닥칠 때 과연 구체적으로 어떤 상황이 벌어질 것인가. 이 점에 관해서도 허 교수는 대강 다음과 같이 예견하고 있습니다.

첫째, 가장 직접적이고도 치명적인 위협은 북한의 내부 변화가 위국을 조성, 곧바로 남침으로 이어지는 사태입니다. 죽느냐 사느냐의 막바지에서 반은 자포자기하듯이 그럴 가능성도 충분히 예상해 볼 수 있다는 겁니다.

둘째, 중국의 단독 개입 가능성입니다. 중국이 북한을 줄곧 피를 나눈 우방으로 여겨 온 것은, 중국으로서는 북한이 태평양 쪽으로부터의 자유민주주의 바람에 대한 완충지대 역할을 해 오기 때문입니다. 기본적으로 중국은 한반도에서의 급격한 정세 변화를 바라지 않을 뿐만 아니라 급변 사태 때에는 북한을 중국이 원하는 방향으로 조기에 안정화시키고자 할 가능성이 농후하다는 겁니다. 이를 위해 중국은 직접적인 군사 개입을 할 수도 있고 간접적으로 개입할 수도 있을 것입니다.

직접적 군사 개입의 경우 중국은 국경선 일대에 탈북 난민에 대비한다는 명분으로 이미 증강 배치해 놓은 중국군을 기습적으로 투입하여 (이럴 경우 북한이 중국에 개입과 지원을 요청하였다는 명분을 내세울 것이고요) 북한을 강점한 뒤에 아예 중국으로 편입시키거나 친중 괴뢰정부를 수립할 수도 있다는 것입니다.

한편, 중국은 직접적 군사 개입이 여의치 않을 경우에는 한국, 미국, 또는 유엔 등 국제기구의 대북 개입을 차단한 가운데 북한에 대한 중국의 우월적 정치·군사·경제적 지렛대를 활용하여 간접적으로 친중 정권 수립에 나설 수도 있을 것이겠고요. 이렇게 되면 우리는 민족 대통합이라는 좋은 기회를 놓칠 수도 있을 것이라는 것입니다.

셋째, 북한 붕괴와 관련한 주변 4국의 간섭 가능성입니다. 기본적으로 주변 4국은 한반도의 현상 유지 정책을 추구하고 있으므로 급격한 북한 붕괴를 바라지는 않고 있습니다. 그러나 북한에서 갑작스러운 급변 사태가 발생할 경우 주변 4국은 유엔 평화유지군 형태, 개별국 간의 조합(예를 들어 미·중 연합), 혹은 4+1(4국+한국) 분할 점거 방식 등으로 개입할 가능성도 있습니다.

이 경우 4국은 통일한국의 수립을 지원하기보다는 북한 안정화 정책을 우선시할 가능성도 배제할 수 없다는 겁니다. 예컨대 이미 1997년에 공개된 미 해군 분석 센터의 '북한 체제 붕괴 시 시뮬레이

션'은 통일보다 북한의 민주화와 재건이 우선이라고 결론지은 바도 있으니까요.

넷째, 대량 탈북 난민 문제입니다. 북한의 소요·내란 등 총체적 무질서 내지는 무정부 상태로 이행되어 가는 과정에서는 대규모 탈북자들이 한국, 중국, 러시아, 일본 등지로 유입될 것입니다. 북한은 본시 주민들을 3개 계층, 51개 부류로 구분하여 통제해 왔는데, 총인구 약 2천3백만 명 가운데 핵심 계층 28퍼센트 약 640만 명, 동요 계층 45퍼센트 약 1,040만 명, 적대 계층 27퍼센트 약 620만 명을 차지하고 있는 것으로 알려져 있습니다.

이 가운데 적대 계층과 동요 계층을 중심으로 약 4백만 명 정도의 탈북 난민이 발생할 것으로 추정되고 있습니다. 동독의 경우는 1천7백만 명 가운데 450만 명이 탈출한 바 있었으므로 북한의 경우도 탈북자를 4백만 명으로 추정하는 것이 결코 과장은 아닐 것입니다.

다섯째, 주변 4국은 개입 과정에서 북한의 대량 살상무기들이 한국 또는 제3자(테러 단체 등)의 손에 들어가지 않도록 완전히 해체하거나 국제 관리 아래 두는 등의 예방 조치를 취하려 들 것입니다. 특히 미국은 이 일에 대해서는 지극히 민감하기 때문에 이 일 때문에라도 대북 개입을 마다하지 않을 것입니다.

아무튼 북한 급변 사태에 대한 대비 방안의 핵심은 그 첫째가 전쟁 예방이고, 그 다음은 통일의 기회를 확실하게 잡아내는 일이 될 것입니다. 어떻습니까. 이런 쪽의 이런 시각도 일단은 들어 봄 직하지 않은지요. 듣기에 조금 섬뜩하긴 합니다만, 실제로 이런 쪽의 가능성도 전혀 도외시할 수는 없는 거 아니겠습니까.

자, 최용건 그대에게 끝으로 한번 묻겠습니다요. 그대대로도 앞으로 우리 남북 관계를 어떻게 풀어 가야 할 것인가 하는 점으로, 일단 머언 윤곽으로라도 어떤 감感이라도 가 닿고 길이 보일 것도 같은데, 어떠신지요.

지금 이 시점에 와서 우리 남북문제를 새삼 전체 국면으로 돌아보자고 해도 제 생각은 그렇습니다. 그때의 일을 두고도 어느 누구의 잘잘못을 들추고 따져 들 일은 아닐 것 같습니다요. 저들대로 그럴 수밖에 없었던 사정들은 하나같이 죄다 있었던 것 같으니까요. 다만 남북 공히, 권력 위주의, 정치권력 중심의 '틀'에서부터 어서 빨리 벗어나오는 것이 첩경이 아니겠는지요. 내 생각은 이러한데, 한데 최용건 그대 생각은 어떠신지요?

저 지구촌 세계는, 이미 그 옛날의 그런 어두운 상황에서는 멀리 멀리 벗어나와 있습니다. 현금 세상은 이렇게 엄청나게 변해 오는데, 저어 65년 전의 이 땅의 저 끔찍했던 6·25전쟁 전후前後의 고리타분한 이야기를 이다지나 길게 늘어놓은 것이, 이 조만식 스스로도 마음 한구석이 씁쓸하지 않은 건 아닙니다만, 하지만 오늘을 사는 후대들도, 고작 70년 전의 선대들이 살아왔던 그 실상實狀은 실상대로 챙겨서 아시기는 아셔야 하지 않겠습니까요.

그러고 보면 정말로 놀라운 또 한 가지가 있습니다. 바로 저 거리의 정치, 촛불 집회입니다. 저 옛날, 그 무렵의 정치는 좌니, 우니, 양쪽으로 갈라선 잘난 사람들이 저들 잘난 맛에, 거드럭거리려는 데에만 주안主眼을 두고, 사생결단으로 다투고 싸우는 것이었사온데, 요즈막에 와서는 촛불 들고, '유모차 부대'라는 용어도 나올 정도로, 가족 단위로 소풍 나오듯이 즐겁게 집회에 나오고 있습니다. 그렇게 시청 앞 광장에 백만이 촛불 들고 나와서 밤을 꼬박 새우며 조용조용히 저들 주장을 펴내고 있습니다. 가는 세월 따라, 어느 사이에, 어느 면으로는 저런 것이 정치의 주종主宗을 이루고 있습니다. 정치가? 정치인? 그따위 것들이 대체 뭐라는 말입니까. 그런 자들이 이 앞에 서는 주눅이 안 들 수 없습니다. 주눅이 안 든다면, 그건 사람도 아니지요.

정당? 시민운동? 사회운동? 그런 무거운 이름, 무거운 용어들조차 급격히 쇠퇴하고 낡아 가고 있는 것은 아닙니까요. 애당초에 정치라는 것은 이렇게 쉬웠어야 하지 않았을까요.

바로 정치가, 권력이라는 것이, 이렇게 평상을 사는 사람들 수준으로 날로 날로 가까이 내려오면서, 나라의 힘은, 활력은, 이렇게 불처럼 타오르고, 일어나는 것이 아니었겠는지요.》

《…….》

대여섯 시간을 기다려도 아무 반응이 없더니 퍼붓는 소나기 소리 틈으로 문득 최용건의 낮은 목소리가 돋아 올랐다.

《저는 살아생전에도 그랬습니다만 어느 자리에서나 별로 말이 없었던 사람입니다. 더구나 저는 북에서 줄곧 민족보위상을 맡았다가 이 별로 왔사온데……. 모처럼 두고두고 그리웠던 고당 선생님 옥음이 들렸사와 분수없이 저대로 이 소리, 저 소리 지껄였습니다만, 가만가만 다시 생각해 본즉슨 조금 오활하지 않았나 싶기도 합니다. 하여, 정작 선생님의 그 물음에는 딱히 대답할 말이 아직은 없습니다. 좀 더 두고 볼랍니다. 두고두고 보다가, 언제쯤인가 되면, 선생님

에게 여쭐 말이 다시 생길는지 모르겠습니다. 오늘은 이만 물러가렵니다. 안녕히 계십시오.》

전 국민의 역사 교과서로서 활용活用되기를…

이호철 선생과는 그이가 작단에 첫 데뷔했을 무렵인 청년시절부터 사귀어 온 오랜 친구 사이이다.

내가 처음 그이의 작품을 대하고 놀랐던 것은 1956년 초의 추천완료 작품이었던 『나상』에서부터였고, 다시 더 충격을 받았던 것은 『닳아지는 살들』이었다.

그 뒤, 그이의 작품들은 그때그때 발표되는 것마다 무조건 좋아했었는데, 오랜만에 다시 이 책 『남과북 진짜진짜 역사읽기』를 밤을 꼬박 새워가며 읽으면서는 엄청난 감동에 휘말려 들었다.

소설가 이호철 선생은 워낙 재주도 뛰어나면서도 꾸준히 노력하는 작가라고 평소에 알고는 있었지만, 작가 생활 60년을 맞은 이번에 내놓은 이 작품이야말로, 오늘 우리나라가 처해 있는 가장 당면한 문제를 문학이라는 것으로 건져 올린 시의성時宜性에 있어 으뜸으로 꼽아야 하는 작품이 아닐까 싶어진다.

이때까지 우리가 모르고 있었던 우리 민족의 어두웠던 역사, 식민지로 전락할 수밖에 없었던 그 암울했던 과정이며 그 뒤로도 분단의 아픔을 겪으며 끝내 6·25라는 민족의 비극을 맞이할 수밖에 없었던 숨겨졌던 이야기들이 속속들이 약여躍如하게 밝혀지는 것이다.

이를테면 이 나라 이 민족의 19세기 말부터 오늘에 이르는 120년의 역사가 어떤 것이었는지 비로소 사실대로 밝혀지는 훌륭한 교과서이다.

이미 오래 전에 저승에 가 있는 구한말舊韓末의 충정공 민영환이며 이준 열사 등을 비롯, 남쪽의 이승만·김구·송진우·신익희·장면·조병옥·박정희, 북쪽의 조만식·김일성·최용건·박헌영·이승엽 등을 죄다 불러내어 오늘의 우리들이 미처 모르고 있었던 숨겨졌던 이야기들까지 줄줄이 풀어낸다.

특히 조만식과 최용건의 대담에서는, 우리네 민족적 비극인 6·25 전쟁이 어떤 과정을 거쳐 발발하게 되었던가 하는 것까지 속속들이 자세히 알 수 있게 된다.

이 작품은 우리나라 중·고등학생들의 역사 참고서로도 반드시 채택되어야 할 것으로 보인다.

그리하여 오늘의 우리나라 청소년들, 젊은이들로 하여금 6·25라는 것이 언제, 왜, 어떤 과정을 거쳐서 일어났었는지 제대로 똑바로 알게 해 주어야 한다.

당시의 미국과 소련의 비밀문서까지 상세히 조사해 낸 이 작품의 그 꼼꼼한 솜씨나, 미국의 대통령과 소련의 스탈린이라는 독재자가 어떻게 어떤 모양으로 달랐었는지도, 그리하여 자유민주주의 체제와 공산주의 체제가 어떤 식으로 달랐었는지도 매우 현장감 있게 드러내어 거듭 감탄하지 않을 수 없다.

비록 허구(소설)의 형식을 지니고 있지만, 이 이상 박진감 있고, 엄정한 현실감으로 다가오는 우리나라 근현대 역사를 나로서는 이 책 말고는 달리 찾을 수가 없어 보인다.

아무쪼록 온 국민의 필독서가 되었으면 하는 간절한 바람을 거듭 표하고 싶다.

2015년 9월
이퇴계학회 도운회 회장 문학박사 문재구

작가, 이 글을 펴내며

소설이라는 형식을 빌린 이런 유의 시도는, 실은 저 멀리 1964년 박정희 정권 초기의 한일회담에 대한 대학생들의 격렬한 반대 시위에 권력 쪽이 '비상계엄령'으로 맞서던 바로 그해 봄에 단편 소설 「제1기 졸업생」을 당시의 『사상계』 잡지에 내고, 이어서 1968, 69년에 잇달아 2와 3을 당시의 『월간중앙』과 『신동아』에 냈던 것이 그 효시嚆矢였다.

따라서 그 1964년까지 거슬러 올라간다면, 이 소설은 그때로부터 무려 50년이 지난 오늘의 우리나라의 분단, 통일 문제에 대한 총괄적總括的인 접근이라고 볼 수도 있겠다.

이 점, 흔히들 길들여져 있는 기왕의 소설들을 기준으로 한다면, 이러한 저자의 접근이 전혀 만용蠻勇이라고 볼 수도 없지는 않을 것이다.

하지만 다시 생각하면, 저자가 처음 소설 쓰기를 시작했던 1955년부터 오늘에 이르기까지 60년이 넘는 동안의 불초 본인의 문학은 첫 작품이었던 단편 소설 「탈향」을 비롯, 중·단편, 장편소설들을 통틀어, 아니 그 밖에도 그간에 그때그때 써냈던 시사물들, 논설·평론·논평·칼럼, 수필, 잡문 할 것 없이 그 어느 것이나 자세히 들여다보면 우리 남북 분단과 관련이 안 되는 글은 거의 없으며, 문학상 수상 작품들이었던 단편 「판문점」이나 「닳아지는 살들」, 「큰 산」, 그리고 장편 연작 소설 『남녘사람 북녘사람』에 이르기까지 죄다 우리 남북 분단과 맞닿아 있지 않은 작품이 없다.

그렇다면 이 나이에 들어 그런 만용을 무릅쓰고서라도, 저 저승에서 이승을 내려다보며 이승만이다, 송진우다, 조만식이다, 북의 민족 보위상이었던 최용건이다, 그 밖에도 조선 왕조가 망하던 20세기 초 무렵에 죽음으로써 순국殉國했던 저 이준 열사며 충정공 민영환이, 지금 저승에서 이 나라의 오늘을 내려다보며 무슨 생각들을 하고 무슨 말을 할 것인지, 한번쯤 가늠해 볼 수는 있지 않을까.

바로 이런 시도는 뭐니 뭐니 해도 문학, 픽션인 소설로써만 가능할 것이다. 실제로 이 나이로 접어든 저자의 입장에서 작금의 우리나라 작단을 둘러보면 문학인도 엄청 늘어났고, 발표 매체도 서울, 지방 할 것 없이 저자 자신이 처음 우리 문단에 들어서던 1955년 기준으로 본다면 그야말로 천지개벽과 맞먹을 정도이지만, 요즘 젊은 사람들이 써내는 것들을 어쩌다 읽어 보더라도 문학이 과연 이래서 되는 것인가, 아무리 사람 사는 세상이 급변해 간다고 할망정 문학까지도 이 지경이 될 수가 있는 것인가 싶어 더러는 어이가 없어지기도 한다.

하여 2006년 9월부터는 민병모 형이 운영하는 '분단문학포럼' 주관으로 우선 시험적으로 '이호철 소설 독회'라는 것까지 해 보았다.

주로 그간에 세계 여러 나라에 번역 출간된 연작 소설 『남녘사람 북녘사람』을 비롯, 그 밖에도 주로 외국에 번역 소개된 본인의 장편·중편·단편 소설들을 중심으로 2008년 9월까지 2년 동안을 매달 한 편씩 '독회'를 해 보았는데, 비록 매번 30~40명 정도의 조촐한 모임이었지만 그런대로 보람이 없지는 않았다. 더구나 이 '독회' 광경도 영상으로 담아내 격주로 시민방송을 통해 19회째나 방영되었었다.

2015년의 오늘에 이승 나이로 141살이 되었을 이 나라의 초대 대통령이었던 이승만이라는 사람이 지금 저승 어딘가에 앉아서 현 우리의 남북 관계를 내려다본다면 그이로서 대강 무슨 소리를 하고 싶을까?

이 소설의 시작은 바로 이런 상정想定으로부터 시작되었다. 그러니까 1960년의 그 4·19혁명 뒤에 미국 하와이에 망명해서 5년 뒤에 현지에서 91살에 세상 떠났던 그이 입장에서 우리나라 근·현대의 정치사史와 남북 분단 70년이라는 이 민족의 통한痛恨의 아픔을 한 번 되돌아보자는 것이다.

내가 이렇게 황당무계해 보이는 생각까지 한 데에는 나름대로의 계기가 없지는 않았다. 아예 그것까지 이 자리서 밝히자면 15년쯤 전에 오스트리아 빈 태생의 독일 작가로, 특히 전기傳記 문학으로 세계적인 역작들을 여러 편 펴낸 슈테판 츠바이크의 장편 소설 『마리 앙투아네트』를 통독하며 적지 않은 충격을 받았었다. 그 이전에 나는 프랑스 혁명 역사라면 텐, 소부르, 마티유 등 소위 진보·보수 양측의 대표적인 정사正史라는 것들을 두루 섭렵했었는데, 바로 루이 16세의 아내로 혁명 와중에 단두대에서 목이 잘려 처형당했던, 그야말로 이 세상 악녀의 본보기 같았던 그 마리 앙투아네트의 한평생을 속속들이 그려 낸 그 소설을 읽으면서, 그러니까 바로 그 마리 앙투아네트 입장에서의 프랑스 혁명이라는 것을 가까이 접해 보면서, 사람살이 전반에서 문학이 차지하는 비중이 참으로 막중함을 새삼 절감했었다.

바로 이렇게 나도 언젠가는 우리 근·현대사도 이런 수준으로 접근해 볼 길은 없을까, 막연히 생각은 했었지만, 딱히 이렇다 하게 구체적으로는 엄두를 못 낸 채 그 사이에도 어김없이 세월은 흘러 2015년에 들어서자 4·19혁명으로부터도 50년이 지나 오면서 우리 사는 세상은 나라 안이며 밖이며 엄청나게 변해 있었던 것이다.

그러자 어느 날 문득, 옳지, 그렇다, 됐다!

이승만이라는 사람을 이제 한번 본격적으로 끌어내 보자, 하고 마음먹고 일단 시작을 해 본즉, 이게 웬일인가. 그 141살 영감님께서도 얼씨구나, 이게 웬 떡이냐, 하고 신명을 내며 달려드는 게 아닌가. 그리하여 이참에 아예 조선 왕조가 망하던 저 19세기 말에서 20세기 초에 걸쳐 망국의 아픔으로 순사殉死의 길로 들어섰던 민 충정공과 이준 열사도 마주 등장시키고, 더 나아가 우리 남북 관계도 일찍이 북한 땅에서 순사殉死의 길로 들어섰던 1882년생 조만식이라는 사람과 그이가 오산학교 교장 당시인 1920년대 전후 그 학교의 제자로서 애지중지 아끼고 사랑했던 1900년생의 최용건도 저 저승 어딘가에서 한두 번 만나게 하는 것도 괜찮겠구나 싶어졌다.

더구나 최용건으로 말한다면 1912년생인 김일성보다 여남은 살 위로, 그이는 북에서 '민족보위상'(남쪽으로 치면 국방장관)으로 끝까지 원로의 자리를 지키다가 1976년에 세상을 떠났으니까, 그이가 고인이 되고도 벌써 40년이 되었다. 이 조만식과 최용건이 현금의 우리 지구촌이 변해 오고 변해 가는 것을 내려다보면서 저들대로도 남북 분단 문제를 두고 어찌 할 말이 없을 것인가. 그 옛날 사제지간의 정리情理로 오순도순 이야기를 한번 나누게 해 본다면?

어떤가, 궁금하지 않은가.

사람 사는 세상은 천지개벽에 버금가는 수준으로 변해가고 있는 마당이라서, 이럴 때에는 이런 유의 소설이야말로 제대로 할 소리를 할 수도 있지 않을까 싶어지기도 한다.

2015년 9월 불광동 우거寓居에서

이호철 |

1932년 함경남도 원산 출생. 대한민국 예술원 회원.

6.25 때 혈혈단신으로 월남하여 부산에서 부두노동, 제면소 직공, 경비원 등을
전전하며 주경야독으로 소설을 습작하였다. 1955년 단편소설 「탈향」으로 등단
(황순원 선생 추천)하여 소설가의 길을 걷기 시작하였다. 꾸준한 작품 활동으로
1961년 「판문점」으로 현대문학상, 1962년 「닳아지는 살들」로 동인문학상을 수
상하였다. 1971년 재야 민주화운동의 효시인 '민주수호국민회의' 운영위원과,
1973년 '개헌 청원 1백만인 서명운동 30인 발기인'으로 참가하는 등 민주화운
동에 참여하여 옥고를 치르기도 하였다. 1985년 '자유문인실천협의회' 대표를
역임하였으며, 1989년 대한민국문학상 본상 수상, 1997년과 98년 대산문학상
과 예술원상을 수상하였다.

작품으로는 「탈향」, 「큰 산」, 「판문점」, 「닳아지는 살들」 등 다수의 단편소설과
「소시민」, 「남풍북풍」, 「그 겨울의 긴 계곡」, 「재미있는 세상」, 「남녘사람 북녘사
람」 등 다수의 장편소설이 있다. 1988년 일본을 시작으로 주요 작품들이 미국,
프랑스, 독일, 스페인, 러시아 등 15개국에서 번역 출판되었다. 분단 상황에서
남북 민중의 고통과 인간애 등을 문학작품으로 잘 형상화했다는 공로를 인정받
아 2004년 독일 예나대학으로부터 '프리드리히 실러 공로 메달'을 수상하였다.

남과북 진짜진짜 역사읽기

초판 1쇄 인쇄 2015년 9월 22일 | 초판 1쇄 발행 2015년 10월 1일
지은이 이호철 | 펴낸이 김시열
펴낸곳 도서출판 자유문고
　　　　서울시 영등포구 선유로 49 미주프라자 B1-102호
　　　　전화 (02) 2637-8988 | 팩스 (02) 2676-9759
ISBN 978-89-7030-092-4　03810　　값 14,000원
http://www.jayumungo.co.kr